데미안

어른이 되어가는 소년 싱클레어의 성장 이야기

데미안

| 헤르만 헤세 | 김시오 옮김 |

새가 그린 새는 꿈속의 내 친구를 찾아 날아가고 있었다

나는 내 마음속에서 솟아 나오려 하는
그 무엇에 의해 살아보려고 했다.
그런데 왜 그것이 그다지도 어려웠을까?

브라운힐
BrownHillPub

'에밀 싱클레어'라는 가명으로 발표한 <데미안> 1919년 초판본

<신인간의 탄생을 지켜보는 지정학적 아이>, 1943년, 살바도르 달리

'새는 알에서 나오려고 투쟁한다.
알은 세계이다.
태어나려는 자는
하나의 세계를 깨뜨리지 않으면 안 된다.
새는 신을 향해 날아간다.
그 신의 이름은 압락사스다.'

차 례

프롤로그

'나는 내 마음속에서 솟아 나오려 하는 그 무엇에 의해 살아 보려고 했다. 그런데 왜 그것이 그다지도 어려웠을까……?'

내 이야기를 하자면, 아주 오래전에 있었던 일부터 시작해야 한다. 할 수만 있다면 훨씬 더 이전으로, 내 유년의 맨 처음까지…… 아니, 그보다 더 멀리 아득히 먼 근원까지 거슬러 올라가야 하리라.

작가들은 소설을 쓸 때 마치 자기들이 하느님이라도 된 듯 그 누군가의 인생사를 훤히 내려다보면서 모든 것을 파악한 것처럼, 어느 내목이나 하느님이 몸소 이야기하듯 아무 거리낌 없이 자기 마음대로 표현하려 하곤 한다.

하지만 작가들 그래서는 안 되는 것처럼, 나 역시도 그럴 수 없다. 어떤 작가든 자기의 작품이 중요하겠지만, 내게는 내 이야기가 중요하고 소중하다. 그것은 바로 내 자신의 이야기이기 때문이다. 또한 그것은 머릿속에서 생각하는 어떤 가공의 인물이 아니며, 그렇다고 이상으로서 존재하거나 혹은 어떤 형태로든 존재하지 않는 인간의 이야기가 아니라 단 한 번밖에 없는 인생을 살고 있는, 생생하게 살아 있는 한 인간의 이야기이기 때문이다.

아무튼 현실적으로 살아 있는 인간이란 것이 무엇인지, 지금은 그 어느 때보다도 더 혼란스러워져 버렸다. 그 하나하나가 단 한 번 주어진 자연의 귀중한 생명인데도, 그런 인간을 대량으로 학살하고 있으니 말이다.

만약 우리가 단 한 번만 존재할 수 있는 소중한 생명이 아니라면, 우리들 하나하나가 총알 하나로 완전히 세상에서 없애 버릴 수 있는 존재라면, 이런저런 이야기를 쓴다는 것조차도 아무런 의미가 없을 것이다.

그러나 모든 인간은 그저 일회적인 존재에 불과하지만, 아주 특별할 뿐만 아니라 어떤 경우에도 중요하며 주목할 만한 대상이다. 또한 세계에서 일어나는 여러 현상이 교차하는 중요하고도 특이한 '점'이 바로 인간이며, 그것은 다시 되풀이되지도 않는다.

그러므로 한 사람 한 사람의 이야기는 중요하고, 영원하고, 신성한 것이다. 그래서 한 사람 한 사람은, 어떻든 살아가면서 자연의 뜻을 실현하고 있다는 점에서 경이로우며 충분히 주목할 만한 가치가 있는 존재이다. 때문에 삶을 부여받은 인간의 마음속에서 정신은 형상이 되며, 고뇌하고, 그리스도의 수난이 되풀이되는 것이다.

오늘날 인간이란 존재가 무엇인지를 아는 사람은 극소수에 불과하다. 그러나 많은 사람들이 무엇인지를 느끼기는 한다. 그래서 그들은 그것을 느끼지 못하는 사람보다 안락하게 죽을 수 있는 것이다. 나도 이 이야기를 다 쓰고 나면 좀 더 편안하게 죽을 수 있을 것이다.

나는 나 자신을 학식이 풍부한 사람이라고는 생각하지 않는다. 다만 나는 끊임없이 무언가를 찾는 구도자였으며, 아직도 그렇다. 그러나 나는 이제 별들이나 책 속에서 무엇인가를 찾지는 않는다. 나는 나의 내면에서 내 피가 속삭이고 있는 가르침에 귀를 기울이기 시작했다. 그러므로 내 이야기는 유쾌하지도 않고, 머릿속에서 꾸며 낸 이야기들처럼 달콤하거나 조화롭지도 않다. 이 이야기는 더 이상 자신을 기만하지 않겠다는 사람들의 삶이 그렇듯이 불합리하고 혼란스러우며, 일종의 광기와 몽상의 맛이 날 것이다.

모든 인간의 삶은 자기 자신에게 도달하기 위한 여정이고, 그 길을 찾아보려는 시도이며, 오솔길을 찾아가는 암시이다. 일찍이 그 어떤 사람도 완전히 자기 자신이 되어 본 적은 없을 것이다. 그렇지만 누구나 자기 자신이 되려고 노력한다. 어떤 사람은 모호하게, 어떤 사람은 보다 투명하게, 누구나 그 나름대로 힘껏 노력한다.

인간은 누구나 출생의 잔재, 시원의 섬액과 알껍데기를 죽을 때까지 짊어지고 간다. 더러는 한 번도 사람이 되지 못한 채 개구리나 도마뱀, 개미의 단계에 머물고 말기도 한다. 그리고 더러는 상체는 사람이고, 하체는 물고기인 채로 남는 경우도 있다. 그러나 그 모두가 인간의 모습을 지닌 자연의 자식들인 것도 사실이다.

그리고 모든 인간은 그 유래가 같다. 어머니가 같으며, 모두가 똑같은 심연에서 태어났다. 똑같이 심연에서 비롯된 시도이며 투척이지만, 모든 인간은 각자가 자기 나름의 목표를 향해서 노력하며 나아가고 있다.

우리는 서로를 이해할 수는 있다. 그러나 의미를 해석할 수 있는 건 누구나 자기 자신뿐이다.

두 개의 세계

내가 열 살이었을 때, 작은 도시의 라틴어 학교에 다니던 무렵의 체험으로부터 내 이야기를 시작하려 한다.

말을 해 놓고 보니, 그 시절로부터 짙은 향기가 밀려와 아픔과 유쾌한 전율이 내 마음을 뒤흔든다. 어두운 골목들과 밝은 집들, 탑들, 시계 치는 소리와 사람들 얼굴, 안락함과 포근한 위안으로 가득 찬 방들. 그리고 비밀과 무시무시한 유령의 공포로 가득 찬 방들, 따뜻하고 비좁은 구석, 집토끼와 하녀, 가정용 상비약 냄새와 마른 과일 향기가 난다. 그곳에서는 두 개의 세계가 뒤섞여 돌아가고 있었으며, 양극에서 낮이 오고 또 밤이 왔다.

그중 한 세계는 아버지의 집이었다. 그러나 그 세계는 매우 협소해서, 사실 그 안에는 내 부모님밖에 없었다. 그 세계는 나도 대부분 잘 알고 있는 것이었다. 그 세계의 이름은 어머니와 아버지라 불렸고, 사랑과 엄격함, 모범과 학교라고 불렸다. 그 세계에 속하는 것은 따사로운 광채, 맑음과 깨끗함이었다. 그곳에는 온화하고 다정한 이야기들, 깨끗하게 닦은 손, 청결한 옷, 바른 예절이 깃들여 있었다. 그곳에서는 아침에 찬송가를 불렀고, 성탄절을 축하하는 잔치가 있었다. 이 세계에는 미래로 이끌어 주는 곧은 선과 길이 있었다. 의무와 죄, 양심의 가책과 참회, 용서와 선의, 사랑과 존경심, 성경 말씀과 지혜가 있었다. 우리 삶이 맑고 깨끗하고, 아름답고 정돈된 것이 되기 위해서는 이 세계에 속하지 않으면 안 되었다.

반면 또 하나의 세계가 이미 우리 집 한가운데에서 시작되고 있었는데, 그것은 완전히 다른 세상이었다. 냄새도 달랐고, 말투도 달랐으며, 약속이나 요구하는 것도 달랐다. 그 두 번째 세계 속에는 하녀들과 직공들이 있고, 유령 이야기와 추문이 있었다. 거기에는 도살장과 감옥, 주정뱅이와 욕을 하며 악쓰는 여자들, 새끼 낳는 암소와 거꾸러진 말들, 강도와 살인과 자살 이야기처럼 터무니없이 거추장스럽고 유혹적이며, 무시무시하면서도 수수께끼 같은 여러 가지 일들이 넘쳐나고 있었다.

옆 골목이나 옆집 등 바로 내 주위에서 그런 아름답고도 몸서리쳐지며 야만적이고도 잔인한 온갖 일들이 일어나고 있었다. 경찰 끄나풀들과 부랑자들이 쫓고 쫓기며 돌아다니고, 주정뱅이들은 아내를 때렸으며, 밤이 되면 젊은 여자들의 무리가 뒤엉켜 공장에서 꾸역꾸역 쏟아져 나왔다. 늙은 여자들은 사람을 홀려 병이 나도록 할 수 있었다. 숲에는 도둑 떼가 득실거렸고, 방화범이 뒤쫓는 경찰에게 붙잡히기도 했다.

가는 곳마다 이런 요란한 두 번째의 세계가 들끓고 퀴퀴한 냄새를 풍겨 대고 있었다. 아버지와 어머니가 계시는 우리 집만 빼고는 어디나 그런 꼴이었다. 그래서 아버지와 어머니가 계시다는 것은 좋은 일이었다. 여기 우리 집에 평화와 질서와 휴식이 존재한다는 것, 의무와 거리낌 없는 양심과 용서와 사랑이 존재한다는 것은 참으로 경이로운 일이었다. 그리고 그 밖의 다른 모든 것들 — 온갖 소란하고 번잡한 것, 암흑과 폭력 같은 것 — 이 존재하지만, 그래도 한걸음이면 그런 것들로부터 피신하여 어머니 품속에 안길 수 있다는 것도 경이로웠다.

그러나 무엇보다도 기이한 일은, 그 두 세계가 서로 닿아 있다는 사실이었다. 그것도 공존하듯이 아주 가까이에……

가령, 우리 집 하녀인 리나는 저녁 기도를 드릴 때면 거실 출입문 옆에 앉아, 깨끗이 씻은 두 손을 매끈하게 다려진 앞치마 위에 올려놓고 밝은 목소리로 함께 노래를 부르곤 한다. 그럴 때면 그녀는 아버지와 어머니, 즉 우리 집의 밝음과 올바른 것에 완전히 속해 있다. 그러나 그 후 곧바로 부엌이나 혹은 장작을 쌓아 둔 헛간에서 나에게 머리 없는 난쟁이들 이야기를 들려주거나, 푸줏간이나 조그마한 가게에서 이웃 아낙네들과 언쟁을 벌일 때면 그녀는 이내 딴사람이 되어 다른 세계에 속했으며, 비밀에 휩싸이곤 했다.

그런데 그것은 모든 것이 다 그러했다. 그중에서도 나 자신이 가장 심했다고 할 수 있다. 물론, 나는 내 부모님의 자식이었으므로 밝고 올바른 세계에 속했다. 그러나 내가 눈과 귀를 돌리면 어디에나 다른 것이 존재했다. 비록 그것이 낯설고 무시무시하더라도, 또 그곳에서 양심의 가책과 불안감을 얻게 되더라도, 나는 다른 세계에서도 살았던 것이다.

심지어는 아주 즐거운 기분으로 금지된 세계에서 살기를 바라기도 했었다. 그리고 밝은 세계로 돌아가는 것은 — 그것이 제아무리 필연적이고 선한 일이라 하더라도 — 조금도 아름답지 않고, 권태롭고 지루하고 황량한 곳으로 돌아가는 기분이 들기도 했었다.

내 인생의 목표가 우리 아버지 어머니처럼 되는 것, 그렇게 밝고 깨끗하게, 그렇게 탁월하고 정돈된 가운데 살아야 하는 것이라고 생각하곤 했었다. 그러나 거기까지 이르는 길은 멀었다. 그렇게 되기 위해서는 학교에 다니면서 공부를 하고, 이런저런 시험들을 치르지 않으면 안 되었다. 더욱이 그 길은 자꾸자꾸 어두운 세계의 옆을 지나가거나 그 한가운데를 통과해 가는 것이었기 때문에, 그 세계에 머물게 되거나 그 안으로 가라앉아 버리는 일도 없지 않았다. 그렇게 된 탕아들의 이야기들도 있었는데, 나는 그런 이야기들을 열심히 읽었다.

그런 이야기에서는 언제나 아버지와 그리고 선한 세계로의 귀환이 매우 훌륭하고 그럴듯하게 표현되었으므로, 어디까지나 그것만이 올바르고 착한 일이며 바람직한 일이라고 나는 느끼곤 했다. 그럼에도 불구하고 악당들과 탕아들 사이에서 벌어지는 일들이 훨씬 더 마음을 사로잡았다.

솔직히 말한다면, 탕아가 잘못을 뉘우치고 다시 착한 사람이 되는 것이 때로는 유감스럽게 생각되기도 했다. 그러나 그런 생각을 입 밖에 내지 않았으며, 되도록이면 생각조차 하지 않으려고 애를 썼다. 단지 그것은 하나의 예감이나 가능성으로, 감정의 아주 깊숙한 곳에 막연히 자리 잡고 있을 뿐이었다. 내가 악마를 마음속에 떠올려 볼 때는, 그것이 변장을 했건 공공연하게 모습을 드러냈건 간에 거리나 술집이나 시장터에 있다고 생각했지, 그것이 우리 집에 있다고는 결코 생각할 수 없었다.

　내 누이들도 마찬가지로 밝은 세계에 속해 있었다. 그들은 본질적으로 아버지 어머니와 더 가까운 듯 보였다. 그들은 나보다 착했고, 도덕적이었고, 결점도 그다지 없었다. 그들에게도 부족한 점과 나쁜 습관이 있긴 하지만 그리 심한 것은 아니었다. 어쨌든 나와는 많이 다르다고 생각되었다. 내 경우는 악과 접촉하면 자주 힘들고 고통스러웠으며, 어두운 세계에 훨씬 더 가깝게 있다고 느꼈던 것이 사실이다.

　누이들은 부모님처럼 아낌 받고 존중받는 것이 당연했다. 만약 누군가가 누이들과 다투었다면, 나중에 양심에 비추어 볼 때 나쁜 사람은 바로 자신이고 용서를 빌어야 할 사람 또한 자신이라는 것을 그 누군가는 깨닫게 될 것이다. 왜냐하면 누이들을 모욕하는 것은 부모님을, 곧 선함과 계율을 모욕하는 일이었기 때문이다.

　그러나 나에게는 누이들보다는 오히려 불량한 거리의 아이들과 나누어 가질 수 있는 비밀들이 있었다. 마음이 밝고 올바른 생각을 하는 날에는, 누이들과 함께 착하고 얌전하게 지내면서 고귀하고 품위 있는 모습을 하고 있는 나 자신을 바라볼 때 몹시 흐뭇한 마음이 들기도 했다. 천사라면 분명 그래야만 할 것이다. 그것이야말로 우리가 알고 있는 최상의 것이었으며, 크리스마스나 행복처럼 밝은 음향과 향기에 에워싸여 천사가 된다는 것은 너무나 경이롭고 감미로운 일이라고 생각했다. 그러나 그런 시간들과 나날들이 내게 찾아왔던 것은 얼마나 드문 일이었던가!

나는 착하고 얌전한 놀이를 하다가도 자주 열정과 성급함에 사로잡혔다. 누이들은 그런 나를 몸서리치게 싫어해서 다툼과 불행으로 이어지는 일이 종종 있었다. 나는 화를 참지 못하여 닥치는 대로 행동하고 사납게 지껄여 대기 일쑤였는데, 그때마다 나는 내 행동의 사악함을 마음 깊이 느끼곤 했다.

그러고 나면 어둡고 격앙된 뉘우침과 회한의 참담하고 우울한 시간이 왔다. 그리고 용서를 비는 고통스러운 순간이 오고, 그다음에야 다시금 밝은 세계의 한 줄기 빛이, 갈등을 모르는 고요하고 고마운 행복이 몇 시간 혹은 몇 순간 찾아오는 것이었다.

나는 라틴어 학교에 다니고 있었다. 시장의 아들과 삼림 감독관의 아들이 우리 반에 있어 때때로 우리 집에 놀러 왔다. 난폭한 사내아이들이었지만, 허용된 선한 세계에 속한 애들이었다. 그럼에도 불구하고 나는 보통 때는 우리가 경멸하던 초등학생인 이웃 아이들과 밀접한 관계를 맺고 있었다. 그들 가운데 한 아이에 대한 이야기로 내 이야기를 시작하려 한다.

수업이 없는 어느 오후 — 내 열 번째 생일이 막 지났을 때였다. — 나는 이웃에 사는 두 친구와 함께 집 근처를 이리저리 돌아다니며 놀고 있었다. 그때 우리보다 커다란 아이가 우리 쪽으로 다가왔다. 열세 살쯤 된 억세고 거친 그 사내아이는 초등학교 학생으로, 양복점집 아들이었다. 그 애 아버지는 주정뱅이였으며, 다른 가족들에 대한 소문도 좋지 않았다.

나도 이 프란츠 크로머를 잘 알고 있었는데, 나는 속으로 그 아이를 두려워하고 있었다. 나는 그가 우리 곁으로 다가오는 것을 보자 기분이 좋지 않았다. 그는 벌써 어른 티를 내면서, 젊은 직공들의 말투와 걸음걸이를 흉내 내고 있었다.

그가 이끄는 대로 우리는 다리 옆에서 강가로 내려갔고, 첫 번째 교각 아래에 몸을 숨겼다. 아치형의 교각과 천천히 흐르는 강물 사이의 좁은 강변은 쓰레기와 사금파리, 녹슨 철사 줄과 잡동사니들로 온통 어지럽혀져 있었다. 이따금 거기에서 쓸 만한 것들이 발견되기도 했다.

프란츠 크로머의 지휘에 따라 그 부근을 샅샅이 뒤진 다음, 우리가 찾아낸 것을 그에게 보여 줘야만 했다. 그러면 그는 그것을 자기 호주머니에 집어넣거나 물 속에 내던져 버리거나 했다. 그는 우리에게 납이나 구리 혹은 주석으로 된 것이 그 안에 섞여 있는지 주의해서 살펴보라고 명령하고는, 그런 것을 모두 자기 호주머니에 넣었다. 심지어는 뿔로 된 낡은 빗까지도 자기 주머니에 챙겨 넣었다.

나는 그와 같이 있는 것이 몹시 마음에 걸렸다. 그것은 아버지께서 이 사실을 알게 될 경우 그와 만나는 것을 금하시리라는 생각 때문이 아니라, 프란츠에 대한 두려움 때문이었다. 하지만 그가 나를 받아들여 다른 아이들과 똑같이 취급해 주는 것이 한편으론 기쁘기도 했다. 그는 명령하고, 우리는 복종했다. 나는 그와 함께 있는 것이 처음이었지만, 그러는 것이 마치 오래전부터 해 오던 일처럼 자연스럽게 여겨졌다.

마침내 우리는 땅바닥에 앉았다. 프란츠는 강물에다 침을 뱉곤 했는데, 그 행동이 마치 어른처럼 보였다. 잇새로 침을 탁 뱉어서 어디든 원하는 곳을 명중시켰다. 그리고 아이들이 이야기를 시작했는데, 그들은 학생이 저지를 수 있는 온갖 종류의 나쁜 짓거리들을 자랑이라도 되는 양 뽐내면서 떠벌렸다. 나는 아무 말도 하지 않고 잠자코 있었다. 그렇지만 바로 그러한 침묵이 크로머의 시선을 끌어 노여움을 사게 될까 봐 두려웠다.

내 친구 두 명은 처음부터 나와 거리를 두면서 크로머에게 붙어 버렸다. 때문에 나는 그들 사이에서 이방인이 될 수밖에 없었다. 내 옷차림이며 태도가 그들을 거슬리게 한다는 것을 느낄 수 있었다. 라틴어 학교 학생이고, 상류층 자식인 나를 크로머가 좋아할리 만무했다. 그리고 다른 두 아이는, 이러한 처지에 놓인 내가 골탕을 먹어도 등을 돌린 채 모르는 척할 것이라는 것을 나는 잘 알고 있었다.

너무나 두려운 나머지, 마침내 나도 이야기를 늘어놓기 시작했다. 황당무계한 도둑 이야기를 꾸며 낸 다음, 나 자신을 그 주인공으로 만들었다. 어느 날 밤 친구 하나와 모퉁이 물방앗간 곁에 있는 과수원에서 사과를 커다란 자루로 하나 가득 훔쳤다고 말했다. 그것도 그냥 보통 사과가 아니라 전부 라이네테와 금빛 파르메네, 즉 제일 좋은 품종이었다고 이야기했다. 순간적인 위험을 모면하려고, 나는 이 이야기 속으로 도피해 들어간 것이었다. 이야기를 꾸며 내서 들려주는 것은 나에게는 흔히 있는 일이라 어려울 것이 없었다.

이야기는 술술 풀려 나왔다. 금방 이야기를 끝내면 행여나 난처한 사태가 벌어지지 않을까 하는 염려 때문에, 나는 온갖 재주를 다 부려 이야기를 이어 나갔다. 둘 중 하나가 나무에 올라가서 사과를 밑으로 던지는 동안 다른 하나는 계속 망을 보아야 했고, 자루가 어찌나 무거웠던지 그것을 다시 풀어서 하나를 먼저 옮긴 다음 다시 반시간 뒤에 나머지도 마저 가져왔다고 이야기했다.

이야기를 다 하고 나서, 나는 박수갈채가 나올 것을 조금쯤 기대했던 것 같다. 그만큼 이야기를 꾸며 내는 데 도취되어 있었던 것이다. 그러나 다른 두 아이는 무관심한 태도로 침묵을 지키고 있었다. 그러나 크로머는 반쯤 눈을 내리감은 채 날카롭게 나를 훑어보더니 위협적인 목소리로 물었다.

"그 얘기, 사실이야?"

내가 아무렇지 않은 듯한 표정으로 대답했다.

"그럼……."

"틀림없이 그랬단 말이지?"

"그래. 틀림없이 그랬어."

마음속으로는 겁이 나서 숨이 막혔는데도, 나는 단호하게 말했다.

"너, 맹세할 수 있어?"

나는 몹시 놀랐지만, 즉시 그렇다고 대답했다.

"그럼 하느님을 걸고 맹세한다고 말해!"

나는 말했다.

"하느님을 걸고 맹세해."

그는 "그럼 됐어." 하고 말하고는 고개를 돌려 버렸다.

나는 그것으로 잘 끝났다고 생각했고, 크로머가 곧 일어나서 집으로 돌아가려 하자 마음이 놓이면서 몹시 기뻤다.

우리가 다리 위에 왔을 때, 나는 주저하면서 이제 집으로 가야 한다고 말했다.

"그렇게 서두를 필요 없잖아? 우린 같은 길로 갈 거니까."

프란츠가 그렇게 말하며 웃었다.

그는 어슬렁어슬렁 계속 걸어갔고, 나는 감히 다른 길로 갈 엄두를 내지 못했다. 그런데 그는 정말로 우리 집 쪽으로 향하고 있었다. 우리 집 앞에 이르러 우리 집 현관문과 묵직한 놋쇠 문손잡이, 그리고 창문에 비치는 햇살과 어머니 방의 커튼이 보였을 때 나는 '후유' 하고 깊이 숨을 내쉬었다.

오, 마침내 집으로 돌아왔구나! 밝고 평화가 있는 집으로 돌아갈 수 있다는 것은 얼마나 고맙고 복된 일인가!

내가 재빨리 문을 열고 들어가 등 뒤로 문을 닫으려 하자, 프란츠 크로머가 뒤쫓아서 문을 밀고 안으로 들어섰다. 마당 쪽에서만 빛이 들어오는 서늘하고 침침한 복도에서, 그가 내 팔을 붙들고 나지막한 소리로 말했다.

"야, 그렇게 바쁜 척 서둘지 마!"

나는 질겁하면서 그를 쳐다봤다. 내 팔을 움켜쥔 그의 손은 무쇠처럼 단단했다. 나는 그가 도대체 무슨 속셈으로 이러는지, 혹시 나를 괴롭히겠다는 것은 아닌지 곰곰이 생각했다. 만약 지금 내가 소리를 지르면서 요란하게 떠들어 댄다면, 누군가가 급히 달려와서 나를 구해 줄 것인가를 생각해 보았다. 그러나 나는 이내 포기하고서 그에게 물었다.

"왜 그래? 어쩌겠다는 거야?"

"별거 아니야. 너한테 그냥 뭘 좀 물어봐야겠어. 다른 녀석들은 들을 필요가 없고."

"그래? 좋아. 그런데 무얼 더 이야기하라는 거야? 나는 들어가야 해. 알잖아."

"너도 물론 알고 있겠지? 모퉁이 물방앗간 옆 과수원이 누구네 것인지……."

프란츠가 나직하게 말했다.

"아니, 난 몰라. 물방앗간 주인의 거겠지, 뭐."

프란츠는 내 허리에 팔을 두르더니 나를 자기 쪽으로 바싹 끌어당겼다. 나는 바로 코앞에서 그의 얼굴을 들여다보지 않을 수 없었다. 그의 두 눈은 악의에 차 있었다. 그는 음흉한 미소를 지어 보였고, 그 얼굴에는 잔인함과 억센 기운이 넘쳐흘렀다.

"그렇다면 그 과수원이 누구네 것인지 내가 말해 주지. 난 그집 사과가 도둑맞았다는 걸 벌써 오래전부터 알고 있었어. 그리고 그 주인이 누가 과일을 훔쳐갔는지 가르쳐 주는 사람한테는 2마르크를 주겠다고 말했다는 사실도 알고 있지."

"뭐라고! 그래도 그걸 그 사람한테 말하진 않을 거지?"

나는 소리쳤다.

하지만 나는 그에게 호소해 봤자 아무 소용이 없다는 것을 알고 있었다. 그는 다른 세계에서 왔다. 배신 따위는 그에게는 죄악이 아니었다. 이런 일에 있어서는, '다른' 세계에서 온 사람들은 우리와 같지 않은 것이다.

"아무 말도 하지 말라고?"

크로머가 크게 소리 내어 웃었다.

"이봐, 넌 내가 화폐 위조범처럼 2마르크 동전을 만들어 낼 수 있다고 생각하는 거야? 난 가난뱅이야. 너처럼 돈 많은 아버지가 없단 말이지. 그러니 2마르크를 벌 수 있다면 벌어야지. 어쩌면 그 주인이 더 줄지도 모르는 일이고……."

그러더니 갑자기 나를 팽개치듯이 놓아 줬다. 우리 집 현관에서는 이제 더 이상 평화와 안전의 냄새가 나지 않았고, 온 세상이 내 주위에서 산산이 깨져 버렸다.

그는 떠들고 다닐 것이고, 나는 도둑놈이 되고 말 것이다. 그 말은 아버지 귀에도 들어갈 것이다. 어쩌면 경찰이 찾아올지도 모른다. 온갖 어지러움과 공포가 나를 위협했고, 모든 흉측하고 위험한 것이 일제히 나를 향해 몰려들었다. 내가 훔친 일이 없다는 것은 문제 밖의 일이었다. 나는 하느님을 걸고 맹세까지 하지 않았던가. 이 일을 어쩌면 좋단 말인가!

눈물이 핑 돌았다. 나는 어떤 대가를 치르고서라도 곤경에서 빠져나와야겠다고 생각했다. 절망한 기분으로 모든 호주머니를 뒤졌다. 하지만 사과도, 주머니칼도, 아무것도 없었다. 그때 불현듯 시계 생각이 났다. 그것은 낡은 은시계였다. 바늘이 움직이지 않았지만 '그냥' 가지고 다녔다. 할머니가 물려주신 것이었다. 나는 재빨리 그걸 꺼낸 다음 말했다.

"크로머, 내 말 좀 들어 봐. 제발 내 이름을 말하지 말아 줘. 그건 너한테도 안 좋을 거야. 대신 내 시계를 줄게. 자, 봐. 미안하지만 다른 건 가진 게 아무것도 없어. 네가 가져도 돼. 이거 은으로 된 고급 시계야. 조금 고장 나기는 했지만, 그것은 고치면 돼."

그는 미소를 지으며 그 시계를 자기의 커다란 손 안에 넣었다. 그 손을 보면서, 나는 그것이 얼마나 우악스러우며 나에 대한 깊은 적개심으로 차 있는가를 느꼈다. 그것이 내 삶과 평화를 휘젓고 싶어한다는 생각이 들었다.

"은으로 된 거야."

나는 수줍은 듯 조심스럽게 말했다.

"흥! 이런 고물 은시계 따위는 관심 없어! 너나 고쳐 써."

그가 경멸하는 웃음을 띠며 말했다.

"하지만 프란츠, 잠깐만 기다려! 이 시계 너 가져! 이거 정말 은이야. 진짜란 말이야. 그리고 난 다른 건 아무것도 가진 게 없어."

나는 그가 휙 돌아서서 가 버리지나 않을까 하는 두려움에 떨며 외치듯이 말했다. 하지만 그는 여전히 싸늘한 눈초리로 경멸하듯 이 나를 바라보며 빈정거리듯 말했다.

"내가 누구한테 길 것인지 너도 아는 모양이구나. 그렇지 않으 면 그 말을 경찰한테 할 수도 있겠지……. 경찰을 내가 잘 아니까 말이야."

그가 돌아가려고 몸을 돌리자, 나는 그의 옷소매를 잡고 늘어 졌다.

그렇게 되어서는 안 된다! 그가 이대로 가 버리고, 장차 일어나게 될 그 모든 일을 고스란히 겪기보다는 차라리 죽는 편이 훨씬 나을 것 같았다.

나는 흥분한 나머지 쉰 목소리로 애걸하듯 말했다.

"프란츠, 어리석은 짓은 제발 하지 마! 그건 농담이지?"

"물론, 농담이지. 하지만 너는 비싼 대가를 치러야 할지도 몰라."

"프란츠, 어떻게 하면 좋을지 말해 줘. 뭐든 할게!"

그는 반쯤 내리깐 눈으로 나를 지그시 바라보더니 깔깔거리고 웃어 댔다. 그리고는 선심이라도 쓰듯 이렇게 말했다.

"멍청한 소리 좀 작작해! 너도 잘 알고 있겠지만, 난 2마르크를 벌 수 있어. 그리고 난 그런 돈을 포기할 수 있을 만큼 부자가 아니란 말이야. 그런데 넌 부자야. 시계까지 있잖아. 그러니까 너는 나한테 단돈 2마르크를 주기만 하면 돼. 그럼 그것으로 모든 것이 해결되는 거야."

나는 그 논리를 이해했다. 하지만 2마르크를 어디서 구한단 말인가! 2마르크란 나한테는 10마르크나 100마르크, 1,000마르크나 마찬가지로 꿈도 꿀 수 없는 큰돈이었다. 나는 한 푼도 가진 것이 없었으니 말이다. 어머니 방에 놓아둔 저금통이 있긴 했다. 거기에는 아저씨가 오셨을 때든가 혹은 그와 비슷한 기회에 받은 10페니히 혹은 5페니히짜리 동전 몇 개가 들어 있다. 그 밖에는 아무것도 없다. 그때는 아직 용돈을 받을 만한 나이가 아니었기 때문이다.

"난 돈이 없어. 그러나 그 외에는 네게 뭐든 다 줄게. 내게는 아메

리카 인디언에 관한 책이 있고, 병정들이 있고, 나침반도 하나 있
어. 그걸 줄게."

나는 울상이 되어 부탁했다. 하지만 크로머는 뻔뻔하고 심술궂
게 보이는 입을 삐죽이다가 바닥에 침을 탁 뱉더니 명령하듯이 말
했다.

"헛소리 좀 그만해! 네 고물 잡동사니들은 너나 가지고 놀아.
나침반이라고! 더 이상 나를 화나게 하지 마. 잘 들어. 돈을 내놓으
란 말이야!"

"하지만 난 돈이 없는 걸. 나는 돈을 받아 본 적이 없어. 정말
어떻게 할 방법이 없다고!"

"내일까지 나한테 2마르크를 가져와. 수업이 끝난 뒤 저 아래
시장에서 기다리고 있을 테니까. 그럼 끝나는 거야. 만약 네가 돈
을 안 가져오면 어떻게 되는지 알지?"

"알았어. 하지만 도대체 어디서 돈을 가져오란 거야? 난 돈이
없는데……."

"너희 집에는 돈이 많잖아. 가져오고 안 가져오고는 네가 알아
서 할 일이야. 그럼 내일 학교 파하고 보는 거다. 다시 한 번 말해
두지만, 만약 안 가져오면……."

녀석은 무시무시한 눈길로 나를 쏘아보더니, 또다시 침을 뱉고
는 그림자처럼 슬그머니 사라졌다.

나는 계단을 올라갈 수가 없었다. 나의 인생이 산산이 부수어진
것이다. 어디론가 달아나서 다시는 돌아오지 않거나, 물에 빠져
죽을 생각까지 했다. 그렇지만 그 생각이 분명한 형태로 똑똑하게

떠올랐던 것은 아니다.

나는 어둠 속에서 계단 맨 아래 칸에 웅크리고 앉아 불행한 생각에 몸을 맡기고 있었다. 광주리를 들고 장작을 가지러 내려오던 리나가 울고 있는 나를 발견했다. 나는 아무 말도 말라고 리나에게 부탁한 다음 위로 올라갔다.

유리문 곁의 옷걸이에는 아버지의 모자와 어머니의 양산이 걸려 있었다. 이 모든 물건으로부터 우리 집이라는 생각과 따뜻함이 물밀듯이 내게로 밀려와 갑자기 울컥했다. 마치 집을 뛰쳐나간 탕아가 옛 고향 집에 돌아와 방에서 냄새를 맡듯, 뭉클해진 마음으로 그 물건에 대한 감사의 정을 느꼈다.

그러나 이 모든 것은 이제 내 것이 아니었다. 이 모든 것은 아버지와 어머니의 밝은 세계였다. 나는 죄를 짊어진 채 낯선 물결 속에 깊이 잠겨들고, 모험과 죄악에 휩쓸려서 적의 위협을 받고 있었다. 그리고 위험, 불안, 치욕만이 나를 기다리고 있었다.

모자와 양산, 오래된 질 좋은 사암 바닥, 거실 장식장 위에 걸린 커다란 그림, 그리고 그 안쪽에서 들려오는 누이의 목소리……. 그 모든 것은 그 어느 때보다도 더 사랑스럽고 부드럽고 감미로웠지만, 더 이상 위안이 될 수 없었으며 확실한 내 소유물도 아니었다. 온통 비난뿐이었으며, 그 모든 것은 더 이상 내 것이 아니었다. 나는 그러한 쾌활함과 정적에 끼어들 수가 없었다.

나는 아무리 닦아도 없어지지 않을 정도의 더러움을 내 구두에다 묻혀 왔다. 전혀 생소한 그림자를 우리 집 안에 끌고 온 것이다. 이제까지 아무리 많은 비밀과 두려움을 가졌다고 해도, 오늘 내가 이곳으로 가지고 들어온 것에 비하면 그것들은 모두 사소한 놀이이고 장난에 지나지 않는 것이었다. 운명이 나를 뒤쫓아 오면서 나에게 두 손을 뻗치고 있었다.

그것들로부터는 어머니도 나를 보호해 줄 수 없으며, 어머니가 알아서는 안 되는 손들이 나에게로 뻗쳐오고 있었다. 나의 죄가 도둑질이었든 거짓말이었든 — 나는 하느님을 걸고 거짓 맹세를 하지 않았던가? — 그것은 마찬가지였다. 나의 죄악은 이것이냐 저것이냐가 아니었다. 나의 죄는 내가 악마에게 손을 내밀었다는 사실 그 자체에 있었다.

왜 나는 그들과 어울렸던가? 왜 나는 여태까지 아버지 말에 귀 기울이기보다 크로머의 말에 더 귀를 기울였던 것일까? 왜 나는 도둑질 이야기를 지어 내고 영웅적 행위라도 되는 양 뽐냈던 것일까? 이제 악마가 내 손을 잡았고, 원수가 나를 뒤쫓고 있었다.

잠시 동안 나는 내일에 대한 두려움이 아니라, 무엇보다도 나의 길이 이제 점점 더 내리막길로 내려가고, 마침내는 어둠 속으로 빠져 들어가게 될 것임을 분명하게 감지하고 있었다. 내가 저지른 죄과에 이제 또 다른 죄과가 뒤따르게 될 것이 틀림없었다. 누이들 곁에 가거나 부모님께 인사하고 입맞춤하는 모든 것이 거짓이며, 그들에게 숨겨야 할 나만이 아는 운명과 비밀을 지니게 되었다는 것을 뚜렷하게 느꼈다.

아버지의 모자를 보는 순간, 잠시나마 신뢰와 희망이 내 마음속으로 번쩍하며 비쳐 드는 것 같았다. 아버지께 모든 것을 이야기하고, 아버지의 판결과 아버지의 처벌을 달게 받으리라. 아버지를 내 비밀의 공유자이자 구원자로 삼으리라고 생각했다. 그러나 그 것은 내가 때로 고백했던 또 하나의 참회, 힘들고 가혹한 시간, 무겁고도 후회에 찬 용서를 비는 탄원이 되고 말 것이었다.

이런 생각이 얼마나 달콤하게 내 마음을 적셨던가? 얼마나 아름 답게 마음을 감싸 주었던가! 그러나 이제 그런 건 아무 소용이 없 었다. 내가 그렇게 하지 못하리라는 것을 나는 잘 알고 있었다. 내가 지금 비밀을 지니고 있으며, 나 혼자서 스스로 씹어 삼키지 않으면 안 되는 죄를 짊어지고 있음을 알고 있기 때문이었다.

어쩌면 나는 바로 지금 갈림길에 서 있는지도 모른다. 나는 이 시각부터는 영원토록 악의 세계에 속하고, 악인들과 비밀을 나누 며, 그들에게 종속되고, 그들에게 복종하면서 그들과 똑같은 사 람이 되어야 하는지도……. 나는 잠시 어른처럼, 무슨 영웅이나 된 것처럼 행세한 대가로 인해 생겨난 결과를 감당해야만 하는 것 이다.

내가 방으로 들어섰을 때, 아버지께서 내 젖은 구두만 보시고 꾸중하신 것은 차라리 다행스런 일이었다. 그것이 관심을 돌렸기 때문에 아버지는 더 나쁜 것을 알아차리지 못하셨다. 나는 몰래 그것을 다른 일에 결부시킴으로써, 아버지의 핀잔을 감수할 수 있 었다.

그때 내 마음속에서 이상하게도 새로운 느낌 하나가 불꽃처럼 번쩍 치솟았다. 그것은 반항으로 넘치는 악하고도 날카로운 감정 이었다. 나는 내가 아버지보다 우월하다고 느꼈던 것이다! 한순 간, 아버지가 아무것도 눈치채지 못했던 것에 대해 일종의 경멸감을 느꼈다. 젖은 구두에 대한 잔소리를 하찮게 여기면서, '만일 아버지가 아신다면!' 하고 나는 생각했다. 살인죄를 고백해야 되는 판에, 조그만 빵 하나를 훔친 죄로 신문을 받는 사람의 심정이었다. 그것은 추악하고도 적대적인 감정이었다. 그러나 그것은 강렬히면서 깊은 매력을 지니고 있었으며, 그 어떤 나른 생각보다도 훨씬 더 강하게 나를 나의 비밀과 죄에 묶어 놓고 있었다.

어쩌면 크로머 녀석은 지금쯤 경찰한테로 가서 내 이름을 말했는지도 모른다. 그리고 다들 나를 어린아이로 취급하고 있지만, 내 머리 위로는 천둥 번개가 몰려오고 있는지도 모른다고 생각했다.

지금까지 이야기한 나의 체험 가운데, 이 순간이 가장 중요하고 훗날까지 깊게 남아 있는 기억이다. 그것은 아버지의 신성함에 그어진 최초의 균열이었다. 내 유년 시절을 떠받치고 있는, 그리고 누구든 자신이 되기 전에 넘어뜨려야 하는 큰 기둥에 새겨진 최초의 칼자국이었다.

아무도 보지 못한 이런 체험으로부터 우리 운명의 내면적이고 본질적인 선이 그어져 가는 것이었다. 그런 칼자국과 균열은 치료되고 잊히지만, 아무도 모르는 마음의 비밀스러운 방 안에 살면서 계속 피를 흘리고 있는 것이다.

그 새로운 느낌에 나는 이내 몸서리를 쳤다. 나는 곧바로 엎드려 아버지의 발에 입 맞추며 사죄하고 싶었다. 그러나 본질적인 것은 사과해서 되는 것이 아니다. 그것은 어린아이도 어떤 현자 못지않게 충분히 이해할 수 있는 것이다.

나는 내 문제를 곰곰이 생각해 보고, 난관을 극복해 나갈 대책을 세워야 할 필요성을 느꼈다. 그러나 사정이 여의치 않았다. 저녁 내내 나는 우리 집 거실의 달라진 공기에 익숙해지려고 필사적으로 노력했다. 벽시계와 테이블, 성경과 거울, 벽에 붙은 책 선반과 그림⋯⋯. 이런 것들이 나에게 이별을 고하고 있는 것 같았기 때문이다. 나는 심장이 얼어붙는 듯한 기분으로 나의 세계가, 행복하고 아름다운 나의 삶이 과거가 되어 나로부터 떨어져 나가는 것을 바라보고 있어야만 했다. 그리고 흡인력 강한 새로운 뿌리를 갖기 위해 어둡고도 낯선 것에 닻을 내리고 단단히 붙박여 있음을 감지해야만 했다.

처음으로 나는 죽음을 맛보았다. 죽음은 너무나도 쓴맛이었다. 왜냐하면 그것은 탄생이며, 두려운 새 삶에 대한 불안과 공포이기 때문이다.

마침내 침대에 눕게 되자, 나는 기뻤다! 조금 전에 한 저녁기도가 죄 사함의 불길처럼 내 몸을 휘감고 지나갔던 것이다. 게다가 내가 제일 좋아하는 성가까지 하나 불렀다. 하지만 나는 함께 부르지는 못했다. 음조 하나하나가 나에게는 쓸개즙이자 독약처럼 느껴졌기 때문이다.

나는 함께 기도하지 않았고, 아버지가 축복을 내리며 "저희 모두와 함께하소서!" 하고 끝내실 때도 내 몸을 스쳐간 경련이 나를 가족이란 테두리에서 멀리 떼어 놓았다. 하느님의 은총이 식구들 모두와 함께 있었지만, 이미 나와는 함께 있지 않았다. 나는 피곤에 지쳐 몹시 떨면서 그 자리를 벗어났다.

잠자리에 누워 있는 동안 따뜻함과 안도감이 나를 다정하게 감싸 주었는데, 그러는 동안에도 내 마음은 불안 속을 헤맸고, 지나간 사건의 주위를 돌며 불안하게 헐떡거렸다.

어머니는 여느 때와 다름없이 '잘 자거라.'는 밤 인사를 해 주었고, 어머니 발소리의 여운이 아직도 방 안에 남아 있었다. 어머니가 들고 계신 촛불 빛이 아직도 문틈으로 비쳐 들어오고 있었다.

'이제' 하고 나는 생각했다. 이제 어머니가 다시 한 번 되돌아오시면 — 어머니는 그것을 느끼고, 나에게 입맞춤을 하시면서 희망을 불어넣어 주시는 말투로 다정하게 물으실 것이다. 그러면 나는 울 수도 있을 것이고, 내 목에 걸려 있는 돌덩이가 녹아 없어질 것이다. 그러면 나는 어머니를 껴안고 어머니께 모든 것을 털어놓으리라. 그러고 나면 만사가 해결되고, 구원이 올 텐데! 문틈이 다시 어두워진 다음에도 나는 한동안 귀를 기울이며 생각했다. '그렇게 되어야 한다, 그렇게 되어야 한다.'고……

그러고 나서 나는 다시 그 문제로 되돌아와서 내 적의 눈을 들여다보았다. 녀석의 모습이 또렷하게 보였다. 그는 실눈을 뜨고 입은 야비하게 웃고 있었다. 내가 그를 바라보며 피할 수 없는 일을 속으로 되새기면서 헤어날 길이 없는가를 생각하고 있는 동안에, 그는 더욱더 흉측하고 거대해졌다. 그의 악의에 찬 눈은 악마처럼 번득였다. 그는 내가 잠들 때까지 곁에 바싹 붙어서 나를 짓눌렀다. 그러나 오늘 일이 꿈에 나타나지는 않았다. 꿈에 보인 것은, 부모님과 누이들과 내가 보트를 타고 가는데 온통 휴일의 평화와 밝은 햇살만이 우리를 에워싸고 있었다. 나는 한밤중에 잠에서 깨었는데, 그때까지도 그 행복의 뒷맛을 느끼며 햇빛 속에서 빛나는 누이들의 흰 여름옷을 보았다. 그러나 잠시 후 낙원에서 현실로 일시에 되돌아왔고, 다시 사악한 눈을 가진 적과 마주 서 있게 되었다.

아침에 어머니가 급히 오셔서, 벌써 늦었는데 왜 아직도 잠자리에 누워 있느냐고 소리치셨다. 그때 내 안색이 별로 좋지 않았는지, 어머니가 어디 아프냐고 물으셨다. 그런데 그때 나는 대답 대신 그만 토하고 말았다.

토하고 나니까 좀 나아진 것 같았다. 몸이 아프면 아침 내내 카밀레 차를 마시면서 누워 있을 수 있었다. 그럴 때면 옆방에서 어머니가 방을 치우는 소리, 리나가 바깥 복도에서 고기 팔러 온 사람과 주고받는 말을 들을 수 있어서 나는 무척 좋았다. 학교에 가지 않는 오전은 어쩐지 매혹적이면서 동화의 세계에 온 것 같은 느낌이 들었다. 그럴 때의 햇살은 장난치는 것처럼 어른어른 방 안으로 비쳐 들었다. 하지만 그것은 학교에서 볕을 가리려고 친 초록색 커튼을 따라 떨어지던 그 햇살이 아니었다. 오늘은 그것조차도 특별한 맛이 느껴지지 않았고, 거짓의 소리만을 내고 있었다.

그래, 차라리 죽어 버린다면! 그러나 나는 여태까지 자주 그랬던 것처럼 단지 조금 몸이 아플 뿐이었으므로, 그것만으로는 아무 일도 되지 않았다. 그것은 단지 학교에 가지 않아도 괜찮게 해 주었을 뿐, 결코 열한시에 시장에서 나를 기다리고 있을 크로머로부터 나를 보호해 줄 수는 없었다. 어머니의 다정함도 이번에는 위로가 되지 못했으며, 오히려 귀찮고 짜증스런 마음만 들었다. 나는 곧 다시 잠든 척하며 곰곰이 생각해 보았다. 아무리 생각해도 소용 없었고, 열한시에는 시장에 나가지 않으면 안 되는 것이었다. 그래서 나는 열시에 자리에서 슬그머니 일어나, 다시 나아졌다고 말했다. 대개 그런 경우에는 다시 자리에 가서 눕든지 아니면 오후에 학교로 가야 했다. 나는 학교에 가야겠다고 말했다. 나는 계획을 하나 세워 놓았던 것이다.

돈이 없는 상태로 크로머한테 갈 수는 없었다. 나는 내 작은 저금통을 가져와야 했다. 물론 그 속에 충분한 돈이 들어 있지 않다는 건 알고 있었다. 그것으로는 어림도 없다. 그러나 그래도 얼마 정도는 될 것이었다. 한 푼도 없는 것보다는 그래도 조금이라도 들고 가는 것이 낫지 않겠는가. 크로머를 최소한도로 달래 놓지 않으면 안 되리라는 것을 나는 육감적으로 느끼고 있었던 것이다.

양말바람으로 어머니 방에 살금살금 들어가, 어머니 책상에서 내 저금통을 집어 들었을 때 기분이 몹시 언짢았다. 그러나 어제처럼 불쾌하지는 않았다. 가슴이 마구 뛰어 숨이 막힐 지경이었다. 계단 아래에 와서야 비로소 저금통이 잠겨 있다는 것을 발견했다. 하지만 그때까지도 가슴이 뛰고 있었다.

저금통을 깨뜨려 여는 것은 아주 쉬웠다. 얇은 양은 막대 하나만 두 동강 내면 되었다. 그러나 부서진 자리를 보니 마음이 아팠다. 그것으로 나는 최초로 도둑질을 한 것이었다. 그때까지 나는 다만 사탕이나 과일 같은 주전부리를 몰래 먹는 일밖엔 하지 않았다. 그런데 이것은 설사 내 자신의 돈이라고 해도 훔친 것이었다. 나는 또다시 크로머와 그의 세계에 한 발자국 가까이 다가섰고, 그것을 그럴듯하게 실행하여 내리막길로 내려가고 있다는 것을 느꼈다. 나는 거기에 저항했지만, 악마가 나를 잡아간다 하더라도 이제는 되돌아갈 길이 없었다.

나는 불안에 떨면서 돈을 세어 보았다. 저금통 안에서는 제법 가득 들은 것 같은 소리가 났지만 막상 꺼내고 보니 형편없는 액수였다. 65페니히였다. 나는 저금통을 아래층 복도에 감추고, 돈을 손에 꼭 쥐고 집을 나섰다. 평소에 이 문을 지나서 나갈 때와는 전혀 다른 기분이었다. 위에서 누군가가 나를 부르는 것만 같아서 재빨리 도망쳐 나왔다.

아직 시간은 많이 남아 있었다. 평소와 다르게 보이는 도시의 골목들을 지나 한 번도 본 적 없는 구름 아래를, 나를 유심히 쳐다보는 집들을 지나 나에게 혐의를 두는 사람들 옆을 지나쳐서 뺑뺑 돌아갔다. 언젠가 학교 친구 하나가 가축시장에서 1달러를 주웠다는 이야기가 떠올랐다. 하느님이 기적을 행하셔서 나에게도 그런 일이 이루어지게 해 달라고 기도하고 싶었다. 그러나 나는 이제 기도할 자격조차 없었다. 기도를 한다 해도 저금통이 다시 온전하게 될 리가 없기 때문이다.

프란츠 크로머는 멀리서 나를 보고 있었지만 아주 천천히 나에게 다가왔고, 나를 눈여겨보고 있지 않았던 것처럼 굴었다. 그는 가까이 오더니 자기를 따라오라고 명령하는 눈짓을 하고는, 단 한 번도 돌아보지 않고 유유히 계속 걸어갔다. 슈트로 가세(Gasse, 골목)를 따라 내려가 조그만 돌다리를 건넜다. 그리고 주택가 끝에 서 있는 신축 공사 중인 어느 건물 앞에 멈췄다. 그곳에는 일하는 사람들이 없었다. 문도 창문도 없는 담벼락만 앙상하게 몸뚱이를 드러내고 있을 뿐이었다. 크로머는 사방을 둘러보더니 안으로 들어갔고, 나도 뒤따라 들어갔다. 그는 벽 뒤로 가더니 나에게 가까이 오라는 눈짓을 하고는 손을 내밀었다.

"그거 깄고 왔지?"

그가 싸늘하게 물었다. 나는 주먹을 꼭 쥔 손을 주머니에서 뺀 다음 납작하게 펼친 그의 손바닥에 돈을 쏟아 놓았다. 그는 마지막 5페니히짜리의 땡그랑 소리가 사라지기도 전에 벌써 그것을 다 헤아렸다.

"65페니히로군." 하며 그가 나를 쳐다보았다.

"그래, 이게 내가 가진 전부야. 너무 적지? 잘 알고 있어. 하지만 이게 전부야. 더는 없어."

나는 부끄러운 듯이 말했다.

"네가 좀 더 약은 녀석인 줄 알았는데. 신사들 사이에는 질서가 있어야지. 난 정당하지 않은 건 조금도 받고 싶지 않아. 그건 너도 알겠지. 이 쇠붙이들은 도로 가져가! 그 사람이 누군지 너도 알겠지만, 한 푼도 깎지 않고 돈을 몽땅 받을 수 있으니까."

그는 온화한 어조를 가장하여 나를 비난했다.

"하지만 난 없어. 더는 없다구! 이건 내가 저금했던 돈을 모두 가지고 온 거야."

"그거야 네 사정이지. 그렇지만 널 불행하게 만들 생각은 없어. 넌 나한테 아직 1마르크 35페니히 빚이 있어. 그걸 내가 언제 받지?"

"오, 크로머. 반드시 줄게! 지금은 모르지만, 어쩌면 내일이나 모레 곧 더 생길 거야. 내가 이 일을 우리 아버지한테 말할 수 없다는 건 너도 이해해 주겠지?"

"그건 나하고 상관없는 일이야. 너한테 손해 끼칠 생각은 없다고 했잖아. 나는 그 돈을 받을 수 있으면 그걸로 되는 거야. 오늘 오전 중에 그 돈을 가질 수도 있었다는 건 너도 알지? 난 가난하거든. 너는 좋은 옷을 입었고, 점심으로 나보다 더 좋은 걸 먹겠지. 하지만 더 이상 말하지 않겠어. 조금 기다려 주겠다는 거야. 모레 오후에 휘파람을 불 테니까, 그땐 확실하게 가져오란 말이야. 내 휘파람 소리 알지?"

그는 내 앞에서 휘파람을 불어 보였다. 여러 번 들었던 소리였다. 나는 말했다.

"응, 알고 있어."

그는 나와 아무 일도 없었다는 듯이 가 버렸다. 그것은 우리들 사이의 거래였을 뿐, 그 이상은 아무것도 아니었던 것이다.

지금이라도 크로머의 휘파람 소리가 갑자기 들린다면, 나는 깜짝 놀랄 것이다. 그때부터 나는 그 소리를 자주 들었으며, 지금도 그 소리가 쉴 새 없이 들리는 것 같다. 이 휘파람 소리는 놀고 있을 때건 공부를 하고 있을 때건 어디서나 쫓아와서 나를 예속시켰으며, 이제는 나의 운명이 되어 버렸다.

단풍이 곱게 물든 온화한 가을날 오후 같은 때 나는 내가 몹시 좋아한 우리 집 작은 정원에 나와 있곤 했다. 그럴 때면 야릇한 충동이 일어나 어린 시절에 소년들이 하던 장난이 다시 하고 싶어지곤 했다. 나는 비교적 나이보다 어린, 착하고 순진하고 안정감 있는 소년의 역을 했는데, 그런 중에도 어디선가 크로머의 휘파람 소리가 들려왔다. 언제나 예상하고 있긴 했지만, 그럼에도 그 소리는 내 마음을 무섭게 흔들어서 깜짝 놀라게 했고 여러 가지 상상들을 흩트려 놓았다. 하지만 나는 그럴 때마다 나가 보지 않을 수 없었고, 고문하는 자를 따라서 고약하고 끔찍한 곳까지 가야만 했다. 그리고는 그에게 변명을 늘어놓았고, 돈에 대한 독촉을 당했다. 그런 일이 아마 몇 주일은 지속되었을 것이다. 그러나 나에게는 그것이 몇 년, 아니 영원처럼 느껴졌다.

내게 돈이 있는 적은 드물었지만, 5페니히짜리나 10페니히짜리를 갖다 주곤 했다. 리나가 장바구니를 부엌 식탁에 놔두었을 때 훔친 것이었다. 그럴 때마다 나는 크로머로부터 욕을 먹었으며, 멸시에 찬 비난이 퍼부어졌다. 그를 속이고 그의 정당한 권리를 침해한 것은 나였고, 그의 몫을 가로챈 것도 나였으며, 그를 불행하게 만든 것도 나라고 윽박질렀다. 내가 살아오는 동안 그렇듯 가슴을 짓누르는 고난을 겪어 본 적은 거의 없었다. 그것보다도 심한 절망과 크나큰 굴욕을 느껴 본 적은 정말이지 없었다.

저금통에 장난감 돈을 채워 나시 제자리에 놓아두었는데 아무도 그것에 대해 묻지 않았다. 그러나 언제 발각되어 벼락이 떨어질지 모를 일이었다. 나는 크로머의 거친 휘파람 소리 이상으로 어머니에 대한 두려움으로 떨고 있었다. 어머니께서 가만가만 내게로 다가서실 때면, 저금통에 대해서 물어보시려는 것이 아닐까 하는 생각이 들어 몸을 사리곤 했다.

내가 번번이 돈이 없는 상태로 악마한테 나타나자, 녀석은 나를 다른 식으로 괴롭히고 이용하기 시작했다. 나는 그를 위해 일해야만 했다. 그는 자기 아버지 심부름을 해야 했는데, 내가 그를 대신하여 그 일을 해 주지 않으면 안 되었다. 그렇지 않으면 무언가 힘든 일을 시키곤 했다. 10분 동안 한 발로 토끼뜀을 하게 한다든지, 지나가는 사람 윗도리에 종이쪽지를 붙이게 하는 등의 장난을 내게 명령했다. 나는 여러 날 동안 꿈속에서까지 그런 고통을 당했으며, 악몽으로 인해 식은땀을 흘리곤 했다.

나는 한동안 앓았다. 자주 토했고, 쉽게 오한이 났으며, 밤에는 땀과 열에 젖어 누워 있었다. 어머니는 아무래도 무슨 일이 있다고 느꼈는지 걱정을 많이 하셨다. 그러나 어머니의 관심에 신뢰로 보답할 수 없었기 때문에 나는 무척 괴로웠다.

어느 날 저녁, 내가 이미 잠자리에 들었을 때 어머니가 초콜릿 하나를 가져오셨다. 그것은 내가 아주 어렸을 때의 습관이었다. 그날 하루를 착하고 얌전하게 보냈으면 밤에 상으로 그런 위로의 주전부리를 주셨던 것이다. 어머니가 그때처럼 침대 가에 서서 나에게 초콜릿을 내미셨다. 나는 너무나 마음이 아파서 그저 고개만 가로저었을 뿐이다.

어머니는 어디가 아프냐고 물으며 내 머리를 쓰다듬어 주셨다. 나는 간신히 "아니요. 그냥 아무것도 먹고 싶지 않아요!"라고 소리칠 수밖에 없었다. 그러자 어머니는 초콜릿을 침대머리 탁자에 놓고 나가셨다. 다음 날 어머니께서 그 일에 대해 캐물으려고 하자,

나는 그 일을 다 잊어버린 척했다.

어머니는 어느 날인가 의사를 데려오셨다. 의사는 나를 진찰하고 나서, 아침에 냉수욕을 하라고 권했다.

그 시절의 내 상태는 일종의 정신 착란이었다. 우리 집안의 정돈된 평화의 한복판에서 나는 겁을 먹고 두려워했으며, 양심의 가책을 느끼면서 유령처럼 살고 있었다. 다른 사람들의 생활에 전혀 끼지 못했고, 잠깐이라도 나 자신을 잊고 지내는 일은 드물었다. 가끔 흥분해서 캐묻는 아버지에게도 나는 마음을 닫아 버리고 냉담하게 굴었다.

카 인

내 고통에 대한 구원은 전혀 예상치 못했던 곳에서 왔다. 동시에 무언가 새로운 것이 나의 삶 안으로 들어왔고, 그것은 오늘날까지도 계속 영향을 미치고 있다.

얼마 전, 우리 라틴어 학교에 한 학생이 전학을 왔다. 우리 도시로 이사 온 어느 부유한 미망인의 아들로, 옷소매에 상장(喪章)을 두르고 있었다. 그는 나보다 한 학년 높았으며, 나이도 몇 살 더 많았다. 그러나 얼마 지나지 않아 그는 모든 학생들의 관심의 대상이 되었으며, 나도 그를 주목했다. 남의 눈에 잘 띄는 이 이상한 학생은 보기보다 훨씬 더 나이가 들어 보였고, 그 누구에게도 소년이라는 인상을 주지 않았다. 개구쟁이 같은 우리들 사이에서 어른처럼, 아니 신사처럼 색다르고도 능숙하게 행동했다. 하지만 호감을 사지는 못했다. 그는 놀이에 끼지 않았고, 싸움질 따위에는 더더욱 끼지 않았다. 다만 선생님들에게 맞서는 그의 자신감 있고 단호한 어조가 다른 아이들 마음을 끌었다. 그의 이름은 막스 데미안이었다.

　우리 학교에서는 가끔 있는 일이지만, 무슨 이유인지는 모르나 매우 넓은 우리 교실에 또 한 반이 들어오게 되었다. 그것은 데미안네 반이었다. 우리 하급생은 성경 이야기를 듣고 있었고, 상급생들은 작문을 해야 했다. 우리가 카인과 아벨의 이야기를 배우는 동안, 나는 독특하게 나를 매료시키는 데미안의 얼굴을 자주 건너다보았다. 그 총명하고, 밝고, 다소 긴장되어 보이는 얼굴은 주의 깊게 그리고 명민하게 자기 공부에 몰두하고 있는 것처럼 비쳐졌다. 그는 과제를 하고 있는 학생 같지 않고 자기 자신의 문제에 전념하고 있는 연구자처럼 보였다. 하지만 호감을 느끼기보다는 왠지 거부감을 가졌던 것도 사실이다. 그는 나보다 월등하고 침착했으며, 그의 태도는 지나칠 정도로 도전적이었고 자신만만해 보였기 때문이다. 그리고 그의 눈은 아이들이 결코 좋아하지 않는 어른의 표정을 띠고 있었는데, 다소 슬픈 듯하면서도 그 안에 냉소를 지니고 있는 것처럼 보였다. 그럼에도 불구하고 그를 줄곧 바라보지 않을 수 없었다. 그에게 호감을 느꼈던 것 같기도 하고 반감을 가졌던 것 같기도 하다. 한 번은 그가 내 쪽을 힐끗 쳐다보았는데, 그때 나는 놀라서 얼른 눈길을 돌리고 말았다.

　그가 학생으로서 어떤 모습이었는지를 지금 와서 생각해 보면, 다음과 같이 말할 수 있다. 그는 모든 점에서 다른 학생들과 달랐으며, 확연하게 눈에 띌 정도로 독특하면서도 특별한 개성을 지니고 있었다고……. 동시에 그는 다른 사람들의 눈에 띄지 않으려고 나름대로 무척 애를 썼다고……. 마치 농부의 아이들 가운데 섞여

서 그들과 똑같아 보이려고 갖은 애를 다 쓰는 변장한 왕자님 같았다고…….

학교에서 집으로 가는 길이었는데, 그가 내 뒤에서 걸어왔다. 다른 아이들이 뿔뿔이 흩어지고 나자 나를 따라잡더니 인사를 했다. 인사말도 우리 학교 학생들의 말투를 따라 하긴 했지만, 그럼에도 너무나 어른스럽고 깍듯했다.

"같이 가도 괜찮을까?"

그가 다정하게 물었다. 나는 기꺼운 마음으로 고개를 끄덕이고 나서 우리 집이 어딘지를 말해 주었다.

"아, 거기? 그 집은 벌써부터 알고 있어. 대문 위에 붙여 놓은 독특한 장식물이 흥미롭던데."

그가 입가에 엷은 미소를 띠며 말했다.

너무나 갑작스러워서 무엇을 두고 하는 말인지 나는 금방 알아차리지 못했다. 그리고 그가 우리 집을 나보다 더 잘 아는 것 같아 놀라울 뿐이었다. 아마도 대문 위의 아치 위에 장식된, 돌로 된 일종의 문장(紋章)을 말하는 것 같았다. 그것은 세월이 흐르면서 편편해져서 여러 번 채색을 해 놓은 것이었는데, 내가 아는 한에서는 우리 가족과 아무 관련이 없는 것이었다.

"나는 그런 거 잘 몰라. 그건 새이거나 뭐 그 비슷한 거야. 분명히 아주 오래되었지. 건물이 예전에 수도원 소유였대."

내가 수줍게 말하자, 그가 고개를 끄덕이며 말했다.

"그랬을지도 모르지. 한번 잘 살펴봐! 그런 것은 매우 흥미롭거든. 아마 그건 매일 것 같은데……."

우리는 계속 걸었다. 나는 몹시 당황스러워하고 있었는데, 데미안이 뭔가 재미있는 일이 떠오른 것처럼 갑자기 웃었다.

"그래, 내가 아까 수업 시간에 너희 반에 있었지."

그가 활기 있게 말했다.

"이마에 표식을 달고 다니던 카인의 이야기였지, 그렇지? 그 이야기 마음에 들었니?"

난 마음에 들지 않았다. 우리가 배워야 했던 것들 중 그 무엇도 내 마음에 드는 것은 드물었다. 그러나 나는 내 생각을 감히 말하지 못했다. 마치 어른과 이야기하고 있는 것 같았기 때문이다. 그래서 할 수 없이 ㄱ 이야기가 썩 마음에 들었다고 나는 말했다. 그러자 데미안이 내 어깨를 툭 쳤다.

"나한테는 그럴듯하게 꾸며 댈 필요 없어. 하지만 그 이야기는 수업 시간에 나오는 대부분의 다른 이야기들보다는 주의를 기울일 만해. 그런데 선생님은 거기에 대해서는 이야기를 많이 하시지 않고, 그냥 신과 죄악 등 흔히 아는 일반적인 이야기만 하셨어. 그렇지만 나는 이렇게 생각해."

그가 말을 멈추고, 미소를 지으면서 물었다.

"그런데 너 이런 이야기에 관심 있니?"

내가 아무 말을 하지 않자, 그가 이야기를 계속했다.

"나는 카인에 관한 이야기를 완전히 다르게 이해할 수도 있다고 생각해. 우리가 배우는 대부분의 것들은 물론 전적으로 진실이고 올바른 것이지만, 그것들을 선생님이 보는 것과 다르게 볼 수도 있다는 얘기야. 그러면 대체로 훨씬 나은 의미를 지니게 되지. 예를 들면 카인이나 그의 이마에 찍힌 표식에 대해서도 선생님이 우리에게 설명하는 것만 가지고는 만족할 수 없거든. 너도 그렇게 생각하지 않니? 어떤 사람이 싸움을 하다가 자기 형제를 때려죽이는 건 분명 일어날 수도 있는 일이야. 그리고 그 사람이 그 후 겁을 먹고 숨어 버리는 것도 있을 수 있는 일이야. 그러나 그의 비겁함의 대가로 자기를 안전하게 보호하고, 다른 사람들에게 두려움을 자아내게 하는 표식으로써 표창 받는 것은 정말 이상하지 않니?"

"그건 그래. 하지만 그 이야기를 어떻게 다르게 설명하라는 거지?"

내가 흥미를 느끼면서 말했다. 그 문제가 내 마음을 사로잡기 시작했던 것이다.

그가 다시 내 어깨를 쳤다.

"아주 간단해! 맨 처음에 문제가 된 것은 이마 붙어 있는 표식이야. 다른 사람들에게 두려움을 주는 무언가를 얼굴에 지니고 있는 사람이 있었다고 생각해 봐. 그를 건드리는 사람은 아무도 없었고, 그는 그의 자손들과 더불어 세상 사람들이 자신들을 공경하는 마음을 갖게 했단 말이야. 그렇지만 분명히, 그것은 편지에 찍히는 소인처럼 정말로 이마에 찍힌 표식은 아니었을 거야. 그런 뚜렷한 징후 같은 건 쉽게 나타나지 않는 법이니까. 오히려 뭔지 알아볼 수 없는 무시무시한 그 무엇이었을 거야. 그것은 사람들이 익숙하게 보아온 것보다 약간 더 많은 지혜와 대담성이 눈초리에 깃들어 있는 정도가 아닐까 싶어. 하지만 이 사람이 힘을 가지고 있었기 때문에 사람들은 그를 두려워했지. 그는 '표식' 하나를 가지고 있었는데, 사람들은 그 표식을 마음대로 설명하고 있어. 대체로 이 '사람들'이란 것은 언제나 자기들에게 적당하게, 그리고 자기 자신을 정당화시키고 싶어하는 법이거든. 사람들은 카인의 자손들을 두려워했어. 그들이 '표식'을 달고 있었기 때문이지. 그리하여 사람들은 그 표식을 사실 그대로, 즉 하나의 표상으로 해석하는 것이 아니라 그와는 반대로 해석했던 거야. 사람들은 말했지. '이 표식을 가진 녀석들은 무시무시하다.'고……. 또 그들은 실제로 그렇기도 했어. 용기와 나름의 개성이 있는 사람들은 다른 사람들한테 늘 두려움의 대상이 되거든. 두려움을 모르는 불온한 일족이 자기 주변을 돌아다닌다는 것은 매우 불편한 일일 거야. 그래서 사람들은 이 일족에게 보복을 하고, 그간 참아야 했던 온갖 두려움에 대해 보상받기 위해서 이야기를 꾸며 덧붙이고 변명을 늘어놓는 거야. 알아듣겠니?"

"응. 그러니까 카인은 조금도 나쁜 사람이 아니었단 말인 거야? 성경에 있는 모든 이야기가 실제로는 전혀 사실이 아니라는 말이야?"

"그렇기도 하고, 그렇지 않다고 할 수도 있지. 아주 오래된 옛날 이야기들이 언제나 사실대로 기록되고 언제나 정확하게 해석된다고 볼 수는 없거든. 간단히 말해서, 나는 카인이 뛰어난 녀석이라고 생각해. 다만 사람들이 그를 두려워했기 때문에 그런 이야기를 그에게 지어 준 거란 말이지. 이런 이야기는 단순한 소문, 그러니까 사람들이 온 사방에 떠들고 다니는 허무맹랑한 말에 불과한 거야. 그러나 카인과 그 자손들이 정말로 일종의 '표식'을 지니고 있었으며, 대부분의 사람들과는 달랐다는 것은 사실이라고 생각해."

"그렇다면 동생을 쳐 죽인 일도 전혀 사실이 아니라고 생각하는 거야?"

나는 충격을 받아 물었다.

"아니지! 죽인 건 분명 사실이야. 강한 사람이 약한 사람을 쳐 죽인 거지. 그가 정말 자기 형제를 죽인 건지 어떤지는 의심스럽지만 그건 그렇게 중요하지 않아. 결국 모든 인간은 형제니까. 이건 강한 사람이 약한 사람 하나를 때려죽인 것에 불과한 거야. 그건 영웅적 행위였을지도 모르고 어쩌면 아닐 수도 있지만, 어쨌든 다른 약한 사람들은 이제 잔뜩 겁을 집어먹게 되었단 말이야. 그들은 울면서 호소했지. 그런데 '왜 그 사람을 그냥 쳐 죽이지 않는 거지?'라고 누가 물으면, 그들은 '우리가 비겁한 자들이기 때문이죠.'라고 말하는 것이 아니라 '그럴 수 없습니다. 그는 표식을 가지고 있거든요. 하느님이 그에게 그려 주신 겁니다!'라고 말했지. 대략 그런 식으로 그 황당무계한 이야기가 날조되었을 거야. 틀림없어. 아, 내가 널 너무 오래 붙들고 있었구나. 그럼 안녕!"

그는 나를 내버려 두고 알트 골목으로 꺾어져 들어갔다. 혼자 남은 나는 그 어느 때보다도 혼란스러워졌다. 그가 가 버리자마자, 그가 했던 모든 말이 터무니없다고 생각되었다. 카인이 고귀한 인간이고, 아벨이 비겁자라니! 카인의 표식이 표창할 만한 표상이라니! 그건 이치에 맞지 않는 얼토당토않은 얘기였다. 그건 신에 대한 불경이고 방종이었다. 그렇다면 하느님은 안 계시다는 말인가? 하느님은 아벨의 제물을 받지 않으셨던가? 아벨을 사랑하지 않았단 말인가? 아니다, 말도 안 되는 소리다!

그리하여 나는 데미안이 나를 놀렸으며 나를 골탕 먹일 속셈이었다고 추측했다. 그는 실로 무서울 만큼 영리하고, 말솜씨가 대단한 달변가였다. 그렇지만 그렇게…… 아니다…….

어쨌든 나는 아직 한 번도 그 어떤 성경 이야기나 다른 이야기에 대해 그렇게 되씹어서 생각해 본 적이 없었다. 그리고 오래전부터 몇 시간 동안, 혹은 저녁 내내 프란츠 크로머를 그렇게 씻은 듯이 잊어버린 적도 없었다. 나는 집에서 다시 한 번 그 이야기를 성경에 적혀 있는 대로 정독해 보았다. 그 이야기는 간단명료했다. 그리고 거기서 특별히 숨은 해석을 찾아낸다는 것은 완전히 미친 짓이었다. 데미안의 말대로라면 사람을 쳐 죽인 자도 스스로를 하느님이 사랑하는 사람이라고 내세울 수 있어야 할 것이다! 아니다, 그건 말도 안 되는 미친 소리다. 다만 마음에 든 것은, 데미안이 그 이야기를 하는 세련된 태도 — 마치 모든 것이 자명하다는 듯이 쉽고 멋지게, 그리고 자신만만하게 말하는 눈초리뿐이었다!

물론 나 자신도 무엇 하나 정돈된 것이 없었고, 어떤 면에서는 혼란에 빠져 있는 상태였다. 나는 얼마 전까지만 해도 밝고 깨끗한 세계에서 살아왔다. 나 자신이 일종의 아벨이었다. 그런데 지금은 '다른' 세계에 발을 깊이 늘여 놓고 거기에서 허우적거리고 있다. 그럼에도 불구하고 그것은 분명히 내 마음에서 일어난 것이 아니었다! 어떻게 그럴 수 있단 말인가? 그렇다. 그때 마음속에서 기억 하나가 되살아나, 한순간 거의 숨을 쉴 수 없을 지경이었다. 지금의 불행이 시작되었던 그 고통스러운 밤에, 그때 나는 잠시 동안이

나마 아버지와 그의 밝은 세계 그리고 지혜를 단번에 꿰뚫어본 것처럼 경멸했던 것이다! 그렇다, 그때 나는 카인이었다. 그리고 그의 표식을 달고 있었는데, 그것은 나에게 수치가 아니라 표창이었다. 나는 악과 불행을 통해서 아버지보다도, 그리고 선량하고 경건한 그 어떤 사람들보다도 더 우월하다고 상상했었다.

물론 내가 당시 그 일을 체험했을 때는 이런 생각이 이렇게 명확한 사고의 형태를 갖추고 있었던 것은 아니었다. 그러나 이 모든 것이 그 안에 포함되어 있었다. 그것은 나에게 고통을 주었지만, 그럼에도 나 자신을 충만하게 했던 감정과 이상스러운 흥분이 일시에 타올랐었다.

돌이켜 생각해 보았다. 데미안은 겁 없는 사람들과 비겁한 사람들에 대하여 어쩌면 그렇게도 이상한 이야기를 했을까? 그는 카인의 이마에 찍힌 표식을 얼마나 기이하게 해석했던가? 그의 눈, 어른과 같은 그의 독특한 눈은 그때 얼마나 놀랍게 빛을 발했던가?

그러자 다음과 같은 일이 혼란스러운 나의 뇌리를 꿰뚫고 스쳐지나갔다. 그 자신 — 데미안이야말로 카인과 같은 존재가 아닐까? 만약 그 자신이 그와 비슷하다고 느끼지 않는다면 왜 그는 카인을 옹호했을까? 왜 그의 눈에서 그런 힘이 느껴지는 걸까? 왜 그는 그렇게 '다른' 사람들, 겁 많은 사람들, 사실은 하느님 마음에 드는 경건한 사람들에 대하여 그처럼 비아냥거리듯이 이야기한 것일까?

나는 이런 생각을 끝없이 하고 있었다. 돌멩이 하나가 우물 안에 던져졌고, 그 우물이야말로 나의 어린 영혼이었던 것이다. 그리고 매우 오랫동안, 카인과 살인 그리고 표식에 관한 문제는 인식과 의혹, 비평 같은 것을 말하게 될 때면 언제나 그 출발점이 되곤 했다.

그런데 나만 그런 것이 아니라 다른 학생들도 데미안에게 관심이 많다는 것을 나는 알아차렸다. 카인 이야기를 아무에게도 하지 않았지만, 그는 다른 학생들의 흥미를 끌고 있는 것 같았다. 적어도 '전학 온 애'에 대한 소문이 나돌았다. 만약 내가 소문을 다 알고 있었더라면 그것들은 그를 속속들이 아는 열쇠가 되었을 것이다. 그리하여 그 소문들 또한 쉽사리 풀이할 수 있었으리라.

그러나 내가 알고 있었던 것은 데미안의 어머니가 매우 부자라는 소문뿐이었는데, 그분은 교회에 가지 않고 아들도 그렇다고 했다. 어떤 사람은 데미안 모자가 유대인이라고 했고, 또 어떤 사람들은 겉으로 드러내지 않는 회교도일 수도 있다고 주장했다.

막스 데미안의 체력에 관해서도 말들이 많았다. 학급에서 가장 힘센 아이가 싸움을 걸었다가 거절당하자 그를 겁쟁이라고 불렀는데, 그 후 그에게 무섭게 혼이 난 사실만은 확실한 것 같았다. 마침 그 자리에 있었던 아이들 말에 의하면, 데미안이 그냥 한손으로 덜미를 잡아 꽉 눌렀을 뿐인데 그 애는 새파래져서 슬금슬금 달아났으며 여러 닐 동안 팔을 쓰시 못했나고 했다. 심지어는 그 아이가 하룻밤 새에 죽었다는 말까지 떠돌았고, 한동안 이런 이야기가 사실인 것처럼 주장되면서 그것을 믿는 분위기가 팽배해졌다. 이 모든 것들은 자극적이고 놀라운 소문 일색이었는데, 모두가 그 소문에 만족하는 듯했다.

그다음 얼마 동안은 잠잠했다. 그러더니 얼마 지나지 않아 새로운 소문들이 우리 학생들 사이에서 떠돌았다. 데미안이 여자애와 사귀고 있으며, 이미 '알 건 다 안다.'는 소문이었다.

그러는 동안에도 프란츠 크로머와의 일은 계속 불가피한 길을 가고 있었다. 나는 그에게서 벗어나지 못했다. 그가 어쩌다가 나를 며칠간 가만히 내버려 둔다 해도 나는 그에게 얽매여 있었기 때문이다. 그는 꿈속에서도 그림자처럼 나와 함께 있었다. 나의 공상은, 그가 실제로 나에게 하지 않은 일조차도 꿈속에서 자행하게 만들었다. 꿈속에서 나는 완전히 그의 노예였다. 나는 현실에서보다 꿈속에서 더 많이 살았다. 나는 본래 꿈을 많이 꾸는 편이었는데, 이 그림자 때문에 나는 힘과 활기를 잃어가고 있었다.

다른 꿈도 꾸었지만, 크로머가 나를 학대하는 꿈 — 나에게 침을 뱉고, 내 위에 올라타 무릎으로 짓누르는 꿈 — 을 자주 꾸었다. 그리고 더 지독한 것은, 심한 범죄를 저지르도록 나를 유인하는 꿈이었다. 단순히 유인했다기보다는 그의 막강한 영향력에 의해 강요당했던 것이다.

이 꿈들 중 가장 무서운 꿈은 내가 아버지를 살해하는 꿈이었는데, 이때 나는 반은 미친 상태에서 깨어났다. 크로머가 칼을 갈아 내 손에 쥐어 주었고, 우리는 어느 가로수 길의 나무들 뒤에 서서 누군가를 기다렸다. 하지만 나는 누구를 기다리는지도 몰랐다. 잠시 후 누군가가 그곳으로 왔고, 크로머가 내 팔을 누르면서 내가 찔러야 할 사람을 가리켰다. 그런데 그 사람이 바로 우리 아버지였다. 그러고 나서 나는 꿈에서 깨어났다.

이런 일들 때문에, 나는 다시 한 번 카인과 아벨에 대하여 생각해 보았다. 그러나 데미안에 대해서는 별로 생각하지 않았다. 그가 나에게 다시 나타난 것은 이상하게도 또 꿈속에서였다. 나는 또다시 내가 참고 견디지 않으면 안 되는 학대와 폭력의 꿈을 꾸었다. 그러나 내 몸을 타고 앉은 사람이 이번에는 크로머가 아니라 데미안이었다. 그리고 그것은 내게 아주 새롭고 깊은 인상을 주었다. 크로머한테서는 고통과 저항 속에서 모든 것을 참고 견뎠으나, 데미안한테서는 불안과 환희가 뒤섞인 감정으로 겪었다. 그런 꿈을 나는 두 차례 꾸었는데, 그다음에는 크로머가 다시 원래의 자기 자리로 돌아왔다.

이런 꿈속에서 체험한 것과 현실에서 체험한 것을 나는 오래전부터 명확히 분리해서 생각할 수가 없다. 어쨌든 크로머와의 악연은 지속되었고, 내가 작은 도둑질들을 해서 빚진 돈을 그에게 다 갚고 난 후에도 그 관계는 끝나지 않았다. 아니, 끝날 리가 없었다. 그 녀석이 내가 저지른 도둑질들에 대해서까지 알아 버렸기 때문이다. 녀석은 늘 어디서 돈을 가져왔느냐고 물었고, 그때마다 나는 순순히 그것을 말했다. 때문에 나는 전보다 더 단단히 녀석의 손아귀에 잡히고 만 것이다. 녀석은 번번이 아버지에게 모든 것을 다 일러바치겠다고 위협했다. 그것은 애당초 그런 일을 하지 말았어야 했다는 깊은 후회 못지않게 커다란 두려움이었다. 나는 무척 비참했지만 모든 것을 후회하거나 자주 뉘우친 것도 아니었다. 이따금씩 모든 것은 이럴 수밖에 없었다고 체념했다. 그러면서 불길한 운명이 내 위에 드리워져 있기 때문에 그것을 깨뜨리려는 시도 또한 부질없는 일이라고 여겼다.

정확하게는 모르지만, 우리 부모님도 이런 상황에서 적지 않게 괴로움을 느끼셨을 것이다. 낯선 영혼이 내 위에 씌워져, 나는 그토록 화목했던 우리 가족들과 더 이상 어울리질 못했다. 옛날에 대한 미칠 듯한 향수는 잃어버린 낙원에 대한 그것처럼 격렬하게 나를 엄습해 오곤 했다. 특히 어머니는 나를 악동이라기보다는 병자 취급을 하셨다. 그러나 실제의 내 상태가 어땠는지는 두 누이의 태도를 보고 확연히 알 수 있었다. 그들은 나를 매우 아끼면서도 무한히 비참하게 만들었다. 그들은 나를 일종의 신들린 사람으로 보았고, 나의 상태에 대해 한탄하기보다는 동정을 했다. 그리하여 내 안에 악이 자리를 잡고 앉아 나를 지배하고 있다는 것을 내 스스로가 분명히 깨닫게 해 주었다. 나는 사람들이 여느 때와는 다르게 기도하는 것을 느꼈고, 그런 기도가 헛된 것이라는 것도 느꼈다. 또한 나는 고통이 가벼워졌으면 하는 열망과 진정한 참회에 대한 갈망을 격렬하게 느꼈다. 하지만 아버지나 어머니에게 모든 일을 솔직히 이야기한다든지 설명할 수 없음도 예감하고 있었다. 사람들이 이 일을 기꺼이 받아들이고, 나는 따뜻한 위로와 함께 동정을 받겠지만, 완전한 이해를 바랄 수 없다는 것을 너무나 잘 알고 있었기 때문이다. 그리고 그 모든 것이 운명임에도 불구하고 탈선으로 간주되리라는 것도 잘 알고 있었던 것이다.

아직 열한 살도 되지 않은 아이가 그렇게 느낄 수 있다는 것을 믿지 못할 사람들이 적지 않음을 나는 잘 알고 있다. 하지만 나는 그런 사람들에게 내 이야기를 하는 것이 아니라, 인간을 보다 통찰력 있게 알고 있는 사람들에게 이야기하는 것이다. 자기감정의 일부를 사상으로 변화시킬 줄 아는 어른들은 어린아이가 이런 생각을 한다는 것을 짐작도 하지 못할 것이고, 심지어는 아이들에겐 이런 체험조차 없다고 여길 것이다.

그러나 나는 내 삶을 통틀어서, 그 당시처럼 깊게 체험하고 괴로워했던 때가 없었다고 생각한다.

어느 비 오는 날, 나의 가해자로부터 성 앞 광장으로 나오라는 부름을 받았다. 나는 광장에 서서 기다리며, 흠뻑 젖은 검은 나무들에서 뚝뚝 떨어지는 축축한 나무 이파리를 두 발로 휘젓고 있었다. 돈은 없었고, 크로머에게 뭐라도 줘야 했기에 생과자 두 개를 몰래 가져와 들고 있는 참이었다. 나는 벌써 오래전부터 그렇게 어딘가 모퉁이에 서서 그를 기다리는 데 익숙해져 있었다. 그리고 사람들이 피할 수 없는 일을 감수하듯이 그것을 받아들이고 있었다.

마침내 크로머가 왔다. 그날은 그리 오래 머무르지는 않았다. 그는 내 가슴팍을 주먹으로 가볍게 몇 대 치면서 웃더니 생과자를 받아들며 심지어 축축한 담배를 권하기까지 했다. 물론 내가 받지는 않았지만 그날은 유난히 친절하게 굴었다.

"아, 참. 잊어버리기 전에 말해 두는 건데, 다음번엔 누나를 데려와라. 큰누나 말이야. 누나 이름이 뭐였더라?"

나는 전혀 이해할 수가 없어서 대답을 하지 못한 채 그냥 놀란 표정으로 그를 물끄러미 바라보았다.

"못 알아듣겠어? 네 누나를 데려오란 말이야."

"무슨 말인지 알았어, 크로머. 하지만 그건 할 수 없어. 누나는 결코 나랑 같이 오지 않을 거야."

나는 그것 역시 늘 그랬던 것처럼 무언가를 구실 삼기 위해 하는 말이라고 판단했다. 그는 이따금 그런 짓을 잘 했다. 무언가 불가능한 것을 요구하여 나를 놀라게 한 후 굴복시키고는, 그다음에 서서히 거래를 하기 시작하는 것이다. 그러면 나는 약간의 돈이나 다른 선물로 그 값을 치르고 빠져나와야만 했다.

그러나 이번에는 전혀 달랐다. 내가 거부했는데도 거의 화를 내지 않으면서 "글쎄." 하고 얼버무렸다.

"네가 잘 생각해 봐. 네 누나와 친하게 지내고 싶단 말이야. 그럴 기회를 만들 수 있지? 너는 그냥 누나와 같이 산책하러 나오기만 하면 돼. 그러면 내가 낄 테니까. 내일 휘파람으로 부를게. 그때 다시 한 번 이야기하자."

그가 가 버리고 났을 때에야 그의 요구가 무슨 뜻인지 어렴풋이나마 짐작이 갔다. 나는 아직 완전히 어린아이였다. 그러나 소년들과 소녀들이 조금 나이를 먹게 되면, 야비하고도 금지된 수작들을 비밀스럽게 벌일 수 있다는 것을 이미 들어서 알고 있었다. 그제야 그것이 얼마나 해괴망측하고 엄청난 일인지가 뚜렷해졌다! 나는 그 따위 짓은 결코 하지 않겠다고 단단히 결심했다. 그러나 그다음에 무슨 일이 일어날지 또 크로머가 어떻게 내게 복수할지, 거기에 대해서는 거의 생각해 볼 엄두도 나지 않았다. 나에게는 새로운 고문이 시작되었다. 아직도 충분치 않은 모양이다.

나는 암담한 기분으로 두 손을 호주머니에 넣은 채 텅 빈 광장을 지나갔다. 새로운 고민, 그리고 새로운 굴종!

그때 시원하면서도 낮은 목소리가 나를 불렀다. 나는 깜짝 놀라서 걸음을 빨리했다. 그런데 누군가가 내 뒤를 따라오더니, 한쪽 손으로 살며시 나를 잡았다. 막스 데미안이었다.

나는 붙잡는 대로 내버려 두었다.

"난 또 누구라고? 깜짝 놀랐어."

나는 얼버무리듯이 말했다.

그가 나를 빤히 바라보았다. 그의 시선이 그때만큼 어른스럽고 압도적이며, 동시에 사람의 마음을 꿰뚫어본 적은 없었다. 우리는 한동안 서로가 말이 없었다.

"미안하군. 하지만 그렇게 놀랄 건 없잖아."

그가 점잖으면서도 단호한 태도로 말했다.

"그렇긴 하지. 하지만 그럴 수도 있지, 뭐."

"그럴 수도 있겠지. 하지만 생각해 봐. 너한테 아무 짓도 하지 않은 사람 앞에서까지 그렇게 깜짝 놀란다면, 그 사람은 '왜 그럴까?' 하고 이상하게 생각하면서 호기심을 갖지 않을 수 없을 거야. 그러면서 네가 이상하게도 잘 놀란다고 여길 거고, '사람이 저러는 건 바로 겁이 닐 때인데.'라고 생각할 거란 말이시. 섭쟁이늘은 언제나 두려워하는 법이니까. 나는 네가 원래부터 그런 겁쟁이라고 생각하지 않아. 물론 영웅도 아니겠지만. 그런데 지금 넌 뭔가에 겁을 먹고 있는 것 같아. 네가 무서워하는 누군가가 있는 게 분명해. 그런데 그런 일은 절대 있어서는 안 되는 거야. 사람 앞에서 두려움을 가져서는 안 돼. 설마…… 나를 무서워하는 것은 아니겠지? 내 말이 틀렸니?"

"아냐, 아니야. 그럴 리가 있겠어?"

"그렇겠지. 하지만 네가 두려워하는 사람이 있는 거지?"

"난 몰라……. 그냥 날 내버려 둬. 날 어쩌려는 거야?"

그는 나와 나란히 걸었다. — 나는 도망칠 생각으로 더 빨리 걸었다. — 곁에서 나를 바라보는 그의 눈길이 느껴졌다.

그가 다시 말을 시작했다.

"가령 말이야…… 내가 너에게 호의를 가지고 있다고 생각해 봐. 그러니까 너는 내 앞에서 두려워할 필요가 없단 말이야. 너하고 실험을 한번 해 보고 싶어. 재미있기도 하고, 네가 거기서 뭔가 필요한 걸 배울 수도 있을 거야. 자, 한번 들어 봐! 나는 이따금씩 독심술(讀心術)이라고 부르는 술법을 써 보곤 해. 무슨 나쁜 마법이 거기 있는 건 아니야. 그러나 그것이 무엇인지를 모르면 아주 이상해 보일 수도 있어. 그걸로 사람들을 깜짝 놀라게 할 수도 있으니까. 자아, 우리 한번 시험해 보자. 그러니까 나는 너를 좋아하고, 너에게 관심이 있다고 하자. 그래서 나는 네 마음속이 어떤지를 알아보고 싶어. 그러기 위해 나는 이미 첫걸음을 내디뎠지만 말이야. 내가 널 놀라게 했으니까. 그런데 넌 잘 놀란단 말이야. 그것은 네가 두려워하는 일이나 사람이 있다는 걸 증명하는 거야. 그렇다면 그게 어디서 비롯되었을까? 사람은 그 누구도 두려워할 필요가 없어. 누군가를 두려워한다면, 그것은 자기를 지배하는 힘을 그 누군가에게 내주었기 때문일 거야. 예를 들면, 누군가가 나쁜 일을 했다고 하자. 그런데 다른 사람이 그걸 알고 있단 말이야. 그럴 때 그는 누군가를 지배하는 힘을 갖게 되는 거지. 알아들었니? 내 말이 틀리지 않았지?"

나는 어찌할 바를 모른 채 그의 얼굴을 들여다보았다. 그의 표정은 여느 때처럼 진지하고 영리해 보였으며 호의가 넘치고 있었다. 하지만 부드러운 기운은 조금도 보이지 않았고, 도리어 엄격해 보였다. 정의감 혹은 그와 비슷한 무엇이 그 속에 깃들여 있었다. 나는 나에게 무슨 일이 일어나고 있는 건지도 몰랐고, 그는 마치 마법사처럼 내 앞에 서 있었다.

"알아들었어?"

그가 다시 한 번 묻기에, 나는 고개를 끄덕였다. 아무 말도 할 수 없었던 것이다.

"독심술이 이상해 보일 수도 있다고 얘기했지만, 이건 아주 자연스럽게 되는 거야. 예를 들면, 언젠가 카인과 아벨 이야기를 들려주었을 때 네가 나에 대해서 어떻게 생각했는지를 확실하게 말해 줄 수도 있어. 이 일과는 상관없는 이야기지만 말이야. 네가 한 번쯤 나에 관한 꿈을 꾸었으리라고 생각해. 하지만 그런 이야긴 그만두자! 넌 영리한 아이니까. 대부분의 아이들은 아주 멍청하거든. 나는 때때로 내가 믿는 영리한 소년과 이야기하는 것을 좋아해. 너도 물론 괜찮겠지?"

"응, 그래. 하지만 난 전혀 이해를 못하겠어."

"우리 즐거운 실험을 다시 해 볼까! 그러니까 우리는 S라는 소년이 잘 놀란다는 것을 알아낸 거야. 그 애는 누군가를 두려워하고 있어. 아마도 그 애와 상대방 사이에 몹시 불쾌한 비밀이 있을 거야. 대강 맞지?"

나는 꿈속에서처럼 그의 목소리와 지배력에 압도당해 머리를 끄덕이고 있을 뿐이었다. 그 목소리는 오로지 내 자신에게서만 나올 수 있는 것이 아니었을까? 모든 것을 알고 있는 목소리…….내 자신보다도 모든 것을 더 잘, 더 분명하게 알고 있는 목소리가 아니었을까?

데미안이 내 어깨를 힘차게 두드렸다.

"맞았나 보구나. 그럴 줄 알았어. 이제 단 한 가지 질문만 남아 있어. 조금 전에 저쪽으로 가 버린 녀석의 이름이 뭔지 너는 알고 있지?"

나는 소스라치게 놀랐다. 마음속에 웅크리고 있는 나의 비밀이 고통스럽게 몸을 뒤틀었다. 그것은 밝은 곳으로 나오는 것을 꺼려했다.

"누구 말이야? 나밖에 다른 애는 없었는데."

그가 웃었다.

"그냥 말해. 그 애 이름이 뭐지?"

나는 조그맣게 말했다.

"저 프란츠 크로머 말이야?"

그가 만족한 듯 내게 고개를 끄덕여 보였다.

"브라보! 넌 역시 영리한 녀석이야. 우린 친구가 될 수 있겠구나. 그런데 너한테 한마디 해 주고 싶은 말이 있어. 그 크로머라는 녀석 말인데, 그놈은 나쁜 놈이야. 녀석의 얼굴에 악당이라고 씌어 있거든! 넌 어떻게 생각해?"

"응. 그래. 정말 나쁜 녀석이야! 악마야! 하지만 그 녀석이 이런 걸 알아서는 안 돼! 제발 아무 말도 하지 말아 줘! 그런데 그 녀석을 알아? 그 녀석도 데미안을 알아?"

내가 한숨을 푹 내쉬었다.

"조용히 좀 해! 그 녀석은 가 버렸어. 그리고 아직은 나를 몰라. 하지만 그 녀석에 대해 알고 싶어. 그 애는 초등학교에 다니지?"

"응, 맞아."

"몇 학년이야?"

"5학년. 하지만 그 녀석한테 아무 말도 하지 마! 제발 부탁이니 아무 말도 하지 말아 줘!"

"걱정 마. 너에겐 아무 일도 없을 테니까. 그런데 그 크로머라는 녀석에 대해 조금 더 이야기를 들려 줄 마음은 없니?"

"그럴 수 없어! 안 돼, 나를 내버려 둬!"

그는 한동안 말이 없었다.

그러더니 그가 말했다.

"안됐다. 우린 이 실험을 좀 더 해 볼 수도 있었을 텐데. 하지만 널 괴롭히고 싶진 않아. 하지만 그 녀석을 두려워하는 것이 옳지 않다는 건 너도 알고 있지? 안 그래? 그런 두려움은 우리를 완전히 망쳐 놓을 수 있어. 그러니까 벗어나지 않으면 안 된단 말이야. 네가 진정한 사내대장부가 되려면 그런 것은 떨쳐 버려야만 해. 알아듣겠니?"

"맞아. 그건 그래……. 하지만 어쩔 수 없어. 데미안은 모른다고……."

"너에 대해, 네가 생각하고 있는 것보다 내가 더 많이 알고 있다는 걸 모르겠어? 너 혹시 그 애에게 돈이라도 빚졌니?"

"응, 그것도 있어. 그렇지만 그게 중요한 문제는 아니야. 난 말할 수 없어. 말해서는 안 된다고!"

"만일 네가 빚진 돈을 내가 갚아 주어도 아무 소용이 없다는 거니? 내가 너한테 줄 수도 있는데."

"아니야, 아니라니까. 그런 일이 아냐. 아무튼 부탁이니, 아무에게도 그 이야길 하지 말아 줘! 한 마디도! 그렇게 하는 것은 날 불행하게 만들 거야!"

"날 믿어, 싱클레어. 넌 언젠가 너희들 사이의 비밀을 나에게 얘기하게 될 거야."

"절대로 그러지 않을 거야. 절대로!"

내가 격한 목소리로 소리쳤다.

"너 좋을 대로 해. 난 그냥, 어쩌면 네가 나중에 좀 더 자세한 이야기를 해 주리라고 생각했을 뿐이야. 물론 자발적으로 말이야. 너 혹시, 내가 크로머 같은 짓을 할 거라고 생각하는 건 아니겠지?"

"물론 아니야. 하지만 데미안은 거기에 대해서 전혀 몰라."

"아무것도 모르지. 나는 그저 그것에 대해 곰곰이 생각할 뿐이지. 그리고 나는 절대로 크로머와 같은 짓은 하지 않아. 그건 믿어 줘. 또 너는 나한테 빚진 것도 없고."

우리는 한참 동안 말이 없었다. 그리고 나는 차츰 안정되었다. 그러나 데미안이 사실을 알고 있다는 것이 나에게는 점점 수수께

끼처럼 여겨졌다.

"이젠 집에 가 봐야겠다."

그는 이렇게 말하며, 빛 속에서 자기의 외투를 단단하게 여몄다.

"기왕 이야기한 김에 한 가지만은 더 말하고 싶어. 넌 그 녀석에게서 벗어나야 해! 별다른 방법이 없으면 그 애를 때려죽여 버려! 만약 네가 그렇게 한다면 나도 기쁠 거야. 너를 돕기도 할 거구."

나는 새로운 불안에 사로잡혔다. 카인의 이야기가 갑자기 떠올랐던 것이다. 나는 몸서리가 쳐져서 훌쩍훌쩍 울기 시작했다. 너무나도 소름 끼치는 일들이 내 주위에 많았기 때문이다.

"그럼 좋아. 집으로 가 봐! 우리 둘이서 틀림없이 해치울 수 있을 거야. 때려죽이는 것이 가장 간단한 일이지만······. 그런 문제는 단순한 것이 최선의 방법이거든. 네가 크로머 같은 녀석과 사귀어 봤자 좋을 게 없으니까."

막스 데미안이 미소를 지었다.

나는 집으로 왔다. 마치 일 년쯤 집을 떠나 있었던 것처럼 생각되었다. 모든 것이 달라 보였다.

나와 데미안과의 관계에는 미래와 같은 무엇, 희망과 같은 그 무엇이 들어와 있었다. 나는 더 이상 혼자가 아니었다! 그리고 이제야 비로소, 몇 주간 동안 혼자서 비밀을 끌어안고 얼마나 몸서리치도록 외롭게 지냈는가를 알았다. 그리고 그때까지 여러 번 생각한 적이 있던 일이 머리에 떠올랐다. 부모님 앞에서 참회를 하면 괴로움이야 덜어지겠지만, 완전히 나를 구원할 수는 없으리라는 것······. 지금 나는 다른 사람, 낯선 사람에게 하마터면 모두 털어

놓을 뻔했다. 그러자 구원의 예감이 강렬한 향기처럼 내게로 날아왔다.

나의 두려움은 그 후에도 오랫동안 극복되지 않았다. 나는 아직도 적과의 길고 무서운 대결을 각오하고 있었다. 그랬던 만큼 모든 것이 평온하고 드러나지 않은 채로 조용히 흘러가는 것이 신기할 정도였다.

우리 집 앞에서 들리던 크로머의 휘파람 소리가 하루, 이틀, 사흘, 한 주일이 지나도록 들리지 않았다. 나는 도저히 그 사실을 믿을 수 없었다. 그래서 전혀 예기치 않고 있을 때 그 녀석이 돌연 나타나지 않을까 싶어 내심 긴장하고 있었다. 그러나 그는 나타나지 않았다.

나는 이 새로운 자유를 여전히 믿을 수 없었다. 마침내 내가 프란츠 크로머와 마주치게 되었을 때까지 그러했다. 그는 자일러 골목에서 나를 향해 똑바로 내려오고 있었는데, 나를 보는 순간 움찔하더니 얼굴을 험하게 찌푸리고서 나를 피하려는 듯 홱 돌아서는 것이었다.

그건 나로서는 상상할 수 없는 순간이었다! 내 적이 내 앞에서 나를 피해 달아난 것이었다! 악마가 내 앞에서 겁을 먹다니! 기쁨과 놀라움이 내 몸을 뚫고 지나갔다.

그 무렵, 데미안이 다시 한 번 나타났다. 학교 앞에서 나를 기다리고 있었다.

"안녕."

내가 말했다.

"안녕, 싱클레어. 요즘 어떻게 지내는지 물어보고 싶었어. 크로머 녀석, 이제는 널 괴롭히지 않지? 그렇지 않니?"

"데미안이 그렇게 한 거야? 도대체 어떻게 했기에……? 난 뭐가 뭔지 모르겠어. 이젠 녀석이 아예 나타나지도 않아."

"그거 잘됐구나. 또다시 나타나기라도 하면 — 물론 그럴 리는 없지만……. 그렇지만 워낙 뻔뻔한 녀석이니까 말이야. — 그냥 그 녀석한테 데미안을 기억하라고만 말해."

"그게 무슨 말이지? 그 녀석이랑 싸운 거야, 혼내 준 거야?"

"아니. 난 그런 것은 좋아하지 않아. 너하고 이야기한 것처럼 그 녀석하고도 그냥 이야기했을 뿐이야. 그러면서 너를 가만히 내버려 두는 것이 자기 자신한테도 이로울 거라는 사실을 분명히 알게 해 주었지."

"설마 그 녀석한테 돈을 준 건 아니겠지?"

"아니야. 그런 방법이라면 네가 벌써 시험해 봤잖아."

나는 자꾸 캐물으려 했지만, 그는 가 버렸다. 그리고 나는 그에 대하여 전에 느꼈던 느낌 — 감사와 수줍음, 찬탄과 두려움, 호감과 내적인 거부감 — 이 기이하게 뒤섞인 답답한 느낌을 품은 채로 그 자리에 남아 있었다.

곧 그를 다시 볼 수 있겠거니 했다. 그때는 모든 일에 대해서, 또 카인의 문제에 대해서도 그와 더 많은 이야기를 해 봐야 되겠다고 생각했다. 하지만 그렇게 되질 않았다.

'감사'라는 것은 결코 내가 믿는 미덕이 아니었다. 그리고 그것을 어린아이에게 요구하는 것은 잘못이라고 느꼈다. 그래서 내가 막스 데미안에게 전혀 감사해하지 않았던 것을 그다지 이상스럽게 여기지 않았다. 만약 데미안이 나를 크로머의 손아귀에서 구해 주지 않았더라면, 나는 평생 병들고 타락한 생활을 했을지도 모른다고 지금도 확신하고 있다. 그 당시에도 이 구원을, 내 소년 시절의 최대 체험이라 생각했다. 그러나 구원해 준 사람에 대해서는, 그가 기적을 완수하기가 무섭게 무시해 버렸던 것이다.

이미 말했듯, 감사해하지 않았다는 것이 내게 그다지 이상한 일은 아니었다. 내게 이상하다고 느낀 것은 오로지 내가 나타낸 호기심의 결핍이었다. 나를 데미안과 접속하게 했던 비밀에 좀 더 가까이 가지 않은 채 어떻게 단 하루라도 평온하게 살아갈 수 있었을까? 카인에 대해서, 크로머에 대해서, 독심술에 대해서 더욱 많은 것을 알고 싶다는 욕망을 나는 어떻게 억제할 수 있었을까?

이것은 이해할 수 없는 일이었지만, 사실이 그랬다. 나는 갑자기 악마의 그물에서 풀려났음을 알았고, 다시금 세계가 밝고 즐겁게 내 앞에 놓여 있는 것을 보았다. 두려움의 발작이나 목을 죄는 듯한 격한 고통에도 더 이상 시달리지 않았다. 나는 이제 괴롭힘을 당하면서 가책을 받는 죄수가 아니었다.

나는 다시 예전과 같은 학생으로 돌아와 있었다. 내 본성은 될 수 있는 대로 빨리 균형과 안정에 이르려고 애썼다. 그리하여 무엇보다도 진저리나고 위협적인 것을 떨쳐 버리려고, 잊어버리려고 전력을 기울였다. 나의 죄와 불안의 긴 역사는, 눈에 띄는 그 어떤 흉터나 인상도 남기지 않은 채 놀랍도록 빨리 내 기억에서 미끄러져 나갔다.

뿐만 아니라 나의 조력자이자 구원자에 대해서도 똑같이 빨리 잊어버리려 했다는 사실은 지금까지 기억하고 있다. 나는 저주받은 비탄의 골짜기에서, 몸서리쳐지는 크로머의 예속으로부터 상처 입은 영혼의 모든 충동과 힘을 다해서 도망쳐 돌아왔던 것이다. 내가 일찍이 행복해했고 만족했던 곳으로, 다시 열린 잃어버렸던 낙원으로, 아버지와 어머니의 밝은 세계로, 누이들에게로, 순수함의 향기로, 아벨이 누렸던 신의 은총 속으로······.

데미안과의 짧은 대화를 나누고 난 날, 내가 다시 얻은 자유에 대해 완전히 확신하면서 이제는 더 이상 혼란스러워하지 않게 되었을 때 나는 그토록 그리워하며 소망했던 것을 실행했다. 참회를 한 것이다. 어머니에게로 가서 자물쇠가 망가지고 돈 대신 장난감 지폐로 채워진 저금통을 보여 드린 다음, 얼마나 오랫동안 내가 지은 죄로 인하여 못된 가학자에게 얽매여 있었던가를 말씀드렸다. 어머니는 전부를 이해하시지는 못했다. 하지만 저금통과 달라진 나의 눈빛을 보고, 변한 나의 목소리를 듣고, 내가 회복되어 다시 어머니에게로 되돌아왔다는 것을 느끼신 것 같았다.

그리고 이제 나는 벅찬 감정으로, 내가 다시 받아들여진 것을 자축하며 탕아의 귀향 의식을 행했다. 어머니는 나를 아버지께로 데려가셨고, 이야기는 되풀이되었다. 질문과 놀람의 반성의 터져 나왔으며, 부모님은 오랫동안의 마음고생에서 벗어난 듯 비로소 안도의 숨을 내쉬면서 내 머리를 쓰다듬어 주셨다. 모든 것은 너무나 근사했다. 모든 것이 동화 속의 이야기 같았으며, 놀라운 조화 속에서 녹아들어 갔다.

이제 나는 진정한 정열을 가지고 이 조화의 세계로 뛰어 들어갔다. 다시 평화를 되찾고, 부모님의 신뢰를 되찾았다는 만족감은 아무리 강조해도 부족했다. 나는 집안의 모범적인 아들이 되었다. 옛날보다 더 많이 누이들과 놀았고, 기도 시간에는 구원을 얻은 자와 회개한 자의 환희에 찬 감정으로 내가 좋아하는 옛 노래들을 함께 불렀다. 그런 일은 진심에서 우러난 것이었으며, 어떤 거짓도 섞이지 않았다.

그럼에도 불구하고 그걸로 완전히 안정을 찾은 것은 아니었다! 그리고 거기서부터 내가 데미안을 잊은 이유가 진정으로 설명될 수 있는 것이다. 나는 그에게 참회를 했어야 했다! 그 참회가 집에서처럼 화려하고 감동적이진 않았을 테지만, 그 결과는 나에게 보다 유익했을지도 모른다.

지금 나는 모든 뿌리를 뻗어 예전의 낙원 같은 세계에 매달려 있다. 집으로 돌아왔고, 관대하게 받아들여진 것이다.

그러나 데미안은 결코 이 세계에 속하지 않았다. 이 세계에 어울리지 않았다. 물론 크로머와는 다르지만 그 역시도 또 하나의 유혹자였다. 그는 나로 하여금 두 번째로 나쁜 세계와 인연을 맺도록 한 것이다. 그런 것이라면 이제는 영원토록 조금도 더 알고 싶지 않은, 또 하나의 악하고 나쁜 세계와 나를 묶어 주는 유혹자였던 것이다. 나 자신이 아벨이 되고 난 지금, 아벨을 포기하고 카인을 찬양하는 일을 도울 수는 없었다. 또 그러고 싶지도 않았다.

외부로 드러난 상황은 그랬지만, 내면적인 관계는 다음과 같다. 나는 크로머라는 악마의 손아귀에서 풀려났다. 그러나 그것은 내 자신의 힘과 노력으로 풀려난 것이 아니었다. 나는 세상의 오솔길들을 똑바로 걸으려고 애썼지만, 그 길들이 내게는 너무 가파르고 미끄러웠던 것이다. 친절한 손 하나가 나를 붙들어 구해 낸 지금, 나는 더 이상 한눈팔지 않고 어머니의 품속으로, 경건하고 온화했던 유년의 아늑한 울타리 속으로 달려 들어왔다. 나는 실제보다 더 어리고, 더 온순하고, 더 어린애답게 행동했다. 나는 크로머에 대한 예속을 새로운 의존으로 바꿔 놓지 않으면 안 되었던 것이다. 왜냐하면 혼자서는 걸어갈 수 없었기 때문이다. 그렇게 나는 맹목적인 마음으로 아버지와 어머니에게 의존했고, 그것이 유일한 것이 아님을 알면서도 옛날의 사랑스럽고 '밝은 세계'에의 예속을 선택했던 것이다. 만일 그렇게 하지 않았더라면, 분명 나는 데미안을 의지하면서 그에게 모든 것을 털어놓았을 것이다. 내가 그렇게 하지 않은 것은, 당시에는 나에게 이상스런 사상에 대한 불신이 있었기 때문이다. 그러나 그것은 두려움 이외의 아무것도 아니었다. 왜냐하면 데미안은 부모님보다 더 많은 것을, 훨씬 더 많은 것을 나에게 요구했을 것이 분명하다. 그는 채찍과 경고로, 조롱과 풍자로 나를 보다 자립적으로 만들려고 했을 테니까 말이다.

아, 이제야 나는 그것을 알게 되었다. 인간에게 있어서, 자기 자신에게로 이끄는 실만큼 어려운 것이 이 세상에 없다는 것을……!

그럼에도 불구하고 약 반년쯤 뒤에 그 유혹에 저항하지 못하고, 산책하는 길에 아버지에게 물어보았다. 어떤 사람들은 카인이 아벨보다 더 훌륭하다고 설명하는데, 어떻게 생각하는 것이 옳으냐고⋯⋯. 아버지는 몹시 놀라면서, 그것은 새로울 게 없는 견해라고 설명해 주었다.

그런 견해는 원시 기독교 시대에도 있었고, 그렇게 주장하는 여러 종파가 있는데, 그 종파들 중 하나를 '카인 교파'라고 불렀다고⋯⋯. 그러나 이 미친 교리는 우리의 신앙을 깨뜨리려는 악마의 유혹 이외에 아무것도 아니라고⋯⋯. 왜냐하면 카인이 올바르다고 믿고 아벨이 옳지 않았다고 믿는다면, 그것은 신이 오류를 범한 것이 되는 거라고⋯⋯. 그렇게 되면 성경의 신이 올바르고 유일한 신이 아니라 그릇된 신이라는 결론이 나오게 된다고⋯⋯. 실제로 카인 교파들은 비슷한 것을 가르치고 설교하기도 했을 테지만, 그런 이교(異敎)는 오래전에 사라져 버렸다고⋯⋯.

아버지는 나의 학교 친구가 그것에 대한 이야기를 들었다는 사실이 놀라울 뿐이라고 하시면서, 아무튼 그런 생각은 단연코 버려야 한다고 엄숙하게 경고하셨다.

십자가에 매달린 예수 옆의 두 도둑

나의 유년 시절 — 아버지와 어머니 곁에서 내가 누렸던 안락한 생활에 관하여, 어린아이의 사랑과 온화하고 밝은 환경 속에서 넉넉하게 즐기며 살아가는 것에 관하여 이야기한다면 아름답고 정답고 사랑스러운 것들로 가득 차 있었다고 표현할 수 있을 것이다. 그러나 내 인생에서 나의 마음을 이끌었던 것은 오직 나 자신에 이르기 위하여 내가 내디뎠던 걸음들뿐이다. 포근한 안식처와 행복의 섬과 낙원들이 지닌 매력을 모르는 것은 아니지만, 그 모든 것들을 나는 과거의 빛 속에 남겨 두고 다시는 그곳에 발을 들여 놓지 않으려 한다.

그러므로 내 이야기가 아직도 소년 시절에 머물러 있다면 단지 일어난 새로운 일이 무엇인지, 나를 앞으로 몰아가고 앗아가 버린 것이 무엇인지 등에 대해서만 이야기할 수 있을 뿐이다.

이런 충격들은 늘 '다른 세계'로부터 왔고, 그것은 늘 두려움과 강압과 양심의 가책을 가져다주었다. 그것들은 내가 늘 그 안에 그대로 머물고 싶어하는 평화를 위협하는 혁명적인 것이었다.

나에게 허용된 밝은 세계에서는 숨기고 은폐해야 하는 하나의 원시적 본능이 내 자신 속에 살고 있다는 사실을 새롭게 발견하지 않으면 안 되는 나이가 나에게 찾아왔다. 모든 사람들이 그렇듯이 서서히 눈을 뜨는 성(性)의 감정이 하나의 적이자 파괴자로서, 금기이자 유혹과 죄악으로서 나에게도 들이닥쳤던 것이다.

　나의 호기심이 찾아다닌 것, 꿈과 쾌락과 두려움이 나에게 가져다준 것, 사춘기의 큰 비밀……. 이런 것들은 평화에 감싸인 내 소년 시절의 행복감에는 어울리지 않았다. 나는 다른 사람들과 똑같이 행동했다. 이제 더는 어린아이가 아닌, 소년의 이중생활을 영위했다. 내 의식은 집안의 허용된 경계 속에 살면서 어렴풋이 솟아오르는 새로운 세계를 부정했다. 그러나 그와 동시에 나는 비현실적인 꿈과 본능, 은밀한 욕망들 속에서도 살았다. 그것들 위에서 저 의식적 삶이 만든 다리는 점점 더 위태로워졌다. 내 속에서 어린아이의 세계가 붕괴되고 있었기 때문이다.

　거의 모든 부모들이 그러하듯이, 우리 부모님들도 서서히 눈떠가고 있는 감출 수밖에 없는 생명의 충동에 대해 모른 척했다. 그들은 단지 끝없는 세심함으로 현실을 거부하며 점점 더 비현실적이고 위선적으로 되어 가는 어린아이의 세계 속에 좀 더 머무르려는 나의 가망 없는 노력들을 도와주었을 뿐이다. 이 점에 있어 부모라는 존재가 얼마나 도움이 될 수 있을지를 모르므로, 나는 부모님을 비난할 생각은 없다. 자신을 다스리고, 자신의 길을 발견하는 것은 오로지 나 자신의 문제이기 때문이다. 그런데 유복하게 키워진 대부분의 아이들이 그렇듯이, 나는 내 자신의 일을 잘 처리하지 못했다.

누구나 이런 어려움을 체험한다. 평범한 사람들에게 있어서 이 것은 인생의 중요한 분기점이다. 주변 세계와 극심한 투쟁을 하여 자기 생명의 요구를 관철시키기 위해 혹독하게 투쟁해야 하는 지 점인 것이다. 대부분의 사람들은 바로 이 지점에서 — 유년 시절이 삭아가고 서서히 와해되는 것을 목도하면서 모든 사랑하는 것들 이 우리를 떠나가려고 할 때, 우리가 갑자기 고독과 죽음과도 같은 차가움을 느낄 때 — 우리의 숙명인 이 죽음과 새로운 탄생을 경험 한다. 그러나 그들은 그것을 평생에 단 한 번밖에는 경험할 수 없 다. 그리고 아주 많은 사람들은 영원히 이 절벽에 매달려 돌이킬 수 없는 과거에 집착하고, 모든 꿈 중에서 가장 나쁘고 가장 살인 적인 꿈인 잃어버린 낙원의 꿈에 한평생 고통스럽게 들러붙어 집 착하는 것이다.

다시 우리 이야기로 되돌아가 보자. 소년 시절의 종말을 고해 준 감정과 환상들은 이야기 거리가 될 만큼 가치 있고 중요한 것이 아니다. 중요한 것은 '어두운 세계', 즉 '다른 세계'가 다시 나타났 다는 것이다. 한때는 '프란츠 크로머'였던 것이 이제는 내 자신 안 에 틀어박혀 있었다. 그런 까닭에 그 '다른 세계'가 나를 지배하는 힘을 외부에서 다시 얻은 것이다.

크로머와의 일이 있은 지 몇 년이 지난 뒤였다. 내 삶의 그 극적 이고 죄악에 찬 시절이 아득히 멀어져, 잠깐 동안의 악몽같이 여겨 지던 때였다. 프란츠 크로머는 오래전부터 내 삶에서 자취를 감춰 버렸다. 어쩌다 마주치는 일이 있어도 내 쪽에서 거의 주의를 하지 않을 정도였다. 그러나 내 비극의 다른 중요한 등장인물인 막스 데미안은 그때까지도 내 주위에서 완전히 사라지지 않았다. 그는 나에게 영향을 미치지는 않았지만 오랫동안 내 삶의 가장자리에서 있었다. 그런데 그런 그가 점점 가까이 다가와서, 또다시 힘과 영향력을 발휘하기 시작했다.

그 시절의 데미안에 대하여 내가 무엇을 알고 있는지 떠올려 보려고 한다. 일 년 남짓 그와 이야기를 나누지 않았던 것 같다. 내쪽에서 그를 피했고, 그는 집요하게 접근해 오지 않았다. 언젠가 우연히 마주쳤을 때, 그는 고개를 끄덕여 주었다. 그다음에는 이따금씩, 그의 다정함 속에 냉소와 묘한 비난의 여운이 섞여 있는 것처럼 느껴졌다. 그렇지만 그것은 나의 일방적인 억측이었을 수도 있다. 내가 그와 함께 겪은 사건이며 그가 그 당시 나에게 끼쳤던 기묘한 영향력은 우리 모두가 잊은 듯했다.

나는 그의 모습을 생각해 내려 한다. 그리고 지금 그를 떠올려 보니 그가 정말 거기 있었고, 내가 그를 바라보고 있는 것만 같다. 그가 혼자 아니면 키 큰 학생들 사이에 끼여 학교에 가는 모습이 보인다. 그리고 자신의 독특한 분위기에 에워싸여 자신의 법칙대로 고독하고 조용하게, 마치 하늘의 별처럼 그들 사이에서 거닐고 있는 모습이 보인다. 아무도 그를 사랑하지 않았고, 아무도 그와 친하지 않았다. 오직 그의 어머니만 빼고는……. 그런데 그의 어머니도 그를 어린아이처럼 대하는 것이 아니라 어른에게 하듯이 대하는 것 같았다. 선생님들은 그를 될 수 있는 대로 가만히 내버려 두었다. 그는 좋은 학생이었지만 누구의 마음에 들려고도 하지 않았다. 이따금 그가 어느 선생님에게 항변을 했다는 소문이 들려

오곤 했다. 그가 했다는 항변은 날카로운 도전이나 빈정거림이라고밖에 생각되지 않는 것들이었다.

두 눈을 감고 떠올려 본다. 그의 모습이 생생하게 보인다. 그곳이 어디였을까? 그렇다, 그곳은 우리 집 앞 골목이었다. 어느 날 나는 그가 거기서 손에 노트를 들고 서서 그림을 그리는 것을 보았다. 그는 우리 집 대문 위, 새가 있는 오래된 문장을 그리고 있었다. 그때 나는 어느 창가 커튼 뒤에 몸을 숨기고 서서 그를 바라보았다. 그는 주의력에 찬 서늘하고 환한 얼굴로 몹시 놀라워하며 그 문장을 바라보았다. 그것은 어른의 얼굴, 연구가나 혹은 예술가의 얼굴이었다. 그의 표정은 탁월하고 의지에 가득 차 있었는데, 이상하게도 환하면서도 차가운 느낌을 주는 두 눈이 그를 더욱 총명하게 보이게 해 주었다.

그리고 나는 얼마 지나지 않아서 다시 그의 모습을 보았는데, 그것은 거리에서였다. 학교에서 돌아오는 길에 우리들 모두는 쓰러진 말 한 마리를 에워싸고 서 있었다. 말은 농가에서 쓰는 달구지에 멍에를 멘 채 쓰러져 있었으며, 무언가를 찾는 듯 간신히 열린 콧구멍으로 숨을 헐떡거렸다. 눈에 띄지는 않았지만 어딘가의 상처에서 피가 흘러나오고 있었다. 거리의 뽀얀 먼지가 말의 옆구리에서 나오는 피로 검붉게 젖어가고 있는 것을 보며, 메스꺼워져서 얼굴을 돌렸을 때 데미안의 얼굴을 보았다. 그는 앞으로 밀치고 나오지 않고, 언제나 그런 것처럼 멀찍이 뒤쪽에서 편안하고 제법 그럴듯한 자세로 서 있었다. 그의 시선은 말의 머리를 향해 있는 듯했는데, 보통 때와 마찬가지로 깊고 조용한, 냉담한 주의력을 유지하고 있었다. 나는 오랫동안 그를 바라보지 않을 수가 없었다. 분명하지는 않았지만 그때 무언가 독특하고 비상한 것이 나를 잡아당기는 것 같았기 때문이다.

데미안의 얼굴을 보고 있으면 그것은 소년의 얼굴이 아니라 어른의 얼굴로 보였다. 그런데 내가 본 것은 어른의 얼굴뿐만이 아니었다. 나는 더 많은 것을 보았다고, 혹은 감지했다고 확신했다. 그것은 남자의 얼굴만이 아니었다. 마치 여자의 얼굴이 그 안에 깃들어 있는 것처럼 느껴졌다. 특히 그 얼굴은 한순간 나에게 어른 같거나 어린애 같거나 늙었거나 젊었거나 한 것이 아니라, 어쩌면 수천 살은 먹은 것도 같고 왠지 시간을 초월한 것도 같은, 우리가 살고 있는 것과는 판이하게 다른 시대의 인장이 찍혀 있는 것처럼 보였다. 간혹 짐승들이나 나무들, 아니면 별들이 그렇게 보일지도 모른다. 지금 내가 어른이 되어 그것에 대해 말하고 있지만, 그때는 그것을 알지 못했고 정확하게 느끼지도 못했다. 다만 뭔가 비슷한 것을 느끼기는 했었다. 아마도 그는 용모가 훌륭했고, 내 마음에 들었을 것이다. 어쩌면 내가 싫어했을 수도 있다. 그것조차 확실하지 않다. 다만 내가 보았던 것은, 그가 우리들과는 달랐다는 사실이다. 그는 한 마리 짐승이나 유령, 아니면 어떤 환영 같았다. 나는 그의 모습이 어땠었는지 정확히 기억나지 않지만, 어쨌든 그는 우리들과는 달랐다. 우리가 상상할 수 없을 만큼 달랐다. 그 이상은 생각나지 않는다. 어쩌면 이렇게 말하는 것조차도 부분적으로는 나중에 받은 인상에 의해 만들어 낸 것인지도 모르겠다.

몇 살 더 나이를 먹었을 때에야 비로소 나는 다시 그와 친근한 사이가 되었다. 데미안은 관습대로 교회에서 받는 견진성사를 그 또래들과 함께 받지 않았다. 그러자 학교에서는 다시금 그가 사실은 유대인이거나 이교도일 거라는 소문이 퍼졌다. 그리고 어떤 아이들은 그가 그의 어머니와 함께 어떤 종교도 믿지 않거나 아니면 어떤 황당한 사교(邪敎)에 빠져 있다고 수군거렸다. 그것과 연관해서, 그가 어머니와 애인처럼 살고 있다는 이야기도 들은 적이 있었다. 아무튼 그는 지금껏 아무런 신앙 없이 키워진 것 같았다. 그런데 그 점이 그의 장래에 어떤 불이익을 초래할지도 모른다는 우려를 갖게 한 모양이었다. 어쨌든 그의 어머니는 또래보다 2년 뒤늦게야 그에게 견진성사를 받게 할 결심을 했다. 그래서 그가 몇 달간 견진성사를 위해 준비하는 수업을 받으려고 우리 반에 들어오게 된 것이다.

한동안 나는 그와 완전히 거리를 두었다. 그와 어떤 식으로도 연결되고 싶지 않았기 때문이다.

그는 지나칠 정도로 소문과 비밀에 둘러싸여 있었다. 그러나 무엇보다도, 크로머의 사건이 있은 이래 내 마음속에 남아 있던 부담감이 나를 몹시 혼란스럽게 했던 것이다. 그리고 그 당시에는 나도 내 자신의 비밀들에 열중하느라 경황이 없었다. 공교롭게도 견진성사 수업은 내가 성 문제에 눈을 뜬 시기와 일치했다. 그리하여 선한 의지에도 불구하고 경건한 가르침에 대해 관심 갖는 것이 쉽지 않았다. 신부님이 하시는 말씀은 내게서 멀리 떨어져 고요하고 성스러운 비현실 속에 놓여 있었다. 그것들은 대단히 훌륭하고 가치 있는 것이겠지만, 결코 현실성이 있거나 자극적인 것은 아니었다. 그에 반해 성과 관련된 일은 바로 눈앞의 현실이었고 극도로 자극적이어서 나를 흥분하게 했다.

  이러한 상태가 나를 수업에 대하여 무관심하게 만들었고, 그럴수록 나의 관심은 막스 데미안 쪽으로 쏠렸다. 어떤 끈이 우리들을 묶어 주는 것 같았다. 나는 그 끈을 될 수 있는 대로 정확하게 따라가지 않으면 안 되었다. 내가 생각해 낼 수 있는 한에서, 그것은 아직도 교실에 불이 켜져 있던 이른 아침 수업 시간에 시작되었다. 신부님이 카인과 아벨의 이야기를 하셨는데, 나는 졸려서 신부님 이야기를 거의 듣지 않고 있었다. 그때 신부님이 목소리를 높여 카인의 표식에 관해 이야기를 하기 시작했다. 나는 바로 그 순간에 일종의 영감이나 경고를 받은 듯한 느낌을 받았다. 그러면서 앞쪽에 앉은 데미안이 나를 보고 있는 것이 느껴졌다. 그는 잠시 동안 나를 바라보았는데, 진지하면서도 밝고 냉소하는 것 같은 표정으로 무언가를 말하고 있는 듯했다. 그러자 나는 갑자기 긴장이 되어 애써서 신부님의 말씀에 귀를 기울였다. 카인과 그 표식에 대한 이야기를 듣는 동안, 내 마음속 깊은 곳에서 한 가지 깨달음이 찾아왔다. 그것은 신부님이 가르치는 것과 같지 않으며, 그것은 얼마든지 달리 볼 수도 있을 뿐 아니라 그 점에 비판을 가할 수 있다고 말이다.

  그 순간, 나와 데미안은 다시 결합되었다. 그리고 이상하게도 영혼이 결합되어 있다고 느끼자마자 그것이 마치 마술처럼 공간에 퍼져가는 것처럼 생각되었다. 그가 자신의 힘으로 그렇게 일을 만들었는지 아니면 순전한 우연이었는지는 모르지만, 당시만 해도 나는 우연이라고 굳게 믿었다.

며칠 후에 데미안은 종교 시간에 갑자기 자기 자리를 바꾸어 바로 내 앞에 앉았다(꽉 찬 교실에서 뿜어내는 비참한 빈민 병원과 같은 공기 한가운데서, 그의 목덜미에서 풍겨오는 부드럽고 신선한 비누 냄새를 얼마나 기꺼이 들이마셨던가를 나는 아직도 기억하고 있다). 그러고는 다시 며칠 뒤 그가 다시 자리를 옮겨 내 곁에 앉더니만, 겨울을 거쳐 봄이 다 가도록 그 자리에 그대로 앉아 있었다.

그 후 아침 수업 시간 분위기가 완전히 변해 버렸다. 이제는 졸리거나 지루하지도 않았다. 그 시간을 기다릴 정도로 즐거웠고, 무서울 만큼 집중하여 신부님 말씀에 귀를 기울였다. 주의해야 할 이야기나 이상한 말을 들어도 그의 눈짓만으로도 충분하다고 생각될 정도였다. 뿐만 아니라 경고하듯이 보내는 그의 단호한 눈길 하나면 내 마음속에서 비판이나 회의를 일깨우는 것도 충분히 가능했다.

하지만 우리는 때때로 수업의 내용에 전혀 귀를 기울이지 않았다. 하지만 데미안은 선생님들과 동급생들에게 늘 공손했고, 다른 아이들이 쉽게 저지르는 어리석은 짓도 하지 않았다. 커다랗게 웃거나 떠드는 일도 없었으며, 선생님께 책망 받는 일을 한 적도 없었다. 그러나 아주 나직하게, 속삭이는 말이라기보다는 오히려 손짓이나 눈짓으로 나를 자신의 일에 가담하게 하는 방법을 그는 알고 있었다. 그 일들은 때로는 미묘한 성격의 것들이었다.

예를 들면, 그는 나에게 학생들 중 누가 자기의 관심을 끄는지, 자기가 그들을 어떤 식으로 연구하고 있는지를 말해 주었다. 그는 어떤 아이들에 대해서는 아주 정확하게 알고 있었다. 수업이 시작되기 전에 그가 말했다.

"내가 너에게 엄지손가락으로 신호를 보내면, 저 애가 우리들 쪽을 돌아보거나 목덜미를 긁을 거야."

그리고는 수업 중에, 데미안은 내가 조금 전에 들은 그의 말을 잊고 있을 때쯤 갑자기 자기의 엄지손가락을 눈에 띄게끔 나에게 돌리는 것이었다. 나는 얼른 그가 가리킨 학생을 지켜보았다. 그가 가리킨 아이는 마치 철사 줄에 매여 당겨지기라도 한 것처럼 번번이 요구받은 몸짓을 하는 것이었다. 나는 선생님한테도 그걸 한 번 시험해 보라고 데미안을 졸랐지만, 그는 그건 하려 하지 않았다.

그러나 어느 날 내가 수업에 들어가서 오늘은 예습을 해오지 않았으므로 신부님이 나에게 아무것도 묻지 않았으면 좋겠다고 말했더니, 그가 기꺼이 나를 도와주었다. 신부님은 수업 중에 교리 문답의 한 구절을 암송할 학생을 찾으려고 교실 안을 둘러보았다. 그러다가 여기저기 떠돌던 신부님의 시선이 안절부절못하고 있는 내 얼굴에 멈췄다. 이윽고 신부님은 내 옆으로 천천히 다가와 나를 향해 손가락을 뻗으면서 내 이름을 부르려 했다. 그런데 그 순간 갑자기 신부님의 마음이 산란해졌는지 불안해졌는지는 확실치 않지만, 옷깃을 만지작거리더니 자신의 얼굴을 똑바로 응시하고 있는 데미안에게로 발길을 돌렸다. 그리고는 데미안에게 뭔가를 물으려는 듯한 기색을 보이다가 다시 몸을 돌렸고, 한동안 기침을 한 다음에 다른 학생을 시켰다.

이런 장난은 나를 몹시 재미있게 해 주었지만, 나는 비로소 그가 나에게도 똑같은 장난을 했다는 것을 알아차리게 되었다. 내가 학교 가는 길에 데미안이 내 뒤에서 얼마간의 거리를 두고 오고 있다는 느낌이 들 때가 간혹 있었는데, 그때 뒤를 돌아보면 틀림없이 그가 거기 있곤 했다.

"어떻게 다른 사람을 데미안 생각대로 움직이게 하는 거야?"

내가 그에게 묻자, 그는 침착하고 요령 있게 어른 같은 태도로 선선히 설명을 해 주었다.

"아니야. 그건 불가능해. 신부님이 아무리 그렇다고 말씀하셔도, 사람에게 자유 의지 같은 건 없어. 다른 사람이 내가 원하는 생각을 할 수도 없거니와, 내가 원하는 것을 그가 생각하게 만들 수도 없어. 하지만 누군가를 잘 관찰할 수는 있지. 그가 다음 순간에 무얼 하게 될지 말이야. 그건 아주 간단해. 다만 사람들이 그걸 모를 뿐이야. 물론 연습이 필요하지.

예를 들면, 나비 종류 중에 암놈이 수놈보다 훨씬 수가 적은 부나비가 있다고 해 봐. 나비도 다른 동물들과 마찬가지로 수컷이 암컷을 수태시키고, 그러면 암컷이 알을 낳게 되지. 그런데 만일 내가 지금 암컷 부나비 한 마리를 가지고 있다면 — 그러니까 학자들이 시험해 보듯이 — 밤에 수컷 부나비들이 암컷에게 날아온단 말이야. 그것도 아주 멀리 떨어진 곳에서. 생각해 봐! 이 수컷들이 수 킬로미터 떨어진 곳에서 그 지역에 있는 단 하나의 암컷을 감지하고 추적해 오는 것을……! 사람들은 그것을 설명하려고 애를 쓰지만 그건 어려운 문제야. 그건 일종의 후각이나 아니면 그것과 비슷한 무엇이 있기 때문일 테니까. 이를테면 좋은 사냥개가 눈에 보이지 않는 짐승의 자취를 찾아내어 뒤따라갈 수 있는 것처럼 말이야. 이해하겠어?

자연계에는 그런 일들이 얼마든지 있지만 아무도 그걸 설명할 수 없을 뿐이야. 그러나 이런 말은 할 수 있겠지. 만약 이 나비의 세계에 암컷이 수컷처럼 많이 있었더라면 수컷들의 코는 그렇게 예민해지지 못했을 거라고 말이야. 수컷들의 코가 그렇게 예민해진 것은 다만 스스로를 그렇게 훈련시켰기 때문인 거야. 어떤 짐승이나 사람이 자신의 모든 주의력과 모든 의지를 어떤 특정한 일에 집중하면 그들도 그것에 도달할 수 있을 거야. 그게 전부야.

네가 알고 싶었던 일도 그렇단 말이지. 어떤 사람을 아주 정확하게 관찰해 봐. 그러면 당사자보다도 그 사람에 대해 네가 더 잘 알게 될 테니까."

하마터면 '독심술'이라는 단어를 입 밖에 내어, 오래전에 있었던 일인 크로머와의 장면을 떠올리게 할 뻔했다. 그 일은 이제 우리 둘 사이에 미묘한 문제로 남아 있었다. 하지만 몇 년 전에 그가 무척 심각하게 내 인생에 개입했던 그 일에 대해, 그나 나는 슬며시 말을 비친 일조차도 없었다. 그랬기에 그전에는 우리 사이에 아무 일도 없었던 것 같았다. 아니면 서로가 상대방이 그것을 잊어버렸다고 굳게 믿고 있는 듯했다. 우리가 함께 길을 가다가 그 프란츠 크로머를 마주친 일도 몇 번 있었지만, 그때도 우리는 눈길조차 주고받지 않았다. 물론 그에 관해 한마디도 말하지 않았다.

내가 물었다.

"하지만 의지는 어떻게 되는 거지? 사람은 자유 의지를 갖고 있지 않다고 말했잖아. 그런데 다시, 자기 의지를 어떤 일에 집중시키면 자기 목표에 도달할 수 있다고 말했어. 그건 말이 맞지 않잖아! 내가 내 의지를 지배할 수 없는데, 어떻게 내 의지를 마음대로 이곳저곳에 집중시킬 수 있다는 거야?"

그가 내 어깨를 툭툭 쳤다. 그건 내가 한 행동이나 말이 자신의 맘에 들었을 때 그가 으레 하는 행동이었다.

그리고는 웃으면서 말했다.

"그런 걸 묻다니 제법인데! 사람은 언제나 의심하고 물어야 해. 그러나 문제는 아주 간단해. 예를 들면, 부나비가 자신의 의지를 별이나 또는 그 밖에 어딘가에 집중시키려 한다 해도 그건 가능하지 않아. 그것들은 처음부터 그런 시도를 하지 않거든. 나비들은 자기들에게 가치가 있는 것이나 필요로 하는 것, 절대로 가져야 하는 것만 찾기 때문이야. 그리고 그렇기 때문에 도무지 믿을 수 없는 일이 이루어지기도 하는 거야. 그것들은 자기 외에는 다른 동물들이 갖고 있지 않은 불가사의한 육감을 발전시키거든!

그렇다면 사람은 어떨까? 동물보다 활동의 여지가 더 많을 것이고, 호기심도 더 크겠지. 그러나 우리 역시도 좁은 테두리에 갇혀 있어서 그걸 벗어나는 것이 쉽지 않아. 물론 상상은 해 볼 수 있지. 꼭 북극에 가고 싶다든가 등으로 이런저런 상상의 날개를 펼 수도 있고……. 그러나 그 소원이 자신의 마음속에 온전히 들어 있을 때, 정말로 내 본질이 그것으로 완전히 채워져 있을 때만이 그걸 실행할 수 있거나 강하게 원할 수 있는 거야. 그런 경우에 너의 내면에서 너에게 요구하는 무엇인가를 네가 해 보기만 하면, 좋은 말에 마구를 매듯 너의 모든 의지를 펼칠 수 있게 돼. 하지만 내가 지금 우리 신부님이 장차 안경을 쓰지 않도록 하겠다고 마음먹는다면 그건 안 될 일이야. 그건 단순히 장난에 불과하니까.

그러나 내가그때 가을에 했던 것처럼 저 앞에 있는 내 자리를 옮겼으면 좋겠다는 확고한 의지를 갖자, 그건 아주 잘되었거든. 그때 알파벳순으로 보아 내 앞에 앉아야 했던 아이가 그동안 아파서 등교하지 못했는데, 그 아이가 갑자기 나타났어. 그래서 누군가가 그에게 자리를 만들어 줘야 했고, 물론 내가 그렇게 했지. 내 의지가 이미 준비되어 있었기 때문에 기회가 왔을 때 즉시 포착한 거지.”

“그래. 나는 그때 그 일을 이상하다고 느꼈었어. 그리고 우리가 서로 관심을 가졌던 그 순간부터 데미안은 나에게 점점 더 가까이 다가왔어. 그런데 그건 어떻게 된 거야? 처음부터 바로 내 옆에 앉지 않고 몇 번인가 내 앞쪽에 앉았잖아. 그렇지? 그건 어떻게 된 일이야?”

내가 말했다.

“그건 처음 자리를 바꿨으면 했을 때, 어디로 가고 싶은지 나도 확실히 몰랐거든. 나는 그저 멀리 뒤쪽에 앉고 싶다는 생각만 했을 뿐이었어. 너에게 가까이 가겠다는 의지는 밑바닥에 있었지만, 그 때만 해도 그것이 제대로 의식되지 않았거든. 그런데 그때 네가 가진 의지가 나를 도와 함께 끌어 준 거야. 그러다가 네 앞자리에 앉게 되었을 때 비로소 내 소망의 절반이 이루어졌다는 것을 느끼게 되었지. 그리고 네 옆에 앉는 것 이외에는 내가 아무것도 바라지 않았다는 것을 깨달은 거야."

"하지만 그때 새로운 들어온 학생이 없었는데……."

"그래, 맞아. 안 들어왔지. 하지만 그때는 그냥 내가 원하는 대로 네 옆에 앉아 버렸지. 나하고 자리를 바꾼 아이는 조금 의아해하면서도 그러라고 그랬어. 그리고 신부님도 자리가 달라졌다는 것을 알아차렸을 거고, 나하고 관계된 무엇인가가 석연치 않다는 생각을 하셨을 거야. 내 이름이 데미안이어서 이름이 D자로 시작되는데, 아주 뒤 S자로 이름이 시작되는 아이들 가운데 앉아 있다는 것이 맞지 않는다는 걸 알고 계셨단 말이지. 그러나 그 사실이 의식 속으로까지 뚫고 들어가지 않는 거야. 내 의지가 그걸 거역하면서 자꾸만 방해했기 때문이지. 뭔가가 맞지 않는다는 것을 거듭 알아차린 신부님은 나를 보고 연구하기 시작하신 것 같아. 그러나 그럴 때 나는 아주 단순한 방법으로 해결하곤 해. 매번 그분의 눈을 아주 뚫어지게 들여다보는 거야. 그러면 거의 모든 사람들이 그것을 견디지 못하고 불안해하거든. 만약 네가 누군가에게 뭔가를 얻고 싶으면 힘을 주고 똑바로 그의 눈을 들여다봐. 그런데도 그가 전혀 불안해하지 않거든 단념해 버리란 말이야. 그런 사람에게서는 결코 아무것도 얻을 수가 없으니까. 하지만 그런 일은 아주 드물어. 내가 아는 사람 중에 그렇게 했을 때 먹히지 않은 사람은 단 한 명뿐이었어."

"그게 누군데?"

내가 다급해진 목소리로 묻자, 그는 눈을 가늘게 뜨고 나를 바라보았다. 그는 생각에 잠기면 그런 눈이 되곤 했다. 그는 눈길을 딴 데로 돌리고서 대답을 하지 않았다. 몹시 궁금했지만 되풀이해서 물어볼 수는 없었다.

그러나 나는 그때 그가 자기 어머니 이야기를 하고 있었다고 생각한다. 그는 어머니와 몹시 친하게 지내는 것 같았지만 나에게 한 번도 어머니 이야기를 하지 않았다. 또한 나를 집으로 데리고 간 적이 한 번도 없었던 것이다. 때문에 그의 어머니가 어떻게 생겼는지조차도 나는 잘 몰랐다.

그 당시 나도 이따금씩 시험을 해보았다. 무엇인가를 성취하기 위해 그와 똑같이 내 의지를 집중시켜 보려고 애를 써 보았다. 나는 절실한 소망이 하나 있었던 것이다. 그러나 그 방법은 아무 소용이 없었다. 나는 데미안과 그 이야기를 해 볼 용기도 내지 못했다. 내가 소망하는 것을 그에게 고백할 수 없었던 것이다. 그리고 그 역시도 묻지 않았다.

그러는 사이에 나의 신앙은 많은 균열이 생겼다. 그렇지만 전적으로 데미안의 영향을 받은 나의 생각은, 명백하게 불신자임을 드러내는 동급생들과는 뚜렷하게 달랐다. 자신들의 불신을 군이 드러내 보이는 학생들이 몇 명 있었는데 그들은 어떤 신을 믿는다는 것은 인간으로서 품위 없는 일이며, 삼위일체는 물론이고 동정녀에게서 예수가 탄생되었다는 이야기 따위는 우스꽝스러운 일일 뿐이라고 비웃었다. 게다가 오늘날까지 그런 고물단지를 가지고 팔러 돌아다니고 있다는 것은 수치라며 분개까지 했다.

하지만 나는 결코 그렇게 생각하지 않았다. 때로 의혹을 갖긴 했지만, 내 유년 시절의 모든 체험을 통해 나는 우리 부모님이 영위하시는 것 같은 경건한 삶이 실재하고 있다는 것을 충분히 알고 있었다. 그리고 경건한 삶이란 것이 품위 없는 것도 아니고 위선을 부리는 일도 아님을 알고 있었다. 오히려 나는 예나 지금이나 종교적인 것에 지극히 깊은 경외심을 가지고 있었다. 다만 데미안은 나로 하여금, 성경에 나오는 이야기와 교리들을 보다 자유롭고, 보다 개인적이며, 보다 유희적이고, 보다 공상적으로 바라보고 해석하는 데 익숙하게 해 주었다. 적어도 나는 그가 나에게 암시해 준 풀이들을 늘 기껍게, 그리고 즐거이 따랐다. 물론 많은 것이 나에게는 너무 갑작스러웠다. 카인에 대한 문제도 그랬다.

그리고 한 번은 견진성사 수업 중에 그가 훨씬 더 대담한 견해 하나로 나를 깜짝 놀라게 했다. 선생님께서는 마침 골고다 언덕에 관해 이야기를 하고 있었다. 구세주의 고난과 죽음에 대한 이야기는 아주 어린 시절부터 내게 깊은 인상을 주었다. 내가 어린아이였을 적에, 아버지는 성삼일 같은 때가 되면 예수의 수난에 대한 이야기를 읽어 주시곤 했다. 그럴 때면 나는 고난에 찬 아름다움과 창백하고 섬뜩하면서도 생명력 있는 세계, 즉 겟세마네 동산과 골고다 언덕에 깊이 사로잡혀 살았다. 그리고 바흐의 〈마태 수난곡〉을 들을 때면 비밀에 가득 찬 세계의 어둡고 힘찬 고난의 광채가 신비로운 선율로써 내 마음에 흘러넘쳤다. 나는 지금도 이 음악 속에서, 그리고 '비극적 행위' 속에서 시를 비롯한 모든 예술적 표현의 본질을 발견하곤 한다.

그런데 그 수업 시간이 끝날 무렵, 데미안이 생각에 잠긴 표정으로 나에게 말했다.

"싱클레어, 저기엔 내 마음에 들지 않는 뭔가가 있어. 이 이야기를 다시 읽어 봐. 그리고 한 마디 한 마디 음미해 봐. 껄끄러운 맛이 나는 무언가가 있어. 예수와 함께 십자가에 매달린 두 도둑에 대한 이야기 말이야. 언덕 위에 세 개의 십자가가 나란히 서 있는 모습은 정말 굉장하지! 하지만 우직한 도둑들에 대한 감상적인 종교 이야기일 뿐이야! 도둑은 누구나 알다시피 수치스러운 행위를 저지른 범죄자였어. 그런데 이제 막판에 와서 회개한다면서 눈물을 흘리며 축제의 분위기를 연출하는 거야! 무덤에서 두 발자국 떨어진 곳에서 그 따위 회개를 하는 것이 무슨 의미가 있느냔 말이야? 넌 어떻게 생각해? 그건 유치한 감상과 지극히 교화적 배경을 가진, 달콤하고도 속임수에 제격인 예수쟁이의 이야기 외에는 아무것도 아니야. 만약 오늘 내가 그 도둑들 중 하나를 친구로 택해야 한다면, 혹은 둘 중 누구에게 더 신뢰를 보낼 것인가를 생각해야 한다면, 그건 눈물이나 질질 흘리는 개종자 쪽은 분명히 아닐 거야. 단연코 다른 쪽의 회개하지 않은 도둑을 고를 거란 말이지. 그는 사탕발림에 불과한 개종 따위는 우습게 알았거든. 그의 처지에서 그런 건 그저 듣기 좋은 말일 뿐이야. 그는 마지막까지 자신의 길을 갔고, 자신을 거기에 이르도록 한 악마에게서도 최후의 순간까지 비겁하게 도망치지 않았어. 그는 사나이다울 뿐 아니라 개성이 강한 인물이지. 성경 속의 이야기에서는 개성 강한 사람들이 자주 손해를 보곤 하지. 어쩌면 그도 카인의 후예일 거야. 그렇게 생각하지 않니?"

나는 몹시 당황했다. 이 십자가의 수난 이야기는 내 자신이 아주 잘 알고 있다고 믿었는데 이제야 비로소 내가 얼마나 개성 없이, 얼마나 상상력과 환상 없이 그것들을 듣고 읽었었는지를 깨달았다. 그럼에도 데미안이 말한 이 새로운 생각은 나에게 숙명적으로 들렸고, 계속 지키지 않으면 안 된다고 믿었던 내 안의 개념들을 뒤집어엎으려고 위협했다. 하지만 안 된다! 그렇게 온갖 것을, 신성한 것까지도 함부로 농락해서는 안 되는 것이다.

언제나 그렇듯이, 내가 미처 말을 하기도 전에 그는 나의 저항을 즉시 알아차리고 체념한 듯 말했다.

"나도 이미 알고 있어. 그건 아주 오래된 이야기지. 심각하게 받아들일 필요 없어! 하지만 너한테 몇 마디만 할게. 여기에, 이 종교의 결함을 아주 똑똑하게 볼 수 있는 점이 있어. 구약이나 신약에 나타나는 신은 온전한 유일신으로 훌륭한 모습을 하고 있지만, 그것은 본래 나타내야 할 모습이 아니라는 점이야. 신이란 선한 것, 고귀한 것, 아버지다운 것, 아름답고도 드높은 것, 다감한 것이라는 건 아주 옳은 말이야! 그러나 세상은 다른 것으로도 이루어져 있어. 그런데 다른 건 모두가 악마의 것으로 되어 있고, 세상의 이 다른 부분이 통째로, 절반은 숨겨지고 묵살되고 있어. 사람들은 신을 모든 생명의 아버지라고 찬양하면서도 생명의 근원인 모든 성생활은 간단히 묵살하고 걸핏하면 악마의 짓이나 죄악이라고 단언하는 거야! 사람들이 이런 신을 여호와라고 존경하는 것에 대해서는 전혀 반대할 이유가 없어. 하지만 우리는 모든 것을 존경하고 신성시하지 않으면 안 된다고 생각해. 인위적으로 분리시킨 이 공식적인 절반뿐만 아니라 세계 전체를 말이야! 따라서 우리가 신께 제사를 드리는 것이야말로 정당하다고 나는 생각해. 그러나 그와 동시에 악마에게도 제사를 드려야 한다고 생각해. 그렇지 않으면 우리는 자기 속에 악마도 품고 있는 신을, 그리고 지극히 자연스러운 세상일들이 일어날 때 그 앞에서 눈을 감지 않아도 되는 신을 창조하지 않으면 안 된다고 생각해."

그는 평소와 달리 무척 격해져 있었으나, 곧 미소를 지으면서 더 이상 나에게 강요하지 않았다.

그러나 그의 말은 내가 마음속에 늘 간직하고 있었으며, 거기에 대해 누구에게도 언급하지 않았던 나의 소년 시절의 수수께끼에 들어맞았다. 데미안이 그때 신과 악마에 대하여, 거룩하고 공인된 세계와 묵살된 악마의 세계에 대해 말한 것은 바로 내 자신의 생각이었고, 내 자신의 신화였으며, 두 세계 혹은 세계의 두 절반 — 밝은 세계와 어두운 세계에 관한 생각이었던 것이다. 나의 문제가 모든 인간의 문제이며, 모든 생명과 사색의 문제라는 통찰이 갑자기 신성한 그림자처럼 나를 뒤덮었다. 그리고 나의 개인적인 생활과 생각이 거대한 사유의 영원한 흐름에 얼마나 깊이 관여되어 있는가를 보고 또 느끼게 되자 두려움과 경외심이 엄습했다. 그러나 그 통찰은 실증해 주고 행복하게 해 주는 것이었는데도 왠지 즐겁지 않았다. 그 통찰은 가혹했고 맛이 떫었다. 그 안에는 일말의 책임 의식이, 이제는 어린애일 수 없다는 사실과 혼자서 살아 나가야 한다는 울림이 들어 있었기 때문이다.

내 생에서 처음으로 그토록 깊은 비밀을 드러내면서, 나는 아주 어린 시절부터 품고 있었던 '두 개의 세계'에 대한 견해를 그에게 들려주었다. 그리고 그는 그것을 통해, 나의 가장 깊은 곳에 자리 잡고 있는 감정이 자신의 말에 동의하고 그를 옳다고 여긴다는 것을 알아차렸다. 그러나 그는 그런 것을 이용하려 들지 않았다. 그는 그 어느 때 내게 기울였던 것보다도 더 깊은 관심으로 귀를 기울이며 내 눈을 들여다보았다. 하지만 나는 눈을 돌리지 않을 수 없었다. 왜냐하면 나는 그의 시선 속에서 다시 그 이상한, 동물적이면서도 시간을 초월한, 상상조차 할 수 없는 아득한 나이를 보았기 때문이다.

"그 얘긴 다음에 더 하자. 네가 누구에게 말할 수 있는 것 이상으로 더 많이 생각한다는 걸 알았어. 그런데 그것이 사실이라면 넌 네가 생각했던 것을 모두 겪어 보지 못했다는 것도 알 수 있을 거야. 그런데 그건 좋지 않아. 우리가 실제로 생활할 수 있는 생각만이 가치가 있는 거야. 그리고 너는 너에게 '허용된 세계'가 세계의 절반에 불과하다는 것을 알고 있고, 너는 신부님들과 선생님들이 그렇듯이 두 번째 절반을 감추려고 했어. 그러나 넌 그걸 감추지 못할 거야! 한 번 생각을 시작한 사람들은 잘 될 수가 없는 법이거든."

그는 배려하듯 말했고, 이 말은 내 마음속 깊이 와 닿았다.

"하지만 실제로 금지된 일, 추악한 일들이 확실히 있다는 건 데미안도 부인하지 못할 거야! 그런 일들이 일단 금지되어 있는 이상 그것을 단념해야만 해. 물론 우리는 살인을 비롯한 온갖 악덕들이 존재한다는 걸 알고 있어. 하지만 단지 그것이 존재한다는 이유만 으로 자진해서 범죄자가 되라는 거야?"

내가 소리치다시피 말하자, 데미안이 나를 달랬다.

"우리가 오늘 이 문제의 결론을 낼 수는 없겠다. 누굴 죽이라든 지 소녀를 능욕하라는 게 아니야. 그건 해서는 안 되는 일이야. 하지만 '허용된 것', '금지된 것'이 무엇인지 분별할 수 있는 데까지 넌 이르지 못했어. 너는 겨우 진리의 한 조각을 감지한 것뿐이야. 다른 조각들도 알게 될 테니까 그것에 자신을 맡기고 기다려 봐! 그러니까 넌 일 년 전쯤부터, 네 속에서 다른 모든 충동보다 훨씬 강한 어떤 충동을 느끼고 있었던 거야. 그런데 그걸 '금지된' 것으 로 간주하고 있지. 그리스 사람들이나 다른 많은 민족들은 이 충동 을 신성한 것으로 여기고 큰 축제를 벌여 숭배했어. 그러니까 '금 지된' 것은 영원한 것이 아니며 바뀔 수 있는 거야. 지금 당장이라 도 누구든 어떤 여인과 함께 신부님 앞에서 결혼하고 나면 동침해 도 돼. 하지만 오늘날에도 그렇지 않은 민족도 있어.

그러니까 우리는 누구나 자기 스스로가 '허용된 것'과 '금지된 것'이 무엇인지를 찾아내야 해. 금지된 것을 한 번도 해 보지 않고 서도 대단한 악당이 될 수 있으니까. 그리고 반대의 경우도 있지. 사실 그것은 그냥 편의상의 문제에 지나지 않아. 지나치게 안일해 서 스스로 생각하고 스스로 자신을 판결하지 못하는 사람은 금지 된 명령에 복종하는 법이야. 그런 사람들은 살기가 쉬울지도 몰 라. 다른 사람들은 자기의 내부에서 스스로 법령을 느끼거든. 신 사들이 일반적으로 하는 일들이 그들에게는 금지되어 있고, 다른 경우에는 엄금되어 있는 일들이 이들에게는 허용되기도 하지. 그러니 사람은 누구나 자기 자신에 대해 책임을 져야 해."

그는 말을 많이 한 것을 후회하는 듯 갑자기 말을 중단했다. 그가 어떤 느낌이었는지, 그때 나는 감정적으로 어느 정도 이해할 수 있었다. 그는 겉보기에 매우 유쾌하게 자신의 생각을 떠오르는 대로 말하곤 했어도, 그가 언젠가 말했듯이 '그저 지껄이기 위한' 대화를 그는 결코 견디지 못했던 것이다.

그런데 그는 나에게서, 진정한 관심을 보이고 있음과 아울러 과도한 유희와 재치 있는 수다에 대한 즐거움 혹은 그 비슷한 무엇, 간단히 말해서 완전한 진지성이 결여되어 있다는 것을 감지했던 것이다.

방금 내가 써 놓은 마지막 말 — '완전한 진지성의 결여' — 을 다시 읽어 보니 갑자기 다른 장면 하나가 떠올랐다. 내가 아직 절반은 어린아이이던 그 시절에 막스 데미안과 더불어서 겪은 가장 강렬한 장면이다.

우리들의 견진성사가 다가오고 있었다. 종교 수업의 마지막 시간에 최후의 만찬에 관해 배웠다. 그것은 신부님께 중대한 일이었기에 신경을 많이 쓰셨다. 이 시간에는 일종의 신성한 기분이 분명하게 느껴졌다. 그러나 바로 마지막 두서너 시간밖에 남지 않은 교리 문답 시간 동안에 내 생각은 다른 것에 팔려 버렸다. 그것도 어느 개인에게 말이다. 교회 공동체 안으로 엄숙하게 들어가는 의미를 지니는 견진성사를 위해서 받은 대략 반년 간의 교리 수업의 가치가 교실에서 배운 것 가운데 있는 것이 아니라 데미안의 가까이에서 그리고 그의 그 영향 속에서 지낸 일 가운데 있다는 생각이 어쩔 수 없이 밀려왔다. 내가 준비한 것은 교회가 아니라, 그것과는 전혀 다른 사상과 개성의 교단(敎壇)에 입회할 준비였던 것이다. 그것은 어떻게든 지상에 틀림없이 존재할 것이고, 그 대표자이자 사도는 바로 데미안이라고 느껴졌다.

나는 이 생각을 떨쳐 버리려고 애를 썼다. 온갖 다른 일에도 불구하고 견진성사 의식을 어느 정도 품위 있고 엄숙하게 경험하고 싶었던 것이다. 그런데 이러한 것들은 나의 새로운 생각들과는 거의 조화될 수 없는 것 같았다. 그렇지만 나는 내가 원하는 것을 하고 싶었고, 그 생각은 분명했다. 그것은 서서히 다가온 교회의 의식과 연결되어, 나는 다른 사람들과는 다르게 의식을 치러야겠다고 마음먹었다. 나에게는 그 의식이 데미안을 통해 알게 된 사고의 세계로 들어가는 것을 의미해야 했기 때문이다.

내가 다시 한 번 그와 열심히 토론을 한 것도 그 무렵의 일이었다. 바로 교리 문답 수업 직전이었다.

"우리는 너무 이야기를 많이 한단 말이야. 재치 있는 이야기를 늘어놓는 건 아무 가치가 없는 거야. 전혀 없지. 자기 자신으로부터 떨어져 나갈 뿐이지. 하지만 자기 자신으로부터 떨어져 나간다는 건 죄악이야. 사람이란 자기 자신 안으로 완전히 기어들 수 있어야 해, 거북이처럼."

그가 서먹할 만큼 정색을 하며 말했다. 그러고 나서 우리는 넓은 교실로 들어갔다. 수업이 시작되었다. 나는 주목하려고 애를 썼고, 데미안은 그러는 나를 방해하지 않았다. 한참 뒤에 그가 앉아 있는 내 옆쪽에서부터 뭔가 이상한 느낌이 왔다. 마치 자리가 보이지 않게 비어 버린 듯한 일종의 공허감이나 서늘함 혹은 그 비슷한 무엇이 느껴졌다. 그 느낌이 조여들기 시작했을 때 나는 옆쪽을 보았다.

거기 내 친구가 앉아 있는 것을 보았다. 여느 때처럼 단정하고 반듯한 태도로……. 그러나 그럼에도 불구하고 그가 여느 때와는 아주 다르게 느껴졌다. 내가 알지 못하는 무엇인가가 그에게서 나와 그를 에워싸고 있었다. 나는 그가 눈을 감았다고 생각했다. 그러나 그는 눈을 뜨고 있었다. 그렇지만 눈은 아무것도 바라보지 않았다. 보고 있는 것이 아니라 굳어져 있었고, 내부의 세계 혹은 아득히 먼 세계를 향해 있는 것 같았다. 그는 완전히 정지된 상태로 전혀 꼼짝달싹도 않고 거기 앉아 있었다. 숨도 쉬지 않는 것처럼 보였으며, 그의 입은 나무나 돌로 깎아 놓은 것 같았다. 그의 얼굴은 핏기 없이 창백했다. 오직 갈색 머리카락만 살아 있는 것 같았다. 그의 두 손은 긴 의자 위에 놓여 있었는데, 마치 돌이나 열매들처럼 생명 없이 창백했고 움직임이 느껴지지 않았다. 그렇지만 맥없이 늘어진 것이 아니라, 감춰져 있는 강한 생명을 에워싸고 있는 단단하고 질 좋은 껍질 같았다.

그 광경이 나를 떨게 했다. 나는 '그가 죽었다!'고 생각했으며, 하마터면 크게 소리를 지를 뻔했다. 그러나 그가 죽지 않았다는 것을 나는 알고 있었다. 나는 창백하게 굳어 버려 가면처럼 보이는 그의 얼굴에서 시선을 떼지 못했다. 그리고 나는 그것이야말로 데미안이라고 느꼈다. 나와 함께 걷고 이야기했던 여느 때의 그는 다만 반쪽짜리 데미안이었다. 이따금씩 어떤 배역을 맡아 연기하고, 그때그때 적당하게 대응하면서 호의로써 협조해 주던 데미안의 반쪽에 불과했던 것이다. 그러나 진짜 데미안은 지금처럼 고색창연하며, 짐승이나 돌처럼 굳어 있고, 아름다우면서도 차갑고, 죽어 있으면서도 이제까지 없었던 생명력이 넘쳐나는 모습이었다. 그리고 그의 주위를 에워싸고 있는 이 고요한 공허, 이 정기(精氣)와 별들의 공간, 이 고독한 죽음……!

나는 전율하면서, 지금 그가 완전히 자기 안으로 들어가 버렸다는 것을 느꼈다. 나는 한 번도 그토록 고독해진 적이 없었다. 그는 나와 아무런 관계가 없었다. 그는 내가 도무지 도달할 수 없는 존재였으며, 세상에서 가장 먼 섬에 있는 것보다도 더 멀리 있다고 느껴졌다.

나만 그 광경을 보았다고는 생각되지 않았다. 그러나 그를 주의해서 바라보는 사람은 아무도 없었다. 그는 석상이나 동상이라고 여겨질 정도로 빳빳하게 앉아 있을 뿐이었다. 파리 한 마리가 그의 이마에 내려앉아 천천히 코와 입술 위를 기어 다녔다. 그런데도 그는 주름살 하나 움찔하지 않았다.

어디에, 그는 지금 도대체 어디에 가 있는 것일까? 무엇을 생각하고, 무엇을 느끼고 있는 것일까? 그는 천국에 가 있는 것일까, 아니면 지옥에 가 있는 것일까?

하지만 그걸 그에게 물어볼 수는 없는 노릇이었다. 수업이 끝난 후 그가 다시 살아나 숨 쉬는 것을 보았을 때, 그의 시선이 나의 시선과 맞닥뜨렸을 때 그는 전과 다름없었다.

그는 어디에서 왔을까? 어디를 다녀왔을까?

그의 얼굴에 다시 혈색이 돌아왔고, 두 손이 다시 움직였다. 그러나 갈색 머리카락은 윤기를 잃고 몹시 지쳐 보였다.

그 후 며칠 동안, 나는 내 침실에서 몇 번인가 새로운 연습에 몰두했다. 나는 몸을 곧추세우고 의자에 앉아 눈을 한곳에 고정시킨 채 전혀 꼼짝하지 않고 있었다. 얼마나 오랫동안 내가 그것을 견뎌 내며, 또 무엇을 느끼게 될 것인지를 기다렸다. 그러나 그저 피곤해지기만 했고, 눈꺼풀에 심한 경련이 일어날 뿐이었다.

그리고 얼마 안 있어 견진성사가 있었는데, 거기에 대해서는 이렇다 할 기억이 남아 있지 않다.

이제 모든 것이 달라졌다. 유년 시절은 산산이 부서져 폐허가 되었다. 부모님은 낭패감을 감추지 못한 채 나를 바라보셨다. 누이들도 낯설어졌다. 냉담함이 깃들어 익숙해진 느낌들과 기쁨들을 왜곡시키고 빛을 바래게 했다. 정원에서도 향기를 느끼지 못했고, 숲은 마음을 끌지 못했다. 내 주위의 세계는 낡은 고물상처럼 맥없고 매력 없는 상태로 나를 둘러싸고 있었다. 책들은 종잇조각이 뭉쳐진 것에 불과했고, 음악은 소음에 지나지 않았다.

그렇듯, 가을이 되면 나무 주위로 잎이 떨어진다. 그러나 나무는 그것을 느끼지 못한다. 나무에 비가 쏟아지고 햇볕이 내리쬐며 서리가 내린다. 그리고 나무의 내부에서는 생명이 서서히 위축되어 한구석의 깊은 곳으로 빨려 들어간다. 그러나 나무는 죽은 것이 아니다. 기다리고 있는 것이다.

나는 방학이 끝나면 다른 학교로 가기로 결정되어 있었다. 난생 처음 집을 떠나게 되자, 어머니는 이따금씩 나에게 다가와 유난스레 다정하게 대하셨다. 그럴 때면 미리 작별을 고하면서, 내 가슴 속에 사랑과 향수 그리고 잊지 못할 것들을 심어 주려고 애쓰셨다.

데미안은 여행을 떠났다. 나는 혼자였다.

베아트리체

내 친구를 다시 만나지 못한 채, 방학이 끝날 무렵에 나는 성(聖) ○○ 시로 갔다. 부모님이 따라와 세세한 데까지 갖은 마음을 써서 나를 어느 김나지움의 선생 댁인 학생 기숙사에 맡기셨다. 그때 나를 어떤 것들 속으로 몰아넣었는지를 아셨더라면, 부모님이 얼마나 놀라셨을까…….

시간이 지남에 따라 내가 좋은 아들, 쓸모 있는 시민이 될 수 있을지, 아니면 나의 본성이 다른 길들로 향할지는 여전히 의문이었다. 부모님의 집과 정신의 그늘 속에서 행복해지려 했던 나의 마지막 노력은 오랫동안 계속되었고, 때로는 성공하는 듯도 했지만 결국은 완전히 실패로 끝났다.

견진성사를 마치고 나서 방학 동안에 내가 처음으로 느끼게 되었던 묘한 공허감과 고립감 — 이런 감정을 뒷날에도 얼마나 많이 맛보게 되었던가! — 이 좀처럼 사라지질 않았다.

고향과의 이별은 이상하도록 쉽게 이루어졌다. 슬프지 않다는 사실이 부끄러울 정도였다. 누이들은 한없이 울어댔지만, 나는 울 수가 없었다. 그런 내 자신에 대해서 스스로 얼마나 놀랐는지 모른다.

나는 감정이 풍부했고, 바탕이 제법 선한 아이였는데 지금은 완전히 변해 버렸다. 외부 세계에 대해서는 매우 냉담한 태도를 보였으며, 온종일 내 자신의 내면에만 귀 기울이면서 마음속 지하에서 출렁거리는 금지되어 있는 어두운 강물 소리를 듣는 데만 열중했다. 나는 지난 반년 동안에 매우 빠르게 성장했다. 키가 훌쩍 크고 몸은 몹시 마른 불완전한 상태에서 세상을 들여다보고 있었다. 소년의 사랑스러움 따위는 찾을 수 없게 되었다. 이런 나를 사람들이 사랑하지 않으리라는 것을 스스로도 알고 있었으며, 나 자신조차도 이런 나를 조금도 사랑하지 않았다. 그러면서 나는 막스 데미안에 대한 그리움을 자주 느끼곤 했다. 그러나 어떤 때는 그를 미워도 했고, 몹쓸 병처럼 짊어지고 있는 내 삶의 빈곤에 대한 책임을 그에게 전가시키기도 했다.

학생 기숙사에 처음 들어갔을 때 나는 사랑받지도 주목받지도 못했다. 처음에는 나를 놀리다가, 그다음에는 나를 따돌렸다. 그들은 나를 자기 속을 드러내지 않는 음침한 놈, 혹은 불쾌한 변태자로 취급했다. 나는 그런 역할을 하는 자신이 마음에 들어, 한층 더 과장하면서 남몰래 고독 속으로 숨어들었다. 자주 비애와 절망으로 살을 저미는 듯한 발작에 짓눌리면서도, 외견상으로 보면 지극히 남자답게 세상을 경멸하는 것처럼 보이도록 가장했다.

학교에서는 집에서 쌓아 두었던 지식만 소모해 나갔다. 지금 학급은 전에 다니던 학교에 비해 진도가 약간 뒤처져 있었고, 나는 내 또래들을 어린아이라고 얕보는 습관이 생겼다.

일 년여의 시간을 그렇게 보냈다. 방학이 되어 처음 집으로 다니러 갔을 때도 새로운 느낌이라고는 없었다. 나는 기꺼이 다시 떠나왔다.

11월 초였다. 나는 날씨에 상관없이 짧은 산책을 하며 생각에 잠기는 습관이 있었다. 산책을 하는 동안, 나는 자주 희열 같은 것을 맛보았다. 일종의 기쁨이나 우울, 염세 그리고 세상에 대한 경멸과 자기혐오로 가득 찬 희열이었다. 나는 어느 날 저녁 어스름에 안개가 축축이 내려앉은 도시 주변을 어슬렁어슬렁 거닐었다. 텅 빈 공원의 넓은 가로수 길이 나를 부르는 듯했다. 길에는 낙엽이 두껍게 쌓여 있었고, 나는 어두운 쾌감을 느끼면서 발로 낙엽들을 헤집었다. 축축하고 매캐한 냄새가 났다. 멀리 있는 나무들은 안개 속에서 유령처럼 커다랗고 희미한 모습으로 불쑥불쑥 나타났다.

나는 가로수 길 끝에 어정쩡하게 멈춰 서서 검은 나뭇잎을 응시했고, 그 속에서 풍화와 사멸의 축축한 향기를 탐하면서 들이마셨다. 나의 내면에서 무언가가 그 향기에 응답하면서 인사를 해왔다. 오, 삶이란 얼마나 무미건조한 것인가!

옆길에서 바람에 나부끼는 깃 달린 외투를 입은 사람 하나가 다가왔다. 나는 가던 길을 그대로 가려고 했다. 그때 그가 나를 불렀다.

"어이, 싱클레어!"

그가 다가왔다. 우리 기숙사에서 가장 나이가 많은 학생, 알폰스 벡이었다. 나는 그를 만난 것이 싫지 않았고, 그에 대해 아무런 반감도 없었다. 그가 다른 모든 후배들한테나 나한테 비꼬는 듯한 말을 하거나 어른인 척 군다는 것 외에는 특별히 신경 쓸 일이 없는 사람이었다. 그는 곰처럼 힘이 세다고 알려져 있었는데, 기숙사 사감도 꼼짝 못하게 손안에 넣었다는 얘기가 학생들 사이에 떠도는 등으로 갖가지 소문을 몰고 다니는 주인공이었다.

"여기서 대체 뭘 하는 거야?"

그는 어른들이 이따금씩 자기보다 어린 애들을 대등하게 대할 때 쓰는 어투로 상냥하게 물었다.

"자아, 어디 내기해 볼까? 너 시를 짓고 있었지?"

"말도 안 돼."

나는 무뚝뚝하게 말을 잘랐다.

그는 웃음을 터뜨리더니, 내 곁에서 걸으며 이야기를 늘어놓았다. 그런데 그의 태도는 나에게 전혀 익숙하지 않은 것이었다.

"싱클레어, 내가 이해하지 못할 거라고 염려할 것 없어. 사람이 이렇게 가을의 사색에 잠겨서 저녁 안개 속을 거닐 때는, 뭔가 사연이 있는 법이거든. 그럴 때는 흔히 시를 쓰고 싶어하지. 그런 것쯤은 나도 벌써 알고 있어. 물론 사라져가는 자연에 대해서나 아니면 그것과 비교되는 사라져간 청춘에 대해서 말이지. 하인리히 하이네를 봐."

"난 그렇게 감상적이지 않아."

나는 그의 말에 항의했다.

"그럼 좋도록 해! 그렇지만 이런 날씨에는, 술이나 그 비슷한 것이 있는 조용한 곳을 찾아가는 것도 괜찮을 것 같지 않아? 나도 마침 혼자니까, 같이 가지 않을래? 네가 모범생이기를 고집한다면 굳이 권하지 않겠지만."

우리는 곧 어느 조그만 교외 술집에 앉아 다소 어정쩡한 맛의 포도주를 마시며 두꺼운 유리잔을 부딪쳤다. 처음에는 별로 마음에 들지 않았지만 뭔지 새로운 맛이 느껴지기는 했다. 나는 술에 익숙지 않아서인지 금방 말이 많아졌다. 내 속에서 창문 하나가 활짝 열린 것 같았고 온 세상이 나에게 들어오는 것 같았다. ─ 참으로 오랫동안 나는 영혼에 관하여 한마디도 하지 못하고 지내왔던 것이다.

나는 정신없이 지껄이기 시작했고, 그러는 가운데 카인과 아벨의 이야기까지 화젯거리로 삼았다.

벡은 기껍게 내 말에 귀를 기울여 주었다. 마침내 누군가가 내 말을 들어 주었고, 그에게 내가 무언가를 준다는 생각이 들었다. 그는 내 어깨를 두드리며 아주 근사하고 굉장한 녀석이라고 불렀다. 그리고 나는 이야기하고 싶고, 뭔가를 표현하고 싶은 욕구를 실컷 쏟아내는 기쁨을 맛보았다. 게다가 나이 많은 학생에게 인정을 빚았다는 사실에 고무되어 가슴이 부풀어 올랐다. 특히 나를 천재적인 녀석이라고 한 그의 말은 내 마음속에 감미로운 독주처럼 짜릿하게 스며들었다. 순간 세계가 새로운 빛으로 빛나기 시작했고, 생각들이 수백 개의 샘에서 솟구치면서 나의 내부에서 뜨겁게 타올랐다.

우리는 선생님들과 친구들에 대해서도 이야기했는데, 이상할 정도로 서로 잘 통하는 것 같았다. 우리는 그리스인과 이교도에 대해서도 이야기했고, 그러는 동안 벡은 나로 하여금 연애에 대한 고백을 털어놓게 하려고 애를 썼다. 하지만 나는 그 점에서는 이야기할 게 전혀 없었다. 경험한 것이 아무것도 없었기 때문이다. 마음속에서만 느끼고 만들어 내어 상상의 날개를 편 것이 내 속에 들어앉아 불타고 있었지만, 그것은 술로도 풀리지 않았으며 전달할 수도 없었다.

벡은 여자에 대해서 아는 게 많았다. 나는 동화처럼 느껴지는 여자들에 관한 이야기를 열심히 경청했다. 나로서는 도무지 믿기지 않는 이야기였지만, 듣고 있다 보면 불가능하다고 생각해 온 일들이 평범한 현실처럼 여겨지며 어느새 당연하게 받아들여질 정도였다.

알폰스 벡은 열여덟 살 정도 되었을 텐데 벌써 이런저런 경험이 많았다. 그 가운데는 처녀들과 어떠어떠했었다는 것도 있었다. 처녀들은 자기들에게 아첨하면서 예절 바르게 구는 것 외에는 별 관심이 없다고 했다. 그러면서 그는 그런 것도 나름대로 근사하지만 그것은 진짜가 아니라는 것이었다. 그 점에 있어서는 오히려 나이 든 부인들에게서 더 큰 성과를 거둘 수 있다면서, 그네들이 훨씬 많은 것을 알고 있고 속이 트여 있기 때문이라는 것이었다. 예를 들면 문구점 주인인 야겔트 씨의 부인하고는 이야기가 잘 통할 뿐 아니라, 그 가게의 계산대 뒤에서 지금까지 있어온 일들은 어떤 책에서도 볼 수 없는 것들이라고 했다.

나는 이야기에 빠져들어 넋을 잃고 멍하니 앉아 있었다. 물론 내가 야겔트 부인을 사랑하게 될 일은 없겠지만, 어쨌든 그런 얘기는 한번도 들어본 적이 없는 것이었다. 적어도 좀 더 나이 든 사람들에게는 내가 한 번도 꿈꾸어 본 적 없는 어떤 삶이 흐르고 있는 것 같았다. 사실 그 이야기에는 다소 과장이 섞여 있는 듯했고, 그 모든 것의 맛은 내가 생각했던 사랑의 맛보다 보잘것없고 평범하다고 느껴졌다. 그러나 어쨌든 그것은 현실이었고, 삶이며 모험이었다. 그것을 이미 경험했고, 그것을 매우 일상적인 일로 여기는 사람이 지금 이 순간 내 곁에 앉아 있었다.

우리들의 대화는 다소 주춤거렸고, 무엇인가가 빠져 있는 듯 활기를 잃었다. 나는 이제 더 이상 천재적인 어린 녀석이 아니었으며, 그저 어른의 말에 혹해서 귀 기울이고 있는 소년에 불과했다. 그러나 그것은 몇 달 동안의 나의 삶보다 훨씬 근사했고, 심지어는 천국에서의 일처럼 감미롭게 느껴졌다. 하지만 술집에 앉아 있는 것에서부터 우리가 이야기하고 있는 것까지, 모두가 엄격하게 금지되고 있는 일이라는 것을 나는 서서히 깨닫기 시작했다. 그렇게 엄격하게 금지된 것 속에서 나는 뜨거운 감정을 맛보면서 혁명적 징후를 감지했다.

나는 그날 밤의 일을 시금노 똑똑하게 기억하고 있다. 우리 둘이 희미한 가스등을 지나 차갑고 축축한 밤공기 속에서 집으로 가는 길에 접어들었을 때, 나는 처음으로 취해 있었다. 근사하지도 않고 극도로 고통스러웠지만, 거기에는 또한 무엇인가가 있었다. 하나의 매력, 감미로움……. 그것은 반란과 방종이었고, 생명력과 정신이었다. 나보고 머리 꼭대기에 피도 안 마른 풋내기라고 투덜거리면서도, 벡은 나를 끝까지 책임지고 돌보아 주었다. 나를 절반은 떠메다시피 하여 기숙사까지 데리고 갔다. 기숙사에 도착해서는 열린 복도 창문으로 나를 살짝 집어넣고, 자기도 그렇게 숨어들어왔다.

잠깐 동안 죽은 듯이 잠을 자고 나서 나는 고통스럽게 깨어났다. 술에서 깨고 보니 멍한 고통이 나를 엄습했다. 나는 침대에서 일어나 앉았다. 낮에 입었던 셔츠를 그때까지 입고 있었고, 옷가지며 신발이 바닥에 널려 있었는데 담배 냄새와 토사물 냄새가 진동을 했다.

두통과 메스꺼움과 심한 갈증을 느끼고 있는 동안, 내가 오랫동안 떠올리지 않았던 영상 하나가 떠올랐다. 고향과 부모님의 집, 아버지와 어머니, 누이들과 정원이 보였다. 조용하고 아늑한 내 침실도 보였고, 학교와 시장 광장이 보였으며, 데미안과 견진성사 수업 시간들이 보였다. 그리고 이 모든 것은 밝은 광채에 에워싸여 있었으며, 모두가 아름답고 경건해 보였다.

이 모든 것은 어제까지만 해도, 아니 불과 몇 시간 전까지만 해도 나의 것이었고, 나를 기다리고 있었다. 그런데 지금은, 지금 이 시각에는 타락하고 저주받았다고 느껴졌다. 그것은 이제 더 이상 내 것이 아니었다. 나를 밀쳐내고 있었으며, 증오에 찬 시선으로 나를 주시하고 있는 것이었다! 그 옛날 어린 시절의 정원에서 부모님으로부터 받았던 사랑과 친근함, 어머니의 다정한 입맞춤과 해마다 즐겁게 보냈던 성탄절, 경건하고 환했던 일요일 아침과 정원에 피어 있던 온갖 꽃들 — 이 모든 것이 황폐해지고 말았다. 아름다운 이 모든 것을 내 발로 짓밟아 버렸던 것이다! 만약 지금 사자가 와서 쓸모없는 인간이라고 나를 묶은 다음 신성 모독자라고 교수대로 끌고 간다고 해도, 나는 아무런 이의를 제기하지 못하고 기꺼이 따라가면서 그렇게 하는 것이 바르고 합당한 처사라고 느꼈을 것이다.

그러니까 나의 내면의 모습이 그랬던 것이다! 사방을 헤매고 다니며 세상을 경멸하던 나! 외람된 정신으로 데미안의 생각에 경도되었던 나! 취하고 더럽혀지고 구역질나고 비열한 잡놈, 추악한 충동의 노예가 되어 버린 살벌한 야수였다! 모든 정결함과 밝음과 사랑스런 마음으로 가득 차 있던 정원에서 자란 내가, 바흐의 음악과 아름다운 시를 사랑했던 내가…… 그런 모습이 될 수 있다니! 아직도 속이 메스꺼운 데다가 분노가 치밀었지만, 자제력을 상실한 상태에서 바보처럼 낄낄거리던 웃음소리가 계속 들려왔다. 그리고 그것이 바로 나 자신의 모습이었다!

그러나 이렇게 가책을 받는 가운데서도 고통을 견디는 일이 왠지 모를 쾌감으로 다가왔다. 너무나 오랫동안 내 마음은 맹목적이고도 둔감하게 움츠러들어 있었고, 소리를 죽인 채 초라한 모습으로 구석에 앉아 있었기 때문에 이런 가책과 고통의 전율, 또는 영혼의 불쾌한 감정조차도 환영받고 있었던 것이다. 그리고 그 속에도 분명히 감정이 있었다! 불꽃이 타오르고 있었으며, 심장이 고동치고 있었다. 나는 비참의 구렁텅이 속에서 혼란스러워하면서도 해방이나 따뜻한 봄과 같은 그 무엇을 느꼈던 것이다.

그러는 동안 나는 겉으로 보기에 차근차근 내리막길로 치닫고 있었다. 얼마 전에 난생 처음으로 취했지만, 그 처음은 이내 처음이 아니게 되었다. 우리 학교 학생들은 술집 출입이 잦았는데, 간혹 폭력을 휘두르는 일도 생겼다. 나는 그들 가운데서 제일 어린 축에 들었지만 더 이상 그들이 '끼워 주는' 어린애가 아니었다. 대담무쌍하게 술집을 출입하는 주모자요 스타로서 그 바닥에서는 제법 유명해졌다. 나는 다시 어두운 세계, 악마의 세계로 뛰어든 것이었다. 그리고 그 세계에서는 근사한 녀석으로 통했다.

그러면서도 기분은 참담했다. 나는 나 자신을 파괴해 가는 방탕 속에서 하루하루를 살아갔다.

학교에서는 대장이자 근사한 녀석으로, 대단히 과단성 있고 위트 있는 녀석으로 인정받았다. 반면 내 마음속 깊은 곳에서는 두려움에 가득 찬 영혼이 불안으로 떨고 있었다.

어느 일요일 오전, 길거리에서 주일 정장을 차려입은 아이들을 보고서 눈물이 솟구쳤던 일을 지금도 기억한다. 아이들의 모습은 환하고 즐거워 보였다. 누추한 술집의 더러운 테이블에 기대어 맥주에 취해 낄낄거리면서 터무니없을 만큼 방탕한 말들로 내 친구들을 웃기고 놀라게 하는 동안에도, 마음 한구석에서는 내가 냉소를 보내는 모든 것에 경외심을 가지고 있었다. 마음속으로 울며 내 영혼 앞에서, 나의 과거 앞에서, 우리 어머니 앞에서, 신 앞에서 무릎을 꿇은 채 엎드려 있었던 것이다.

나는 한번도 내 패거리들과 하나가 되지 않았고, 그들 가운데서도 늘 외로워하면서 괴로워했다. 거기에는 그럴 만한 이유가 있었다. 나는 비록 술집에서는 영웅처럼 행세했지만 난폭하게 구는 것은 마음으로 경멸하는 사람이었다. 나는 선생님들, 학교, 부모, 교회에 대해 나의 생각을 이야기할 때는 재치와 패기를 과시했다. 그리고 직접 하지는 못했지만 음담패설도 태연히 들었다. 그러나 내 패거리들이 여자들한테로 갈 때는 함께 간 적이 없었다. 사실 나는 혼자였고, 사랑에 대한 간절함과 절망적 그리움으로 애를 태웠다. 내가 하는 말을 누가 들으면 나는 분명 후안무치한 사람이었을 텐데, 실상 나는 그 누구보다도 상처를 잘 받았고 부끄러움을 많이 타는 사람이었다. 때로 젊은 처녀들이 아름답고 말쑥한 차림으로 환하고 우아하게 내 앞에서 걸어가는 것을 보아도, 그들은 나에게 근사하고 청순한 꿈으로 느껴지면서 나보다 천 배는 더 선하고 깨끗하게 생각되었다.

한동안 나는 야겔트 부인의 문구점에도 갈 수 없었다. 그 여자를 보면 알폰스 벡이 들려 준 이야기가 생각났고, 그러면 내 얼굴이 무참하게 빨개진 것을 알았기 때문이다.

그러나 내 자신이 새로운 패거리들 가운데서도 끊임없이 외롭고 남과 다르다는 것을 알면 알수록 더욱 더 나는 거기서 떨어져 나오지 못했다. 술을 퍼마시고 허풍을 떠는 것이 한 번이라도 정말로 즐거웠는지조차 알 수가 없었다. 사실상 나는 술을 마시는 일에도 익숙해지지 않았기 때문에 매번 고통스러워하곤 했다. 모든 것이 다 일종의 강압 같았다. 하지만 달리 나 자신을 어떻게 해야 할지 몰랐으므로 하던 일을 그대로 계속했을 뿐이었다. 나는 오랫동안 혼자 있는 것이 두려웠으며, 늘 거기로 마음이 향해 가는 —

온화하고 수줍고 은밀한 내적 자각이 두려웠다. 또한 빈번하게 엄습하는 따뜻한 사랑에 대한 갈망도 견딜 수가 없었다.

나에게 가장 결핍된 한 가지, 그건 진실한 친구였다. 내가 좋아하는 두서너 명의 친구가 있기는 했다. 그러나 그들은 성실한 사람들에 속했고, 나의 악덕은 이미 오래전부터 공공연하게 알려진 사실이었기 때문에 그들은 나를 피했다. 모두들 나를 근본을 흔들면서 놀기만 하는 불량학생으로 간주하고 있었다. 선생님들도 나의 행동에 대해 자세히 알게 되었고, 몇 차례 엄한 처벌을 내리면서 최종적으로는 퇴학 처분을 받게 되리라고들 기대하고 있었다. 그러한 사실을 내 자신도 잘 알고 있었다. 나는 벌써 오래전부터 더 이상 착한 학생이 아니었고, 이렇게 건들거리는 생활을 더 이상 지탱해 갈 수 없다고 생각했다. 그러면서도 애써 악행을 고집해 가면서 나 자신을 속이고 있었던 것이다.

신이 우리를 외롭게 만들어, 우리들 자신에게로 인도할 수 있는 길은 너무도 많이 있다. 신은 그 당시에 나와 함께 그런 방탕의 길을 갔던 것이다. 그것은 악몽과도 같았다. 더러움과 끈적거림 너머로, 깨진 맥주잔과 말도 안 되는 독설을 지껄이며 지새운 밤 너머로 내 모습이 보였다. 끊임없이 괴로워하면서도, 마치 주문에 걸린 몽상가처럼 추하고 더러운 길을 쉬지 않고 기어가는 내 모습이…… 공주님을 찾아가는 길에 악취와 쓰레기로 가득 찬 뒷골목에 처박혔다는 꿈 이야기가 있는데, 내가 바로 그런 처지에 놓였던 것이다. 형편없는 짓을 함으로써 나는 더욱 외로워졌고, 나와 나의 유년 시절 사이엔 냉혹한 시선으로 망을 보는 문지기들이 버티고 서 있는 굳게 닫힌 낙원의 문이 세워져 있었던 것이다. 하지만 그것은 나 자신에 대한 향수의 시작이었고, 그 사실의 깨달음이었다.

우리 아버지가 사감의 편지를 받고 성 ○○ 시에 느닷없이 나타났을 때, 나는 너무 깜짝 놀라 몸에 경련까지 일으켰다. 그러나 그 겨울이 끝날 무렵 아버지가 두 번째로 오셨을 때 나는 벌써 냉담하고 무관심해져 있었다. 아버지께서 꾸중을 하시다가 애원까지 하시면서 어머니를 상기시키셨지만, 나는 별로 개의치 않았다. 아버지는 그런 내 모습에 몹시 격분하여, 내가 만일 달라지지 않는다면 수모와 창피를 무릅쓰고서라도 학교에서 나를 끌고 나와 감화원에 처넣겠다고 하셨다. 하실 테면 하시라지!

아버지가 그렇게 돌아가신 후 나는 미안한 마음이 들었지만, 아버지는 아무 성과도 얻지 못하셨다. 나와 통하는 어떤 길도 찾아내지 못하셨다. 아주 잠시 동안이었지만, 어떤 면에서는 일이 그렇게 된 것이 아버지로서는 당연한 것처럼 느꼈을지도 모른다.

나는 내가 장차 무엇이 되건 아무래도 좋았다. 기이하고 별로 아름답지 못한 방식으로, 술집에 앉아 의기양양하게 지껄여대면서 나는 세상과 싸움을 벌이고 있었던 것이다. 그것은 내 나름의 항의 형식이었다. 그러면서 나 사신을 망가뜨렸고, 이따금씩 사태를 이런 식으로 파악하곤 했다. ― 만약 세상이 나 같은 사람을 필요로 하지 않고, 나 같은 사람들에게 좀 더 나은 자리, 좀 더 높은 과제를 맡겨 주지 않는다면 이제 나 같은 사람들은 분명히 파멸하고 말 테고, 그러면 그 책임은 마땅히 이 세상이 져야 하는 것이라고⋯⋯.

　그해의 성탄절 휴가는 몹시 불쾌했다. 어머니는 나를 다시 보았을 때 무척 놀라셨다. 나는 예전보다도 키가 훨씬 더 커졌고, 야윈 얼굴은 생기 없이 축 늘어져 지친 표정인 데다 눈언저리에 생긴 염증이 잿빛으로 변해 황폐하기 짝이 없었던 것이다. 게다가 콧수염이 엉성하게 돋기 시작했고, 얼마 전부터 안경을 쓰기 시작한 내 모습이 한층 낯설어 보였던 모양이었다. 누이들은 뒤로 물러나 킬킬거렸다. 모든 게 유쾌하지 않았다. 서재에서 나눈 아버지와의 대화도 불쾌하고 씁쓸했으며, 몇몇 친척들과 나눈 인사도 개운치 않았다.

　그러나 무엇보다도 불쾌했던 것은 성탄절 저녁이었다. 성탄절은 내가 태어난 이래 우리 집에서 가장 뜻 깊게 여기는 날이었다. 축제와 사랑과 감사가 넘치는, 부모님과 나 사이의 유대를 거듭 새롭게 해 주는 저녁이었다. 그러나 이번 성탄절은 모든 것이 마음을 짓눌러서 곤혹스럽기만 할 뿐이었다. 이제껏 해온 것처럼 아버지는 들판의 양치기에 관한 복음서를 읽으셨다.

　'그들은 바로 그곳에서 양떼를 지켰다.'

　여느 때처럼 누이들은 환히 웃으면서 그들의 선물을 늘어놓은 탁자 앞에 서 있었다. 그러나 아버지의 음성은 즐겁지 않았고, 얼굴은 늙고 피곤해 보였으며, 어머니는 슬픈 표정을 짓고 있었다. 이 모든 것이 나에게는 견딜 수 없이 괴롭고 거북했다. 선물과 덕담, 복음서와 크리스마스트리조차 그렇게 여겨졌다. 후추와 꿀이 든 랩 케이크에서는 달콤한 냄새가 났고, 그보다 더 감미로운 추억의 뭉게구름이 콸콸 흘러 나왔다. 전나무는 향기를 발하면서 지나간 일들에 대하여 속삭이고 있었다. 나는 초조한 마음으로 축제의 이 시간이 어서 끝나기만을 바랐다.

온 겨울이 그렇게 지나갔다. 나는 방학이 되기 직전에 교무회로부터 심각한 경고를 받았다. 퇴학이 임박했음을 깨달았다. 나는 더 이상 이런 생활을 지속해 나갈 수는 없다고 생각하며, 될 대로 되라는 심정이었다.

막스 데미안에게는 특별한 유감이 있었다. 그를 그동안 한 번도 보지 못했다.

나는 데미안에게 성 ○○ 시에서의 초기 시절에 두 번 편지를 썼지만 답장을 받지 못했다. 그래서 방학 때도 찾아가지 않았다.

봄이 시작될 무렵, 지난 가을에 알폰소 벡과 만났던 그 공원의 가시나무 울타리가 초록색으로 막 변하기 시작했을 때 나는 우연히 한 소녀에게 관심을 갖게 되었다.

나는 꺼림칙한 생각과 근심으로 가득 찬 채 혼자 터덜거리며 산책하고 있었다. 건강이 나빠진 데다 지속적으로 돈에 쪼들렸기 때문이다. 친구들에게 꾸어 쓴 돈이 자꾸 불어나서, 집에서 얼마간의 돈을 타내기 위해서는 그럴듯한 지출 명목을 생각해 내야만 했다. 게다가 몇몇 가게에도 남뱃값을 비롯한 외상값이 자꾸 불어가고 있었다. 그렇다고 이런 걱정거리들이 몹시 심각한 지경에 이른 것은 아니었다. — 머지않아 이곳의 생활이 끝이 나고, 내가 물 속으로 들어가든지 교화 기관으로 보내지면 이러한 일쯤이야 사소한 문제에 지나지 않게 될 테니 말이다. 그러나 생각은 이렇

게 하면서도, 실상 나는 그런 아름답지 못한 일들에 직접적으로
시달리면서 몹시 억눌려서 지내고 있었다.

그런 일상의 와중에서, 내 마음을 끄는 한 소녀를 봄날 공원에서
발견하게 되었다. 키가 크고 날씬하며 멋진 옷차림을 한 그녀는
영리한 소년 같은 느낌의 얼굴이었다. 첫눈에 그녀는 내 마음에
들었다. 나는 그런 느낌의 여자를 좋아했으므로, 그녀를 보는 순
간 내 상상력이 발동되기 시작했다.

그녀는 나보다 나이가 별반 많아 보이지 않았지만, 성숙하고 우
아하고 윤곽이 뚜렷하여 완전히 숙녀 티가 났다. 그러면서도 내가
무엇보다도 좋아하는 오만함과 소년다움이 그녀의 얼굴에 내재해
있었다.

나는 지금까지 마음을 빼앗긴 여자에게 접근하는 일에 성공한
적이 없었는데, 이 소녀도 마찬가지였다. 그러나 그 인상은 이전
의 어느 소녀들보다 깊었다. 무엇보다도 이번에 빠진 나의 짝사랑
이 내 삶에 미치는 영향은 실로 대단했다.

내 앞에, 고귀하고 존경심을 일으키는 영상이 갑자기 나타났다.
— 나의 내면에서는 그 어떤 갈망이나 그 어떤 충동도 경건함과
숭배하고자 하는 소원만큼 깊고 격렬하지는 않았다! 나는 그녀에
게 베아트리체라는 이름을 붙여 주었다. 비록 단테는 읽지 않았지
만 베아트리체에 대해서는 알고 있었다.

나는 어느 영국 그림에서 그녀를 본 적이 있었고, 그 복제품을
간직하고 있었다. 그 그림은 라파엘 초기파의 화풍으로 그려진
소녀상이었는데, 영혼이 깃든 듯한 분위기의 얼굴은 갸름했으며

팔다리가 몹시 길고 날씬했다. 내 마음을 끌었던 소녀도 날씬한 자태와 소년다운 분위기를 풍기면서 영혼이 깃든 표정을 지니고 있었지만, 그렇다고 그림에서 본 소녀상과 전적으로 닮은 것은 아니었다.

나는 베아트리체와 단 한마디도 말을 나눈 적은 없다. 그럼에도 그녀는 당시 나에게 지극히 깊은 영향을 주었다. 그녀는 내 앞에 자신의 모습을 보여 줌으로써 나에게 성스러운 전당을 열어 주었다. 그녀는 나를 사원 안의 기도자로 만들어 준 것이다. 시간이 지나면서 나는 술집 출입과 밤에 나돌아 다니는 방황을 하지 않게 되었고, 다시 혼자 있을 수 있게 되었다. 다시 즐겨 책을 읽고, 즐겨 산책을 했다.

나의 갑작스러운 변화는 숱한 조소를 받아야만 했다. 그러나 이제 나는 사랑하고 숭배해야 할 대상을 갖게 되었으며 이상이 되살아났다. 삶은 다시 예감과 비밀에 찬 신비함으로 채워져 갔다. 그점이 나를 조소에 무심할 수 있게 만들어 줬다. 비록 숭배하는 영상의 노예나 봉사자가 되었을망정 나는 다시 나 자신에게로 돌아올 수 있게 되었다.

그 시절을 회상하다 보면 감동적이 되지 않을 수가 없다. 나는 진지하게 노력하여, 부서진 삶의 폐허들 속에서 '환한 세계'를 지으려 했다. 그리하여 어둠과 악을 마음속에서 떨쳐내고 완전히 밝은 세계 속에 머물고자 하는 열망으로 신들 앞에 무릎 꿇는 심정이 되었다. 하여튼 지금 영위하고 있는 이 '환한 세계'는 어느 면에서는 나의 창조물이었다. 그것은 어머니나 아무런 책임 없는 안전한 곳으로 도망쳐 들어가는 것과는 달랐으며, 책임감과 일종의 자제력이 요구되는 것으로서 나 자신에 의해 새롭게 만들어진 일종의 제사였다. 나를 끊임없이 괴롭혀 왔던, 그래서 그것으로부터 시달리면서 도피하려고 했던 성적 욕구도 이 성스러운 불꽃 속에서 정신과 기도로 승화되었다. 어둡고 추악한 것은 이제 더 이상 존재하면 안 되었다. 신음하며 지샌 밤들도, 방종한 환상들 앞에서 뛰던 심장의 고동도, 금지당한 문 앞에서 엿듣던 소리도, 온갖 음탕한 짓거리들도 존재해서는 안 되었다. 그 모든 것을 대신해서 베아트리체의 영상으로 나의 제단을 마련했으며, 정신과 신들에게 나 자신을 봉헌했다. 어두운 힘들에서 찾아온 삶의 몫을 환한 세계에 제물로 바쳤다. 나의 목표는 쾌락이 아니라 정결함이었으며, 행복이 아니라 아름다움과 정신성이었다.

이 베아트리체에 대한 숭배는 나의 삶을 송두리째 바꾸어 놓았다. 어제만 해도 조숙한 냉소주의자였는데, 나는 지금 성인이 되겠다는 희망을 가진 사원의 하인이었다. 나는 내 몸에 배어 있던 나쁜 생활 습관을 떨쳐냈을 뿐 아니라 모든 것을 변화시키려고 했다. 모든 것에 정결함, 고귀함, 품위를 부여하고 싶었다. 나는 먹고 마시는 일이나 말을 하고 옷을 차려입는 일까지도 여기에 부합되게 하려고 노력했다. 나는 아침에 냉수욕을 시작했는데, 그 일은 대단한 인내와 용기를 요하는 일이었다. 나는 진지하고 품위 있게 행동하려 노력했고, 위엄 있게 보이려고 걸음을 천천히 걷거나 자세를 바로하려고 애를 썼다. 그것이 보는 사람에게는 우스꽝스럽게 보였을지도 모르지만, 그것은 모두 나의 내면에서 신에 대한 제사였다.

새로운 신념을 표현할 수 있는 방법을 찾기 위해 여러 가지로 노력하는 중에, 나는 한 가지를 중요시하게 되었다. 나는 그림을 그리기 시작했다. 내가 가지고 있던 그 영국 베아트리체 초상이 그 소녀와 충분히 닮지 않았다는 데서 시작된 일이었다. 나는 나 자신을 위하여 내 나름대로 그녀를 그리고 싶었다. 아주 새로운 기쁨과 희망을 가지고, 나는 내 방에다 ― 나는 얼마 전부터 독방을 쓰게 되었다. ― 아름다운 종이와 물감과 붓을 마련하고, 팔레트, 유리잔, 도자기 접시, 연필 등을 준비했다. 새로 사온 조그만 튜브 속에 들어 있는 색깔 고운 템페라 물감이 나를 매혹시켰다. 그중에는 크롬 옥시트 그린이 있었는데, 그 불타는 초록 물감이 하얗고 작은 접시에서 처음 빛을 발하던 모습이 아직도 눈에 선하다.

나는 조심스럽게 그림을 그리기 시작했다. 무엇보다도 얼굴을 그리는 것이 어려워, 우선 다른 걸로 시험해 보았다. 장식품, 꽃 그리고 환상적인 작은 풍경, 교회 앞에 서 있는 나무 한 그루, 측백 나무들이 있는 로마의 다리 등을 그렸다. 나는 그림 그리는 일에 정신없이 빠져들어, 크레파스를 처음 선물 받은 어린아이처럼 행복해했다. 그러다가 드디어 베아트리체를 그리기 시작했다.

처음 몇 장은 완선히 실패하여 버려 버렸다. 때때로 거리에서 마주쳤던 그 소녀의 얼굴을 마음속에서 떠올려 보았지만, 그러면 그럴수록 더 잘되지가 않았다. 마침내 나는 소녀를 그리는 것을 포기하고 그냥 얼굴 하나를 그리기 시작했다. 환상에 따라 시작만 해 놓고는 물감과 붓에서 나오는 선에 따라 붓 가는 대로 그렸다.

그런데 거기서 나온 것은 내가 꿈꾸었던 얼굴과 비슷했다. 썩 만족스러운 것은 아니었지만, 나는 멈추지 않고 계속 그려 나갔다. 새로운 종이 한 장 한 장이 완성되어 갈 때마다 그 모습은 한결 선명해졌다. 비록 결코 실제와 같지는 않았지만 그 소녀의 모습에 가까워져 갔다.

나는 점점 더 몽환적인 붓놀림으로 무의식에서 나오는 대로 선을 긋고 면을 채우는 데 익숙해져 갔다. 아무런 모델도 없이 이렇게 장난삼아 그려가는 동안에, 어느 날 얼굴 하나가 완성되었다. 그런데 그것이 전에 그린 것들보다 더 강하게 나에게 말을 던져오는 것이었다. 그것은 더 이상 그 소녀의 얼굴이 아니었고, 결코 그럴 수도 없었다. 무엇인가 비현실적인 모습이었지만 그렇다고 가치가 덜한 것도 아니었다.

그것은 소녀의 얼굴이라기보다는 오히려 소년의 모습처럼 보였다. 머리카락은 나의 예쁜 소녀처럼 환한 금색이 아니라 불그스름한 기운이 도는 갈색이었고, 이마는 단정하고 야무져 보였으며, 입술은 붉게 타오르고 있었다. 그 모든 것이 다소 뻣뻣하고 가면처럼 느껴지기도 했지만, 인상적이고 신비스러운 생명으로 가득 차 있었다.

완성된 그림 앞에 앉아 있자니 기이한 감동이 전해져 왔다. 그것은 내게 일종의 신의 초상, 혹은 성인의 가면처럼 보였다. 절반은 남성적이고 절반은 여성적이었으며, 나이를 초월한 모습으로 의지가 굳세면서도 꿈을 꾸는 것처럼 느껴지기도 했다. 그런가 하면 남모르는 생명력으로 충만해 보이면서도 어딘지 모르게 딱딱하게 굳어 있는 것처럼 느껴졌다.

이 얼굴은 나에게 무언가 할 말이 있는 듯했다. 마치 나의 일부처럼 나의 내면에 존재하면서 무언가를 요구하는 것 같았다. 그리고 누군지는 확실히 떠오르지 않았으나, 그 누군가와 비슷하다는 느낌이 떨쳐지지 않았다.

그때부터 한동안 그 초상은 나의 모든 생각을 따라다녔고, 나와 함께 생활을 했다. 나는 그것을 서랍에 감추어 두었는데, 혹시라도 누군가가 보고 놀려대는 것이 싫었기 때문이었다. 그러나 혼자서 내 방 안에 있을 때면 나는 그 그림을 꺼내어 들여다보곤 했다. 저녁에는 마주 보이는 침대 위쪽 벽지에 핀으로 붙여 놓고 잠들 때까지 바라보았으며, 아침에 눈을 뜨자마자 그 그림으로 눈길을 보내곤 했다.

바로 그 시절, 나는 어린아이였을 때 늘 그랬던 것처럼 다시 많은 꿈을 꾸기 시작했다. 나는 여러 해 동안 꿈을 꾸지 않았던 것처럼 생각되었다. 그런데 이제야 꿈들이 다시 나타난 것이다.

그것은 전혀 새로운 종류의 영상들이었는데, 그 초상이 꿈속에서 자주 나타났다. 생기를 띠고 나에게 이야기를 걸어오는가 하면, 아주 친절하거나 적대적이었으며, 어떤 때는 얼굴을 찡그리기도 했지만 또 어떤 때는 무한히 아름답고 조화를 이룬 고귀한 모습으로 나타나곤 했다.

그리고 어느 날 아침 그런 꿈들을 꾸다 깨어났을 때, 나는 문득 한 가지 사실을 알아차렸다. 그 그림 속의 얼굴이 말할 수 없이 다정하게 나를 바라보고 있었는데, 내 이름을 부르는 것 같았다.

마치 어머니만큼이나 나를 잘 아는 것 같았으며, 아득한 시절부터 내내 나를 바라보고 있었던 것처럼 느껴졌다. 나는 흥분을 억누르며 그림을 응시했다. 숱 많은 갈색 머리카락, 여성적인 분위기를 풍기는 입술, 그리고 믿기지 않을 정도로 밝으면서 뚜렷한 이마……. 나는 차츰 마음속에서 눈에 익은 누군가의 얼굴이 떠올랐고, 그를 잘 알고 있다는 것을 깨닫게 되었다.

나는 자리에서 벌떡 일어났다. 그 그림 앞에 아주 가까이 다가가서 그 얼굴을 바라보았다. 크게 뜬, 초록빛이 감도는 굳은 두 눈을 물끄러미 들여다보았다. 오른쪽 눈이 다른 쪽보다 약간 더 치켜떠져 있었다. 그런데 문득 그 오른쪽 눈이 가볍고 섬세하게, 그러나 분명히 찡긋하고 움직였다. 그리고 이 찡긋거림으로써 나는 그림 속의 얼굴이 누구인지를 알게 되었다.

어떻게 이렇게 늦게야 그걸 알아낼 수 있단 말인가! 그것은 바로 데미안의 얼굴이었다.

후에 나는 이 그림을 내 기억 속에서 떠올린 데미안의 진짜 표정과 자주 비교해 보았다. 닮기는 했지만, 똑같은 건 전혀 아니었다. 하지만 데미안임에는 틀림없었다.

언젠가 어느 초여름 저녁이었는데, 서향으로 나 있는 내 창을 통해 태양이 비스듬히 붉게 비쳐 들었다. 방 안에는 어스름이 감돌기 시작했다. 그때 베아트리체 혹은 데미안의 초상을 창살이 교차하는 창문 가운데에 핀으로 꽂아 놓고, 석양이 거기로 비쳐 들면 어떻게 보이는지 봐야겠다는 충동이 일어났다. 얼굴은 윤곽이 흐릿하고 몽롱해 보였지만, 불그스름하게 그늘진 눈과 환한 이마와 유난스레 붉은 입술이 그림 안에서 튀어나와 더욱 생생하고 깊게 타오르는 것이었다. 빛이 사라진 뒤에도 나는 오랫동안 그것을 마주 보고 앉아 있었다.

그런데 차츰차츰 이것은 베아트리체나 데미안이 아니라 나 자신이라는 느낌이 들었다. 물론 그 그림은 나를 닮지도 않았으며, 그럴 리도 없었다. 그러나 그것은 나의 생명을 이루고 있는 것이었고, 나의 내면, 나의 운명 혹은 내 속에 내재하고 있는 수호신이었던 것이다.

만약 내가 언젠가 다시 친구를 사귀게 된다면, 그는 이런 모습을 하고 있으리라. 언젠가 내가 누군가를 사랑하게 된다면, 내가 사랑하는 사람의 모습이 저러하리라. 나의 삶과 죽음 또한 그러할 것이리라. ― 이러한 생각은 내 운명의 울림이었고 리듬이었던 것이다.

그 몇 주 동안 나는 책을 한 권 읽기 시작했는데, 전에 읽은 어떤 것보다도 강한 인상을 받았다. 훗날에도 그처럼 감동을 받은 책은 거의 없었다. 니체를 제외하면……. 그것은 편지와 잠언들이 수록되어 있는 노발리스의 책이었다. 그중 상당 부분을 이해하지 못했지만, 구절 하나하나는 나를 말할 수 없이 매혹시키면서 긴장시켰다. 그 구절 중 하나가 불현듯 떠올라, 나는 그 잠언을 펜으로 초상화 밑에 적어 놓았다.

'운명과 마음은 하나의 개념에 붙여진 두 개의 이름이다.'

나는 그제야 그 말을 이해했던 것이다.

나는 지금도 베아트리체라고 이름 붙인 그 소녀와 이따금씩 마주쳤다. 하지만 이제는 아무런 감동도 느끼지 않았다. 그러나 부드러운 일치감과 감정의 어떤 예감은 변함없이 감지되었다.

'그대와 나는 하나로 맺어져 있다. 그러나 그것은 그대의 실체가 아니라, 그대의 영상일 뿐이다. 그대는 내 운명의 일부분이다.'

막스 데미안에 대한 나의 그리움이 다시 강렬해졌다. 나는 몇 해째 그에 대한 소식을 아무것도 듣지 못했다. 사실, 언젠가 방학 때 단 한 번 그를 만난 적이 있긴 하다. 지금에서야 나는 그와의 짧은 만남을 내 기록에서 일부러 빠뜨렸다는 것을 깨달았다. 물론 그것은 부끄러움과 허영심에서 기인된 것이었는데, 나는 그것을 만회하지 않으면 안 되겠다는 생각이 들었다.

술집을 자주 드나들던 시절의 어느 방학 때였는데, 그날도 늘 그랬던 것처럼 권태롭고 다소 피곤한 얼굴로 고향 도시를 어슬렁 거렸다. 산책용 지팡이를 빙빙 돌리면서 건달들의 경멸스러운 모습을 구경하고 있다가, 옛 친구가 내 쪽으로 걸어오고 있는 것을 보았다. 나는 그를 보는 순간 움칫하면서 프란츠 크로머에 대한 생각을 떠올렸다. 데미안이 제발 그 이야기를 잊어버렸기를! 그에게 마음의 빚을 졌다는 사실이 그렇게 불쾌할 수가 없었다. 정말이지 어리석기 짝이 없는 아이들 이야기였지만, 그래도 마음의 빚이 있는 것은 확실했다.

데미안은 내가 그에게 인사하려는 것인지 아닌지를 기다리는 것 같았기 때문에 나는 될 수 있는 대로 태연하게 인사를 했다. 그가 손을 내밀었는데, 그것은 옛날과 똑같은 그다운 악수였다!

굳세고 따뜻하면서도, 서늘하고 남자다운 악수…….

그는 내 얼굴을 주의 깊게 들여다보며 말했다.

"너 많이 컸구나, 싱클레어."

그는 전혀 달라진 것 같지 않았다. 예전과 똑같이 나이 들어 보였고, 동시에 똑같이 젊어 보였다.

우리는 함께 산책을 하며 전혀 엉뚱한 이야기만 했는데, 나는 그 당시의 일에 대해서는 한마디도 하지 않았다. 내가 언젠가 그에게 몇 번 편지를 썼지만 답장을 받지 못했던 것이 생각났다. 아, 그것도 그가 제발 잊어버렸으면 좋겠는데……. 그 바보 같고, 멍청한 편지들을! 그는 그 편지에 대해서 한마디도 하지 않았다.

그때는 베아트리체도, 초상도 존재하지 않았다. 내가 황량함의 한가운데 있었던 시절이었다. 교외로 나가자, 나는 그에게 함께 술집에 가자고 했다. 그가 따라왔다. 나는 잔뜩 떠벌리면서 술 한 병을 주문하여 따른 다음, 잔을 부딪치고서 대학생식의 음주 관습에 익숙하다는 것을 과시하듯이 첫 잔을 단숨에 마셔 버렸다.

"술집에 많이 가는구나?"

그가 나에게 물었다.

"아, 그래. 달리 할 일이 있어야지. 그래도 그것이 제일 재미있는 일이잖아."

내가 굼뜨게 대답했다.

"그렇게 생각해? 그럴 수도 있겠지. 그것도 아주 멋진 면이 있으니까. 도취의 황홀함과 바커스적인 요소가 말이야. 하지만 내가 보기에 그런 멋진 요소는 술집에 앉아서 시간을 낭비하는 사람들에게서 완전히 사라진 것 같아. 술집 출입이야말로 정말로 속물적이라는 생각이 들어. 그래, 불타는 관솔불 곁에서 하룻밤 내내 멋진 도취와 비틀거림을 맛보는 것도 괜찮겠지. 하지만 언제나 그렇게 홀짝홀짝 술잔을 비워 대는 것이 정말로 잘하는 일일까? 이를테면 저녁마다 단골 술집 식탁에 앉아 있는 파우스트를 상상할 수 있겠니?"

나는 술을 마시며 적의에 찬 눈으로 그를 바라보았다.

"그래. 그렇지만 누구나 파우스트는 아니니까."

나는 짤막하게 말했다.

그는 다소 어이없다는 듯이 나를 바라보더니, 예전처럼 신선함과 우월함을 느끼는 듯한 표정으로 웃었다.

"우리가 무엇 때문에 그런 걸 가지고 다투는 거지? 아무튼 술꾼이나 방탕아의 삶은 모범적인 시민의 삶보다 훨씬 생기 있는 것인지도 몰라. 그런데 언젠가 읽었던 이야긴데 말이야, 방탕한 생활은 신비주의자가 되기 위한 가장 좋은 준비활동이라는 거야. 예언자가 되는 것은 성 아우구스틴 같은 인물이거든. 성 아우구스틴은 한때 향락주의자이자 방탕아였었지."

나는 은근히 미심쩍은 심정이 되었다. 그러면서 결코 그로부터 훈계당하고 싶지 않아 권태롭다는 듯 냉담하게 말했다.

"그래, 누구나 다 자기 방식대로 살아가니까! 솔직히 말하면, 나는 예언자나 그런 무엇이 되는 일 따위에는 전혀 관심 없어."

데미안이 눈을 지그시 내리깐 채 알겠다는 듯이 나를 바라보다가 천천히 말했다.

"이봐, 싱클레어. 너한테 불쾌한 말을 하려는 건 아니었어. 그렇지만 말이야, 무엇 때문에 술을 마시고 있는지 우리 둘 다 모르고 있어. 하지만 너의 마음속에 있는 어떤 것, 너의 생명을 형성하고 있는 그것은 이미 알고 있을 거야. 우리들 마음속에는, 모든 것을 알고 모든 것을 원하고 우리들 자신보다 모든 것을 더 잘 해내는 무언가가 들어 있다는 사실을 깨닫는 것이 네게 도움이 될 거야. 미안하지만 이만 난 집에 가 봐야겠다."

우리는 작별인사를 짧게 나누었다. 나는 몹시 기분이 언짢아져서 그대로 앉아서 남아 있는 술을 다 마셨다. 그리고 술집을 나설 때 데미안이 벌써 계산을 했다는 걸 알았다. 그 일이 나를 더욱 화나게 했다.

내 생각은 이 사소하다 싶은 사건에 다시 머물렀고, 아울러 데미안으로 가득 찼다. 그가 저 교외의 술집에서 한 말들이, 이상할 정도로 생생하게 한마디도 빼놓지 않고 고스란히 기억 속에 떠올랐다.

'우리들 마음속에는, 모든 것을 알고 모든 것을 원하고 우리들 자신보다 모든 것을 더 잘 해내는 무언가가 들어 있다는 사실을 깨닫는 것이 네게 도움이 될 거야.'

아직도 창문에 걸려 있는, 이제는 완전히 빛이 사라져 거의 보이지 않는 그림에 시선을 멈췄다. 빛이 사라졌는데도 나의 두 눈은 아직도 활활 타고 있었다. 그것은 데미안의 시선이었다. 아니면 나의 마음속에 들어 있는, 모든 것을 아는 그 사람의 시선이었다.

나는 데미안을 얼마나 동경했던가? 그러나 그에 대해서는 아무것도 아는 것이 없었다. 그는 나의 손이 미칠 수 없는 곳에 있는 존재였다. 내가 아는 건, 아마도 지금은 어딘가에서 공부를 계속 하고 있을 터이고, 그가 김나지움을 졸업한 후 그의 어머니도 우리 고장을 떠났다는 사실뿐이었다.

크로머와의 일을 포함해서, 나는 내 마음속에 간직되어 있는 막 스 데미안과 관련된 온갖 일들을 다시금 하나하나 떠올려 보았다. 그가 언젠가 나에게 해 준 말이나 그 밖의 모든 것이 생생하게 울려 왔다. 그 말들은 지금까지도 깊은 의미를 지니고 있었으며, 그 모 든 것이 나와 관련을 맺고 있었다! 아울러 그다지 즐겁게 기억되지 않는 우리들의 마지막 만남에서 그가 했던 말들 — 방탕자와 성인 에 대하여 — 도 떠올랐다. 그 소리는 내 영혼을 환하게 비추는 것처럼 분명한 소리로 울려 퍼졌다.

나에게도 그가 이야기한 일이 일어나지 않았던가? 마침내 새로 운 삶에 대한 충동과 함께 정결함에 대한 욕구와 성스러움에 대한 동경이 내 마음속에서 살아날 때까지…… 나는 취기와 더러움 속 에서, 혼돈과 방탕 속에서 헤맸던 것이 아니었을까?

이렇게 기억을 따라가는 동안 벌써 밤이 깊었고, 바깥에서는 비 가 내리고 있었다. 나의 기억 속에서도 빗소리가 들려왔다. 그것 은 밤나무 아래에서 그가 프란츠 크로머에 대해 나한테 캐어물으 며 나의 첫 비밀들을 알아맞혔던 때의 빗소리였다. 이어서 하나하 나 장면이 나타났다. 학교를 오가는 길에 나눴던 대화들, 견진성 사 수업 시간들, 그리고 막스 데미안과의 맨 처음 만났던 기억이 떠올랐다.

그때는 무슨 문제가 있었던가? 나는 얼른 기억이 떠오르지 않아 천천히 생각에 잠겼다. 기억을 되살리기 위해 그 생각에 완전히 침잠해 있다 보니 그것도 다시 떠올랐다.

그가 나에게 카인에 대한 자신의 의견을 알려준 뒤, 우리는 우리 집 앞에 서 있었다. 거기서 그는 우리 집 대문 아치 밑의 초석 위에 새겨진, 낡고 퇴색된 문장에 관해 이야기를 했었다. 그는 그것에 대해 매우 흥미로워하면서, 누구나 그런 것들에 관심을 가져야 한다고 말했었다.

그날 밤 나는 데미안의 꿈과 함께 그 문장의 꿈을 꾸었다. 데미안이 문장을 두 손에 들고 있었는데, 그것은 끊임없이 모습이 바뀌었다. 조그마한 잿빛이 되었다가, 때로는 굉장히 커지면서 여러 가지 빛깔을 띠기도 했다. 그렇지만 그것은 언제나 똑같은 문장이라고 데미안이 나에게 설명해 주었다.

그런데 문제는, 데미안이 나에게 그 문장을 삼키라고 명령하는 것이 아닌가. 나는 기겁을 하면서도 그것을 삼켰다. 그러자 삼킨 문장 속의 새가 다시 살아나서는 내 배를 채우더니, 안에서부터 나를 파먹어 들어오기 시작하는 것처럼 느껴졌다. 나는 죽을 것 같은 두려움에 가득 차서 펄쩍 뛰어 일어나며 잠에서 깨었다.

잠이 완전히 달아났는데, 그때는 한밤중이었다. 방 안으로 비가 들이치는 소리가 들려서 나는 창문을 닫으려고 일어났다. 그러다가 방바닥에 떨어져 있는 무언가 허연 것을 밟고 말았다. 아침에 보니 그것은 내가 그린 그림이었다. 그림은 물에 젖은 채로 방바닥에 놓여 있었고, 불룩하게 뒤틀려 있었다. 마르라고 그림을 압지 사이에 끼워 무거운 책 속에 펴 넣었다. 다음 날 다시 들춰 보니 잘 말라 있었다. 그러나 그림이 달라져 있었다. 붉은 입술이 다소 창백하면서 약간 가늘어져 있었는데, 이제 완전히 데미안의 입처럼 보였다.

나는 새 종이에 문장의 새를 그리기 시작했다. 새가 원래 어떤 모습이었는지 똑똑하게 기억하고 있지 못했지만, 어렴풋이 기억을 더듬어 보면…… 그것은 너무 낡은데다 때때로 다시 색을 칠했기 때문에 어떤 부분은 가까이에서도 잘 알아볼 수가 없었다. 그 새는 무엇인가의 위에 서 있거나 아니면 앉아 있었는데, 아마도 한 송이 꽃이었거나 아니면 광주리나 둥우리, 혹은 화관 위였는지도 모른다. 나는 사소한 것에는 더 이상 신경 쓰지 않고, 뚜렷한 표상을 가진 것에서부터 다시 그려가기 시작했다. 분명치 않은 어떤 욕구에 따라 나는 즉시 강한 색깔을 쓰기 시작했는데, 새의 머리는 내 그림에서는 황금빛이었다. 기분 내키는 대로 계속해서 그려나가다 보니, 그 그림이 며칠 새에 완성되었다.

이제 그것은 날카롭고 겁 없이 보이는 대담한 매의 머리를 가진 한 마리 맹금이었다. 그 새의 몸 절반은 푸른 하늘을 배경으로 어두운 지구 땅덩이 속에 박혀 있었고, 마치 커다란 알에서 깨어 나오려는 것처럼 몸부림치고 있었다. 그림을 바라보면 볼수록 꿈속에서 보았던 아롱진 문장처럼 여겨졌다.

데미안에게 편지를 쓴다는 것은 나로서는 불가능한 일이었다. 설령 주소를 알고 있다 해도 말이다. 그러나 당시에 꿈같은 예감에 사로잡혀 있던 나는 매사를 처리했던 것과 마찬가지로, 그림이 그에게 닿든 안 닿든 간에 매를 그린 그림을 일단 보내야겠다고 마음먹었다. 겉봉에는 아무것도 쓰지 않았다. 내 이름도 쓰지 않고서 가장자리들을 조심스럽게 자른 다음, 커다란 종이봉투 위에 내 친구의 예전 주소를 적었다. 그리고는 보냈다.

시험이 다가왔고, 나는 여느 때보다 더 열심히 공부하지 않으면 안 되었다.

내가 형편없는 방황을 청산하고 행실을 고쳐서인지 선생님들은 나에게 너그럽게 대해 주셨다. 물론 나는 당시에도 썩 훌륭한 학생이 아니었겠지만, 이제 와선 어느 누구도…… 내가 반년 전에 정학 처분을 받았다는 사실을 들춰내지 않았다.

아버지도 이제는 비난이나 위협조가 아닌, 다시 예전의 어조로 편지를 보내셨다. 그렇지만 나는 아버지에게나 다른 어떤 사람에게도 어떻게 나에게 그런 변화가 일어났는지를 설명하고 싶은 생각이 없었다.

이런 변화가 우리 부모님과 선생님들의 기대와 일치한 것은 우연이었다. 이 변화로 나는 다른 사람들과 어울리지도 않았고, 남이 나에게 다가오는 것도 허용하지 않았다. 나는 나 자신을 더 고독하게 만들면서 그 어딘가를 목표로 삼고 있었다. 데미안을, 멀고 먼 운명을……. 하지만 사실상 그 정체를 확실히 알지 못한 채 그 한가운데 서 있었던 것이다.

모든 것은 베아트리체에게서 비롯되었으나, 얼마 전부터 나는 그림 속의 초상이나 데미안에 대한 생각들과 더불어 살고 있었다. 내가 얼마나 완벽하게 비현실적인 세계 속에서 살고 있었는지, 베아트리체마저 시선과 생각에서 까마득히 사라져 버렸다.

　나는 누구에게도 내 꿈들, 내 기대들…… 내 내면의 극심한 변화에 대해 한마디도 말할 수 없었던 것 같다. 설령 그렇게 하기를 간절히 원했다 하더라도 말이다.

　또한 내가 어떻게 그걸 원할 수 있었겠는가?

새는 알에서 나오려고 투쟁한다

　내가 그린 새는 꿈속의 내 친구를 찾아 날아가고 있었다. 너무나 놀랍게도 나에게로 답장이 왔다.

　학교의 우리 반 교실 내 자리에서, 한 번은 쉬는 시간이 끝난 뒤 다음 수업이 시작되기 바로 전에 쪽지 하나가 내 책에 꽂혀 있는 걸 발견했다. 그것은 우리 반 학생들이 수업 시간 중에 몰래 쪽지 편지를 보낼 때 흔히 접는 것과 똑같은 모양으로 접혀 있었다. 나는 누가 나한테 그런 쪽지를 보냈을지 짐작이 가지 않아 의아하게 생각했다. 나는 어떤 학우와도 그런 식으로 사귀는 사이가 아니었기 때문이다. 나는 그것이 어떤 장난에 나를 끌어들이려고 그러는 거려니 하고 생각하고, 쪽지를 읽지도 않은 채 무심하게 앞쪽 책 속에 끼워 넣었다. 그러다가 수업 도중에 우연히 그 쪽지를 손에 잡게 되었다.

　종이쪽지를 만지작거리다 아무 생각 없이 펼쳤는데 그 안에 몇 마디 말이 적혀 있었다. 그런데 그것을 읽는 순간, 그 구절에 몸과 마음이 온통 사로잡혀 버렸다. 나는 너무나 놀란 나머지 그것을 다시 읽었다. 그러는 동안 내 가슴은 혹독한 추위를 만난 것처럼 운명 앞에서 오그라들었다.

'새는 알에서 나오려고 투쟁한다. 알은 세계이다. 태어나려는 자는 하나의 세계를 깨뜨리지 않으면 안 된다. 새는 신을 향해 날아간다. 그 신의 이름은 압락사스다.'

이 글줄을 몇 차례 읽은 다음 나는 깊은 생각에 빠졌다. 이건 의심할 여지없이 데미안이 보낸 답장이었다. 그와 나 말고는 그 새에 대해 알고 있는 사람이 있을 수 없었다. 내 그림을 받은 사람은 그였던 것이다. 그는 그 그림을 이해했고, 내가 해석할 수 있도록 도와준 것이었다.

그러나 이 모든 일은 서로 무슨 관련을 갖고 있는 것일까? 그리고 무엇보다 나를 괴롭힌 것은 '압락사스'가 무엇인가 하는 의문이었다. 들어 본 적도 읽어 본 적도 없는 말이었다.

'그 신의 이름은 압락사스다!'

강의 내용을 제대로 듣지 못한 채 그 시간이 끝났고, 다음 시간이 시작되었다. 오전의 마지막 수업이었다. 그 시간은 젊은 보조교사의 수업이었다. 대학을 갓 졸업한 사람이었는데, 공연히 잘난 척하지 않았기 때문에 학생들이 상당히 호감을 갖고 있는 교사였다.

우리는 그 플렌 선생의 지도로 헤로도토스를 읽었다. 이 강독은 내가 흥미를 가진 몇 안 되는 과목 중 하나였다. 그러나 이날만은 정신이 딴 데 팔려, 기계적으로 책을 펴고 있긴 했지만 귓전으로 들어 넘기며 내 생각에 빠져 있었다.

나는 데미안이 예전의 종교 수업 시간에 내게 말했던 것이 얼마나 옳았는지를 몇 차례 경험을 통해 이미 알고 있었다. 사람이 무엇인가를 강렬하게 원하면 그것이 정말 이루어진다는 이야기 말이다. 수업 중에 아주 강렬하게 내 자신의 생각에 열중하고 있으면 선생님도 나를 그대로 내버려 둔다는 것을 잘 알고 있었다. 하지만 정신이 산만해져 있거나 졸고 있을 때는 선생님이 갑자기 옆에 와서 서 계시곤 했다. 그런 경험을 여러 번 했는데, 니가 정말로 생각에 몰두해 있을 때는 이상하게도 그것이 안전하게 지켜졌다. 나는 상대를 뚫어질 듯 강한 시선으로 바라보는 일도 시험해 보았는데, 그것도 믿을 만한 것임을 알아냈다. 데미안과 함께 있었던 시절에는 되질 않았었는데, 이제는 시선과 생각으로 아주 많은 것을 이루어낼 수 있다는 것을 자주 느꼈다.

이번 수업 시간에도 나는 그렇게 자리에 앉아 헤로도토스와 학교로부터 멀리 떨어져 있었다. 그런데 뜻밖에도 선생님의 목소리가 번개처럼 내 의식을 치고 들어왔다. 화들짝 놀라며 정신을 차렸다. 신생님의 목소리가 들렸다. 바로 내 곁에 바싹 다가와 서 계시는 것이었다. 내 이름을 부르신 줄 알았는데, 선생님은 나를 보시지 않았다. 나는 안도의 숨을 내쉬었다.

그때 선생님의 목소리가 다시 들렸다. 그 목소리는 커다랗게 '압락사스'라는 말을 하고 있었다.

처음 부분은 내가 듣지 못했는데, 폴렌 선생은 계속 설명하고 있었다.

"우리는 저 종파의 세계관과 고대의 신비주의적인 합일을, 합리주의적인 관찰의 입장에서 보듯이 그렇게 단순하게 상상해서는 안 됩니다. 오늘날 우리가 말하는 의미의 과학적 학문은 고대에는 존재하지도 않았습니다. 그 대신 아주 고도로 발달되었던, 철학적 신비주의적 진실들을 다루는 연구가 있었습니다. 거기에서 부분적으로는, 사기와 범죄로 이어지는 주술과 게임도 나왔습니다. 주술에도 고귀한 유래와 깊은 사상이 있는 것입니다. 내가 앞서 예로 들었던 압락사스(Abraxas) 학설도 그렇습니다. 오늘날도 사람들은 이 이름을 그리스의 주문과 연관 지어 일컬으면서, 야만족들이 믿고 있는 마술 부리는 악마의 이름쯤으로 간주하기도 합니다. 그러나 압락사스는 훨씬 더 많은 의미를 가지고 있다고 여겨집니다. 우리는 그 이름을 신적인 것과 악마적인 것을 결합시키는 상징적인 역할을 가진 일종의 신의 이름이라고 생각할 수 있을 것입니다."

몸집은 작지만 학식 많은 이 젊은 학자는 섬세하고도 열정적으로 계속 이야기를 해 나갔다. 하지만 주목하고 있는 사람은 아무도 없었다. 그리고 압락사스라는 이름이 더 이상 나오지 않자, 나의 주의력도 다시 내 생각 안으로 돌아와 있었다.

'신적인 것과 악마적인 것을 결합시킨다.'는 말의 여운이 사라지지 않고 귀에 남아 계속 맴돌았다. 나는 이것을 예전의 어떤 일과 연결시킬 수 있었다. 그 말은 우리 우정의 맨 마지막 시절에 데미안과 나누었던 대화들이어서, 내게는 무척 친숙한 것이었다.

데미안은 당시에 '우리는 저마다 존경하는 신 하나를 가지고 있는데, 그 신은 단지 인위적으로 갈라놓은 세계의 절반만을 포용하고 있다. ─ 그것은 공적이고, 허용된 '환한' 세계였다. ─ 그러나 사람은 세계 전체를 존중할 수 있어야 한다. 그러기 위해서는 악마이기도 한 신 하나를 갖든지, 아니면 신에 대한 제사와 더불어 악마도 숭배하지 않으면 안 된다.'고 말했었다.

그렇다면 압락사스가 바로 신이기도 하고 악마이기도 한 신인 것이었다.

한동안 나는 아주 열심히 그 자취를 찾아보았으나, 큰 진전이 없었다. 압락사스에 대한 것을 찾으려고 온 도서관을 샅샅이 뒤졌으나 아무런 성과가 없었다. 나는 손에 쥐고 보면 기껏해야 돌멩이에 지나지 않는 그런 진리를 찾아내는 식의 직접적이고도 의식적인 탐구에는 열중하지 못하는 성향을 갖고 있었다.

한때 그토록 열중하며 존중했던 베아트리체의 모습도 서서히 관심 밖으로 밀려나 있었다. 지평선에 가까워질수록 그림자처럼 어슴푸레하고 더 멀어져 갔다. 그것은 더 이상 내 영혼을 충족시키지 못했다. 대신에 특이하게 나 자신 속으로 끼워 넣은 현존 속에서, 내가 몽유병자처럼 영위하고 있는 내 생활 안에서 새로운 형상이 이루어지기 시작했다. 생명에의 동경이, 아니 그보다는 사랑에의 동경이 내 안에서 꽃 피어나는 것이었다.

그리고 한동안 베아트리체 숭배를 통해 해소될 수 있었던 성적 충동이 다시 내부에서 솟구쳐 새로운 영상과 목표를 갈망하고 있었다. 나는 여전히 그 어떤 충족도 이루지 못했다. 하지만 그렇다고 해서 동경을 부인한다거나, 내 친구들이 그들의 충족을 채우는 그런 소녀들로부터 무엇인가를 기대한다는 것은 더욱 불가능한 일이었다.

　나는 다시 심하게 꿈을 꾸곤 했다. 그것도 밤보다 낮에 더 많이 꿈을 꾸었으며, 표상이나 영상 혹은 소망들이 나의 내부를 가득 채워 나를 바깥 세계로부터 분리시켰다. 나는 현실의 환경보다 내 마음속의 꿈이나 영상들, 혹은 그림자들과 더 생생하게 관계를 유지하며 살았다.

　어떤 특정한 꿈, 혹은 되풀이하여 나타나는 환상 하나가 나에게는 중요한 의미를 갖게 됐다. 내 생활에서 가장 중요하게 영향을 미쳤던 꿈은 대략 이런 것이었다.

　나는 고향의 부모님 댁으로 돌아갔다. 대문 위에는 문장의 새가 푸른 바탕 위에서 황금빛으로 밝게 빛나고 있었고, 어머니가 나를 반갑게 맞이해 주셨다. 그런데 내가 집 안으로 들어서며 어머니를 포옹하려 했을 때, 그것은 어머니가 아니라 한 번도 본 적 없는 인물로 변했다. 키가 크고 힘이 세었으며, 막스 데미안이나 내가 그린 초상의 인물과 닮은 것 같았다. 그러나 막상 다시 보면 또 달랐고, 힘차 보이면서도 극히 섬세한 여성이었다. 이 인물이 나를 자기에게로 끌어당기더니, 전율을 일으킬 정도로 깊은 사랑의 포옹을 해 줬다. 왠지 희열과 오싹함이 뒤섞인 듯한 느낌이었는데, 그것은 신에 대한 제사인 동시에 죄악이라 여겨졌다. 나를 포옹한 인물 속에는 너무도 많은 어머니에 대한 추억과 내 친구 데미안에 대한 추억이 서려 있었다. 그 인물의 포옹은 엄숙한 경건성은 없었으나, 그럼에도 축복의 희열임에는 틀림없었다.

나는 자주 깊은 행복감을 느끼며 깨어나기도 했고, 죽음의 두려움과 격심한 양심의 가책에 시달리며 무서운 죄악에서 벗어나듯이 꿈에서 깨어나기도 했다.

내적인 이 영상과 외부로부터 주어진 탐구해야 할 신에 대한 암시 사이에 어떤 무의식적인 관련성이 서서히 생기게 되었다. 그리고 이 관련성은 그 후 더 긴밀해지고 더 내밀해졌다. 나는 내가 이 예감의 꿈속에서 압락사스를 부르고 있다는 사실을 느끼기 시작했다. 희열과 공포, 남성적인 것과 여성적인 것의 혼합, 성스러움과 추악함의 뒤얽힘, 다감한 천진성을 뚫고 지나가는 깊은 죄악감 — 이것이 내 사랑의 꿈의 영상이었고, 압락사스 역시 그러했다.

사랑은 이제 더 이상 처음에 겁을 먹고 불안해했던 것처럼 동물적인 어두운 충동이 아니었다. 그리고 그것은 이제 더 이상 내가 베아트리체의 초상에다 바쳤던 것처럼 경건하고 정신화된 숭배의 감정도 아니었다. 사랑은 양쪽 모두였으며, 그 이상이었다. 사랑은 천사인 동시에 악마였고, 남성과 여성이 하나로 된 것이었으며, 인간적인 것과 동물적인 것을 포함한 것이고, 지고의 선이자 극단적 악이었다. 나는 이와 같은 양극단을 살아가는 것이 내 운명으로 정해져 있다고 생각되었고, 이것을 맛보는 것이 숙명처럼 여겨졌다. 나는 운명에 대해 깊게 동경하면서도 두려워했으며, 그것은 늘 내 머리 위에 실제로 존재하면서 수시로 나를 덮쳐왔다.

이듬해 봄에 나는 김나지움을 졸업하고 대학으로 가게 되었는데, 아직 어디서 무얼 해야 할지 결정할 수가 없었다. 콧수염이 자라기 시작한 걸로 보아 나는 성인이 된 것이 틀림없었지만, 나는 아무런 목표도 없이 어찌할 바를 몰랐다. 확실한 것은 오직 한 가지, 나의 내부에서 들리는 소리와 꿈의 영상뿐이었다. 나는 그 영상이 인도하는 대로 맹목적으로 따라가야 한다고 느꼈다. 그러나 그것은 너무나 어려운 일이어서, 날마다 그것에 반항했다. 그러면서 나는 때때로 내가 미쳐 버린 것은 아닐까 하는 생각까지 하곤 했다.

나는 정말로 다른 사람들과 전혀 같지 않은 걸까? 그러나 다른 사람들이 하는 것은 나도 모두 할 수 있었다. 조금만 주의를 기울이며 노력하면 플라톤을 읽어 낼 수 있었고, 삼각법 문제를 풀거나 화학적 분석도 이해할 수 있었다. 내가 할 수 없는 것은 단 한 가지였는데, 나의 내부에 어둡게 숨겨진 목표를 끌어내어 내 앞에다 확실하게 그려 보이는 일이었다. 다른 사람들은 자기가 교수나 판사, 의사나 예술가가 되고 싶어한다는 것을 명확하게 알고 있었으며, 그것을 이루려면 기간이 얼마나 걸리고, 거기엔 현실적으로 어떤 이점들이 있는지를 정확하게 알고 있었다. 그런데 나는 그걸 할 수가 없었다. 어쩌면 나도 언젠가 그런 무엇이 될지도 모르지만, 지금의 내가 그걸 어떻게 안단 말인가. 나 역시도 여러 해 동안 찾고 또 찾아왔지만 아무것도 이루어진 것은 없고, 어떤 목표에도 도달할 수가 없었다. 시간이 흐르면 나도 어떤 목표에 이르겠지……. 하지만 그것은 악하고, 위험하고, 무서운 목표일지도 모른다.

나의 내부에서 솟아 나오려는 것, 나는 바로 그것을 위해 살아 보려고 했다. 그런데 그것이 왜 그토록 어렵단 말인가?

나는 자주 내 꿈속에 나타나는 강렬한 사랑의 영상을 그려 보려 했다. 그러나 한 번도 성공하지 못했다. 만일 성공했더라면 나는 그것을 데미안에게 보냈을 텐데……

하지만 나는 그가 어디에 있는지 알지 못했다. 내가 아는 건 오직, 그가 나와 어떤 식으로든 연결되어 있다는 것뿐이었다. 언제 쯤 그를 다시 만날 수 있을까?

베아트리체 시절의 몇 주일, 아니 몇 달의 고요한 안정은 오래전에 사라져 버렸다. 당시에는 하나의 섬에 도달하여 평화를 찾아냈다고 생각했었다. 그러나 그것은 언제나 같은 상태였다. 하나의 상태가 나를 기쁘게 해 주고, 하나의 꿈이 내게 편안함을 안겨 주자마자 그것은 어느새 벌써 시들고 퇴색하여 희미해졌다.

그 뒷모습을 보며 부질없다고 탄식한들 무슨 소용이 있겠는가! 나는 이제 가라앉지 않은 욕망, 팽팽하게 긴장된 기대의 불꽃 속에서 살고 있었다. 그것은 나를 미치광이처럼 난폭하게 만들곤 했다. 꿈속에서 보는 그 여인의 영상이 자주 살아 있는 사람의 모습보다 더 생생하게 눈앞에 보였다. 나는 내 자신의 손보다도 더 선명한 그 영상을 바라보면서 이야기를 나누었고, 때로는 그 앞에서 눈물을 흘리는가 하면 그를 저주하기도 했다. 나는 그를 어머니라고 불렀고, 그 앞에서 눈물을 흘리며 무릎 꿇고 경배했다. 나는 그를 연인이라고 불렀고, 희미하게나마 모든 갈망을 충족시켜 주는 깊은 입맞춤을 느끼기도 했다. 또한 그것을 악마, 창녀, 흡혈귀, 살인자라고 부르기도 했다. 그러면 그 영상은 더할 나위 없이 애정 어린 사랑의 꿈과 파렴치한 행위로 나를 유혹했다. 그러나 그 영상에는 그 무엇보다도 지나치게 선하거나 귀한 것이 없었으며, 동시에 지나치게 사악하거나 저열한 것이 없었다.

그해 겨울 내내 나는 묘사하기 어려운 내면의 폭풍 속에서 보냈다. 외로움에는 오래전부터 익숙해 있었으므로 외로움이 나를 심하게 압박하지는 않았다. 나는 데미안과 황금빛 새, 그리고 내 운명이자 연인이었던 커다란 꿈속의 영상과 함께 살았다. 그 안에서 살아가기에 충분한 공간이 있었다. 모든 것이 위대하고 넓은 세계를 향해 있었고, 모든 것이 압락사스를 암시하고 있었기 때문이었다.

그러나 이 꿈들 중 나에게 복종하는 것은 그 어느 것도 없었다. 이 꿈들 중 단 하나도 내가 임의로 부를 수 있는 것이 없었고, 내 마음대로 채색할 수도 없었다. 그것들이 내 앞에 나타나서 나를 사로잡았으며, 나는 그것들의 지배를 받으면서 그것들에 의해 살아갔던 것이다.

분명히 나는 외부에 대해서는 두려움이 없었던 것 같았다. 사람을 무서워하지도 않았다. 그것을 내 학우들도 느끼고 있었는지, 느닷없이 내게 경의를 표하는 때가 있어서 자주 나를 실소하게 만들었다. 나는 원하기만 한다면 그들 대부분을 아주 잘 꿰뚫어볼 수 있었고, 이따금씩 그렇게 해서 그들을 깜짝 놀라게 할 수도 있었다. 하지만 그러고 싶은 마음은 아주 드물게 생기거나 전혀 생기지 않았다. 나는 늘 나 자신의 일에만 몰입해 있었다. 그리고 이제는 내 자신에게서 무엇인가를 끄집어내어 세상과 관계를 맺고, 그리고 싸움을 벌이게 되기를 열렬히 갈망했다.

저녁에 거리를 산책하다가 마음을 안정시키지 못하고 한밤중까지 헤매고 다닐 때면, 나는 이따금씩 이런 생각을 하곤 했다. 지금, 바로 지금 틀림없이 나의 연인이 내게로 오고 있을 거라고, 다음 모퉁이를 지나고 있을 거라고……. 때로는 이 모든 것이 견딜 수 없이 고통스러워서 죽어 버리고 싶다는 생각도 했었다.

당시에 나는 예기치 않은 피난처를 우연히 발견했다. 그러나 본래 우연이란 존재하지 않는 것일지도 모른다. 무엇인가를 절실하게 필요로 하는 사람이 그것을 발견했다면 그것은 우연히 이루어진 것이 아닐 테니 말이다. 그건 자기 자신이, 자기 자신의 욕구와 필요가 그를 거기로 인도했을 것이다.

두세 번쯤 시내를 오가는 길에 어느 교외의 자그마한 교회에서 오르간 연주 소리를 들었다. 하지만 그때는 거기 머물지 않았었다. 그런데 다음번에 지나갈 때 그 소리를 또 들었다. 그리고 바흐가 연주되고 있다는 것을 알았다. 나는 문으로 다가갔다. 하지만 문은 잠겨 있었다. 그리고 골목에는 거의 사람이 없어, 외투 깃을 세우고는 교회 옆에 있는 길가의 돌에 앉아 귀를 기울였다. 그다지 크지는 않지만 그래도 좋은 오르간인 것을 알 수 있었다. 연주는 묘하면서도 독특한 음색으로 고도의 개인적인 의지와 인내를 아주 훌륭하게 표현해 주어, 마치 기도 소리처럼 울려왔다. 거기서 오르간을 연주하고 있는 사람은 그 음악 안에 보물 하나가 숨겨져 있다는 것을 알고 있을 것이라는 생각이 들었다. 그래서 마치 자신의 생명을 구하기라도 하려는 듯이 보물을 얻어 내기 위해 끊임없이 구하면서 두드려대고 있는 것 같았다.

나는 테크닉 면에서는 음악에 관해 그다지 전문적인 안목을 갖추지 못했다. 하지만 진실된 영혼의 표현은 아주 어린 시절부터 본능적으로 이해해 왔으며, 또한 음악의 본질을 내 마음속에서 아주 자명하게 느끼고 있었다.

그 음악가는 바흐의 곡에 이어서 곡목을 알 수 없는 현대음악도 연주했다. 아마도 레거의 곡인 것 같았다. 주변은 거의 완전히 어두워졌고, 다만 아주 엷은 빛줄기 하나가 바로 옆 창문을 뚫고 들어가고 있을 뿐이었다. 나는 교회 앞에서 이리저리 서성이며 연주가 끝날 때까지 기다렸다. 마침내 오르간 연주자가 나오는 것이 보였다. 나보다는 좀 더 나이가 들어 보였지만 아직 젊은 사람이었다. 체격이 다부지고 땅딸막했는데, 마치 뭔가 기분 나쁜 일이 있는 사람처럼 성급한 걸음으로 그곳을 급히 떠났다.

그때부터 이따금씩 나는 저녁 무렵이면 그 교회 앞에 앉아 있거나 서성이곤 했다. 한 번은 문이 열려 있는 것이 보였다. 그 오르간 연주자가 높은 곳에 매달린 빈약한 가스등 불빛 속에서 연주하는 동안, 나는 추위에 떨면서도 행복한 마음으로 교회 회중석에 앉아 음악을 들었다. 그가 연주하는 음악에서 내가 들은 것은 그 사람 자신만이 아니었다. 그가 연주하는 곡들은 자기들끼리 연관되어 있고, 남모르는 은밀한 관계를 맺고 있는 것처럼 생각되었다. 그가 연주하는 모든 것에서 신앙심이 느껴졌으며, 헌신적이면서 경건했다. 그러나 그것은 교회의 신자들이나 신부님들에서 느껴지는 경건함이 아니라, 중세의 탁발승이나 순례자에게서 느껴지는 경건함이었다. 모든 종파를 초월해서 존재하는, 세계 감정을 향해 남김없이 헌신하는 그런 경건함이었다. 바흐 이전의 거장들과 옛 이탈리아 작곡가들의 곡이 자주 연주되었다. 그리고 모든 연주곡들은 한결같이 같은 것들을 말하고 있었는데, 그것은 모두가 그 음악가의 영혼 속에 담긴 것인 듯했다. 그것은 동경, 더없이 열렬한 세계의 내면적 포착 그리고 세계로부터의 가장 격렬한 분리, 자신의 어두운 영혼에 대한 타는 듯한 심취, 헌신에의 도취와 불가사의한 것에 대한 깊은 호기심 같은 것들이었다.

한번은 교회에서 나오는 오르간 연주자를 몰래 따라갔는데, 그가 시내에서 멀리 떨어진 도시 외곽의 작은 선술집으로 들어가는 것이었다. 나는 나 자신을 자제하지 못하고 무엇에 홀린 듯이 그를 뒤따라갔다. 거기서 처음으로 그 사람의 모습을 똑똑하게 보았다.

그는 작은 술집 한 모퉁이에 있는, 주인 맞은편 테이블에 앉아 있었다. 머리에는 까만 펠트직 모자를 쓰고, 포도주를 한 잔 앞에 놓은 채로……. 그의 얼굴은 내가 상상했던 그대로였다. 못생겼고, 약간 거칠었으며, 탐색적이었고, 완고한 표정에 고집스러운 의지가 담겨 있었다. 그러면서도 입 주위는 부드럽게 보였으며, 어린아이 같은 느낌이 남아 있었다. 남성다운 강함은 모두 눈과 이마에 모여 있었고, 얼굴의 아래 부분은 섬세하면서도 미숙해 보였다. 부분적으로는 안정감이 결여되어 약한 인상을 주었고, 우유부단함을 여실히 드러내는 턱은 반듯한 이마나 강한 시선과는 대조적으로 소년다웠다. 특히 자부심과 적의에 찬 짙은 갈색 눈은 내 마음에 들었다.

나는 말없이 그 맞은편에 앉았다. 술집에는 우리 두 사람 외에는 아무도 없었다. 그는 나를 마치 쫓아 버릴 것처럼 쏘아보았다. 그렇지만 나는 그의 앞에 앉아 버텨 냈으며, 마침내 그가 성이 나서 툴툴거릴 때까지 눈을 떼지 않고 그를 바라보았다.

"대체 무엇 때문에 그렇게 기분 나쁘다는 듯이 쏘아보는 거요? 나한테 무슨 용건이라도 있소?"

"특별한 용건은 없습니다. 당신에 대해 많은 것을 알고 있으니까요."

내가 말하자, 그가 얼굴을 찌푸렸다.

"그래, 당신도 음악광이오? 음악에 미친다는 것이 난 구역질나는데."

나는 깜짝 놀라면서도 물러서지 않았다.

"벌써 당신의 음악을 교회 밖에 서서 여러 번 들었습니다. 아무튼 귀찮게 해 드릴 생각은 없습니다. 다만 나는 당신에게서 뭔가를 찾아낼지도 모른다고 생각했지요. 뭔가 특별한 것, 그것이 뭔지는 잘 모르겠지만요. 그런데 당신은 제 말을 전혀 듣고 싶지 않으신 것 같군요. 하지만 나는 교회에서 당신이 연주하는 음악을 듣는 것만으로 충분합니다."

"하지만 난 언제나 문을 잠그는데……."

"최근에 그걸 잊어버린 적이 있었지요. 그래서 저는 교회 안에 들어갈 수 있었습니다. 보통 때는 바깥에 서서 듣거나 길가의 돌

위에 앉아서 들었습니다."

"그래요? 다음번에는 들어오세요, 안은 한결 따뜻하니까. 그럴 때는 그냥 문을 노크하시오. 노크는 힘차게 해야 해요. 내가 연주하는 동안은 하지 말고. 자, 그럼 시작합시다. 무슨 말을 하려 했소? 아주 젊은 사람이로군. 아마 고등학생이거나 대학생이겠군. 음악을 하는 거요?"

"아닙니다. 그저 음악을 듣는 것을 좋아합니다. 당신이 연주하는 것 같은, 그런 구속이 없는 음악을요. 그것을 듣고 있다 보면 한 인간이 천국과 지옥을 흔들고 있다는 느낌을 받습니다. 그런 음악을 몹시 좋아합니다. 아마 음악은 그다지 도덕적이 아니리고 생각하기 때문일 겁니다. 다른 모든 것은 다 도덕적이지요. 저는 도덕적이지 않은 무엇인가를 찾고 있습니다. 저는 도덕적인 것에 늘 짓눌리면서 괴로움을 당해 왔거든요. 잘 표현할 수 없지만……혹시 당신도 신이면서 동시에 악마인 신이 존재해야 한다고 생각하지 않으십니까? 저는 그런 신이 존재했었다는 이야길 들은 적이 있습니다."

음악가는 넓은 모자를 약간 뒤로 젖히더니 이마로 흘러내린 검은색 머리카락을 쓸어 올렸다. 그러면서 나를 뚫어지게 바라보며 테이블 너머의 나에게로 얼굴을 숙이는 것이었다.

그는 나직하면서도 호기심에 찬 목소리로 물었다.

"조금 전에 말한 그 신의 이름이 뭐요?"

"유감스럽게도 그 신에 대해서는 아는 것이 없습니다. 사실 이름밖에 몰라요. 그 이름은 압락사스입니다."

그 음악가는 마치 누군가가 우리 얘기를 엿듣기라도 하는 것처럼, 미심쩍어하는 표정으로 주위를 둘러보았다. 그러더니 나에게로 한층 더 가까이 다가와 속삭이듯 말했다.

"나도 그렇게 생각했소. 그런데 당신은 누구요?"

"저는 김나지움에 다니는 학생입니다."

"압락사스는 어디서 알았소?"

"우연히 알았습니다."

그가 테이블을 쳤다. 그러자 그의 술이 잔에서 넘쳤다.

"우연이라구? 말도 되지 않는 소리는 집어치워, 이 사람아! 압락사스는 우연히 알게 되는 게 아니야. 내 말 명심하게. 압락사스에 대해 좀 더 이야기를 할 테니……. 난 압락사스에 대해 좀 알거든."

그는 입을 다물면서, 자기가 앉은 의자를 뒤로 밀었다. 내가 기대에 찬 시선으로 그를 바라보니, 그가 얼굴을 찌푸렸다.

"여기서는 아니고, 다음번에 이야기하겠소. 자, 이거나 드시오."

그러면서 그는 벗어 놓은 자기 외투 주머니를 뒤지더니, 군밤 몇 개를 꺼내 내게로 던졌다.

나는 아무 말도 하지 않고 그것을 받아서 먹었고, 매우 만족스러운 심정이 되었다.

"그런데 어디서 알았소? 그에 대해서……."

그가 한참 뒤에 나직한 목소리로 말했다.

나는 망설이지 않고 이야기를 시작했다.

"나는 늘 혼자였고, 어찌할 줄 몰라 방황하고 있었습니다. 그때 예전의 친구 하나가 떠올랐습니다. 항상 아는 게 많다고 생각했던 친굽니다. 저는 무언가를, 지구에서 빠져 나오려고 하는 새 한 마리를 그렸습니다. 그 그림을 그에게 보냈습니다. 시간이 제법 지나서, 그것에 대해 까맣게 잊었을 때쯤 뜻밖에 쪽지 하나를 받았습니다. 그런데 거기에 이렇게 적혀 있었습니다. '새는 알에서 나오려고 투쟁한다. 알은 세계이다. 태어나려는 자는 한 세계를 깨뜨려야 한다. 새는 신에게로 날아간다. 그 신의 이름은 압락사스이다.'라고요."

그는 아무 대꾸도 하지 않았다. 우리는 밤을 까서 술안주로 먹었다.

"한 잔 더 할까?"

그가 물었다.

"괜찮습니다. 저는 술을 그리 좋아하지 않아요."

그가 다소 실망한 듯이 웃었다.

"좋으실 대로! 난 다르니까. 난 여기 좀 더 있을 테니 먼저 가 보시오!"

다음번에 오르간 음악이 끝난 뒤 그와 함께 걷게 되었을 때, 그는 별로 말이 없었다. 그는 나를 어느 오래된 골목 안, 낡았지만 위풍 있는 저택 위층으로 인도해 올라갔다. 황량하게 보일 만큼 커다랗고 지극히 보잘것없는 방이었는데, 그곳에는 피아노 한 대 외에는 음악과 상관있어 보이는 것이 아무것도 없었다. 대신 커다란 책장과 책상이 있어 무언가 학구적인 분위기를 풍겼다.

"책이 참 많네요!"

나는 감탄하며 말했다.

"그 일부는 우리 아버지 서재에서 갖고 온 거요. 아버지 집에 살고 있으니까. 난 아버지와 어머니 집에 살고 있지만 자네를 부모님께 소개할 수는 없어. 이 집안에서는 내 친구라는 존재가 그리 존중을 받지 못하거든. 나는 버려진 자식이오, 알겠소? 우리 아버지는 빌어먹게 존경할 만한 분이시지. 이 도시에서 유명한 목사님이고 설교자라오. 당신이 알아듣기 쉽게 말하자면, 나는 재능 있고 장래가 촉망되는 그분의 후계자였는데 탈선을 하고 정신도 어느 정도 돌아버렸지. 나는 신학생이었는데, 국가고시 직전에 신성한 신학부를 그만둬 버렸소. 사실 개인적인 연구로 말하자면, 나는 여전히 신학도인데 말이오. 사람들이 때에 따라 어떤 신들을 생각해 냈는지, 그것이 나에게는 늘 가장 중요한 관심사였소. 그것 외에 나는 음악을 하고 있는데, 곧 하찮지만 오르간 연주자 자리를 얻게 될 것 같소. 그러면 나도 다시 교회에서 일하게 되는 거지."

나는 책장에 꽂힌 책들을 작은 스탠드의 약한 불빛이 비쳐드는 데까지 죽 살펴보았다. 그리스어, 라틴어, 히브리어 책 제목들이 보였다. 그러는 동안 그 사람은 컴컴한 속에서 벽 쪽의 방바닥에 엎드려 부스럭거리며 무언가를 하고 있었다.

"이리 와 보시오. 우리 지금 철학 좀 해 봅시다. 철학을 한다는 건 '입 다물고 배 깔고 엎드려 생각하기'라고 하오."

그가 한참 뒤에 이렇게 말을 하며, 성냥을 켜서 그의 앞에 있던 벽난로 속의 종이와 장작에 불을 지폈다. 불꽃이 높이 솟아오르자, 그는 아주 조심스럽게 불을 쑤석였다. 나는 그의 옆으로 다가가, 너무 낡아서 올이 다 풀린 양탄자 위에 드러누웠다. 그는 불을 물끄러미 응시하고 있었는데, 불은 내 마음도 끌어당겼다. 우리는 타닥거리는 장작불 앞에 말없이 배를 깔고 엎드려서, 지싯거리며 활활 타오르던 불길이 조금씩 휘어지다가 마침내는 화염 속에서 조용히 사그라져가는 모습을 한 시간쯤 바라보았다.

"배화교는 인간이 창안해 낸 것 중 가장 미련한 발명만은 아니었어."

그는 혼자서 이렇게 웅얼거렸을 뿐, 우리 두 사람은 한마디도 하지 않았다. 나는 굳어진 눈으로 불을 응시하며 꿈과 정적 속으로 잠겨들었다. 그러는 동안 연기 속에서 어떤 영상을 보았고, 재 속에서 무엇인가의 형상을 보았다. 그때 그가 이글거리는 불 속에 송진을 조금 던져 넣자, 작고 가느다란 불꽃이 갑자기 솟구쳐 올라왔다. 화들짝 놀란 나는 그 속에서 황금빛 매의 머리를 가진 그 새를 보았다. 꺼져가는 난롯불이 황금빛으로 작열하는 실 가닥을 한데 모아 그물 모양으로 엉켜들자, 여러 가지 문자와 갖가지 형상의 얼굴, 짐승, 식물, 벌레 그리고 뱀에 대한 기억들이 떠올랐다. 문득 징신을 차리고 나서 그를 바라보니, 그는 턱을 괴고 엎드린 채 재 속을 뚫어지게 응시하며 생각에 몰두해 있었다.

"전 이제 가야겠는데요."

내가 나직이 말했다.

"그래? 그럼 잘 가시오. 또 만납시다."

그는 일어나지 않았다. 등불이 꺼져 있었으므로 어두운 복도와 계단을 더듬거리며 지나쳐 그 을씨년스럽고 낡은 집에서 간신히 빠져나왔다. 거리로 나온 다음 나는 잠시 멈추어 서서 그 낡은 집을 올려다보았다. 어느 창에도 불이 켜 있지 않았다. 주석으로 만들어진 작은 문패가 문 앞의 가스등 불빛 속에서 반짝거리고 있을 뿐이었다.

'주임 목사 피스토리우스'라고 적혀 있었다.

기숙사로 돌아와 저녁을 먹은 다음 혼자 내 작은 방에 앉아 있었는데, 그때 비로소 나는 압락사스나 그 밖의 어떤 일에 대해서도 피스토리우스에게서 들은 것이 없었으며 우리가 주고받은 말이 열 마디도 되지 않는다는 데 생각이 미쳤다. 그러나 나는 그 집을 방문했다는 사실에 아주 만족했다. 게다가 그다음에 만날 때에는 오래된 오르간 작품 중에서 아주 뛰어나다고 알려진 북스테후데의 파사칼리아를 들려주겠다는 약속도 받았던 것이다.

나는 당시에는 미처 알아차리지 못했지만, 내가 그와 함께 넓고 음산한 그의 방 벽난로 앞에 누워 있던 그때 오르간 연주자 피스토리우스는 나에게 최초의 가르침을 시작한 것이었다. 불을 들여다보도록 한 것은 나에게 있어 매우 유익한 일이었다. 불을 들여다보고 있는 것은, 내 안에 잠재되어 있지만 사실 한번도 훈련한 적이 없었던 나의 내면의 욕구를 강화시켜 주고 확인시켜 주는 과정이었다. 부분적이나마 그 일은 점차 명확해졌다.

나는 어린아이였을 때부터 기괴한 형태를 가진 자연물을 관찰하는 버릇이 있었다. 그냥 모양만을 살펴보는 것이 아니라, 그것들이 가진 특유한 마력과 까다롭고도 의미 있는 언어에 깊이 몰두하곤 했다. 고목처럼 드러난 기다란 나무뿌리, 층이 쳐 있는 바위, 물 위에 뜬 기름얼룩, 유리에 생긴 섬세한 균열 — 특히 물과 불, 연기, 구름, 먼지 그리고 눈을 감으면 보이는 빙빙 맴도는 갖가지 빛깔의 무늬에 커다란 매력을 느끼면서 심취했다.

피스토리우스를 방문한 후 며칠 동안 그때의 기억들에 사로잡혀서 지냈다. 어떤 활기와 기쁨 그리고 나 자신의 감정이 고조되었는데, 나는 그 까닭이 활활 타오르는 불을 오랫동안 응시한 덕분이었음을 깨달았다. 불을 오랫동안 응시하면 이상하게도 마음이 편안해지고 풍요로워지는 느낌을 주는 것이었다!

내가 본래의 내 삶의 목표를 향해 가는 길에서 찾아낸 얼마 안 되는 경험들에 이 새로운 경험이 추가되었다.

어떤 형상을 세밀히 관찰하고 가만히 바라보는 것, 불합리해 보이면서 얽히고설킨 기이한 자연의 형상에 몰두하는 것 — 이것은 우리 내면에서 이 영상을 만들어 낸 어떤 의지와 일치하고 있다는 느낌을 갖게 해 준다. 우리는 그것들이 곧 우리들 자신의 기분이며, 우리들 자신의 창조물이라고 생각하고 싶은 유혹을 느낀다. 또한 우리는 우리와 자연 사이의 경계가 흔들리고 용해되어 버리는 것을 보고 분위기를 일게 되며, 그 분위기 속에서 우리 망막 위에 맺히는 이 영상들이 바깥의 인상에서 비롯된 것인지 혹은 내면에서 생겨난 것인지를 파악할 수 없다는 사실을 느끼게 되는 것이다.

우리는 그 어디에서도 우리가 과연 창조자인지, 우리 영혼이 얼마나 지속적으로 세계의 끊임없는 창조에 관여하는지를 이런 연습에서처럼 간단하고 쉽게 발견해낼 수 없다. 우리들 내부에서 그리고 자연의 내부에서 존재하는 신은 오히려 불가분의 동일한 신성이다. 만약 외부 세계가 몰락한다고 해도, 우리들 중 누군가가 그 세계를 다시 세울 수 있는 것이다. 산과 강, 나무와 잎, 뿌리와 꽃, 자연의 모든 형상물의 원형은 우리 마음 가운데에 미리 형성되어 있는 것으로 그 본질은 영원하며, 우리가 미처 파악하지 못한 영혼에서 나오기 때문이다. 그러나 그 본질은 대개 사랑의 힘과 창조력으로 우리가 느낄 수 있는 것이다.

몇 년이 지난 후에야 나는 어느 책에서 이 관찰을 뒷받침할 여러 근거들을 발견했다. 즉 많은 사람들이 침을 뱉어 놓은 담벼락을 바라보는 것이 얼마나 훌륭하고 깊이 자극을 주는지에 대해서 언젠가 레오나르도 다 빈치가 이야기한 적이 있는데, 피스토리우스와 내가 불을 보면서 느낀 것과 똑같은 것을 그는 축축한 담벼락에 있는 그 얼룩들 앞에서 느꼈던 것이다.

우리들이 다음번에 함께 있게 되었을 때, 그 오르간 연주자가 내게 설명해 주었다.

"우리는 흔히 개인의 한계를 늘 너무 좁게 생각해 버리는 경향이 있소. 우리는 우리가 개인적인 것이라고 구분해 놓은 것, 상이하다고 인식하는 것만 개성이라고 생각하지. 그러나 우리는 세계의 총체로 이루어져 있소. 우리 하나하나가 말이오. 그리고 우리 육체가 어류나 그보다 더욱 아득한 생물체까지 소급될 수 있는 발달의 계보를 자신 안에 지니고 있는 것처럼, 우리 영혼도 일찍이 인간 영혼들 속에 살았던 온갖 것을 지니고 있는 것이오. 그리스인들이나 중국인들에게서든, 아프리카 토인들에게서든 간에 이제까지 존재해 왔던 모든 신과 악마들이 우리들 속에 있소. 그것은 어떤 가능성으로, 소망으로, 탈출구로 우리들 내부에 존재하며, 또 다른 곳에도 존재하고 있는 것이오. 아무런 교육도 받지 않았지만 상당한 재능을 지닌 어린아이 하나만 남고 인류가 멸망해 버린다 해도, 이 아이는 사물들의 전체 과정을 다시 찾아낼 것이오. 그리하여 그 애가 신이 되어 수호신, 낙원, 계율과 금기, 신약과 구약 등의 모든 것을 다시 창조해 낼 수 있을 거요.”

“그럴 수도 있겠습니다만…… 그렇다면 개인의 가치는 도대체 어디에 있는 겁니까? 그리고 모든 것이 우리의 내부에서 이미 완성되어 있다면, 도대체 우리는 무얼 위해서 계속 노력해야만 하는 겁니까?”

내가 이의를 제기하자, 피스토리우스가 격하게 외치듯이 말했다.

“잠깐! 세계를 그냥 자기 속에 지니고만 있느냐, 아니면 그것을 의식하고 있느냐 하는 것은 대단한 차이요. 미친 사람일지라도 플라톤을 연상시키는 사상을 창조해 낼 수 있고, 헤른후트파 학교에 다니는 신앙심 깊은 이런 학생이 영지파나 조로아스터파에 나타난 심오한 신화적 연관을 창조적으로 숙고할 수도 있으니까. 그러나 그들은 세계가 자기 안에 있다는 사실을 의식하고 있지 않소. 그것을 의식하지 못한다면 한 그루 나무나 돌, 기껏해야 동물에 불과한 것이오. 그러나 이런 인식에 관한 최초의 불꽃이 한 번 빛나기만 해도 그는 인간이 되는 거요. 당신 역시도, 저기 거리를 걸어 다니는 두 발 달린 족속들을 — 똑바로 서서 걸어 다니고, 새끼를 아홉 달 동안 뱃속에 품고 다녔다는 사실만으로 — 모두 인간이라고 여기지는 않을 거 아니오? 그들 중 얼마나 많은 사람이 물고기나 양, 버러지나 거머리에 불과한지, 또 얼마나 많은 사람들이 개미나 벌과 같은 존재에 불과한지를 당신도 잘 알 것이오. 그들 각자에게는 인간이 될 가능성이 이미 깃들어 있기는 하지만, 그들이 그 가능성을 예감하고 부분적으로나마 의식할 수 있게 될 때야 비로소 그 가능성을 그들의 것이라 할 수 있는 것이오."

우리의 대화는 대략 이런 식이었다. 대화에서 완전히 새로운 것, 전적으로 놀라운 깨달음이 나오는 일은 드물었다. 그러나 모든 대화들은, 심지어는 매우 진부한 이야기들까지도 나직하고 꾸준한 망치질로 내 마음속의 어느 한 지점을 계속 두드려대는 것이었다. 모든 대화가 나의 형성을 도와주고, 내가 허물을 벗고 알껍데기를 부수는 것을 도와주었다. 그리고 대화 하나하나를 통해 나는 머리를 조금씩 더 높이, 조금씩 더 자유롭게 치켜들었고, 마침내 나의 황금색 새는 산산이 부수어진 세계의 껍데기 밖으로 그 아름다운 머리를 내밀었던 것이다.

우리는 종종 서로의 꿈 이야기를 하곤 했다. 피스토리우스는 꿈을 해석할 줄 알았다. 놀라운 예 하나가 아직도 기억에 남아 있다. 내가 꿈을 꾸었는데, 그 꿈속에서 나는 공중을 날 수가 있었다. 나는 알 수 없는 힘에 의해서 일대 비약에 의해 공중에 내동댕이쳐진 상태가 되었다. 이 비상의 감각은 내 정신을 몹시 고양시켜 주었지만, 나는 내 자신이 원하지 않았는데도 위태로울 만큼 공중으로 높이 치솟아 오르는 것이 두려워졌다. 그때 나는 호흡을 멈추었다가 한꺼번에 힘껏 토하는 식으로 상승과 하강을 조절할 수 있다는 사실을 발견했고, 그제야 살았다는 기분이 들었다.

그 꿈에 대해 피스토리우스는 이렇게 해석해 주었다.

"당신을 날 수 있게 한 비약이란, 누구나가 가지고 있는 인간으로서의 커다란 특전이오. 그것은 모든 힘의 뿌리와 연결된 감정으로, 그런 감정에 휩싸이게 되면 누구나 불안해지기 마련이오. 그것은 대단히 위험한 일이니까! 그래서 대부분의 사람들은 나는 것을 쉽게 포기하고, 법 규정에 따라 인도 위로 걷는 쪽을 택하는 것이오. 그런데 당신은 그렇게 하지 않았소. 당신은 유능한 젊은이답게 계속 날고 있는 거요. 그리고…… 이것 봐요. 당신은 점차 당신 스스로 그것을 마음대로 조정할 수 있게 되고, 당신을 계속 낚아채 가는 커다랗고 알 수 없는 보편적인 힘에다가 섬세하고 가냘프기까지 한 자기 자신의 힘이, 하나의 기관이 하나의 방향키와 맞먹게 된다는 믿을 수 없는 사실을 발견하게 될 것이오. 이건 정말 대단한 일이오. 그러나 그런 일이 없는데도 공중을 날게 된다면, 미친 사람들이 그렇듯이 그냥 공중에 떠 있게 될 거요. 하늘을 나는 자들에게는 인도를 걸어 다니고 있는 사람들에게보다 더 깊은 예감이 주어졌소. 그러나 거기에 맞는 열쇠와 방향키가 없기 때문에 바닥없는 곳으로 쭉 빨려들어 끝도 없이 굴러 떨어지게 되고 마는 거요.

그러나 싱클레어, 당신은 그걸 할 수 있소! 그런데 어째서 당신은 그걸 모르고 있는 거요? 당신은 그것을 새로운 기관, 즉 하나의 호흡 조절기를 가지고 해내고 있는 것이오. 이제는 당신의 영혼이 근본에 있어서 얼마나 '개인적'이지 못한가를 알 수 있을 거요. 다시 말하자면, 당신의 영혼이 스스로의 힘으로 이런 조절기를 고안해 낸 것이 아니란 말이오. 그렇소, 조절기란 새로운 것이 아니오! 그것은 수천 년 전부터 존재하고 있었던 것으로, 빌려온 것이오. 그것은 물고기의 평형 기관, 즉 부레인 거요. 실제로 부레가 동시에 허파를 겸하고 있고, 상황에 따라서는 숨을 쉴 때 정말로 부레를 이용하는, 진화가 덜 된 몇몇 종류의 물고기가 오늘날까지도 존재하고 있소. 그러니까 당신이 꿈에서 날 때 비행용 기포로 사용한 부레는 이러한 허파와 같은 종류인 것이오!"

그는 나에게 동물학 책을 한 권 가져와서, 진화가 덜 된 물고기들의 이름과 도판을 보여 주었다.

나는 진화의 초기 단계에서 나온 기능 하나가 내 안에 살아 있음을 신비스런 전율과 더불어 생생하게 느꼈다.

야곱의 싸움

내가 그 이상한 음악가 피스토리우스로부터 압락사스에 대헤 들은 것은 간단하게 되풀이할 수 있는 성질의 것이 아니었다. 그에게서 배운 가장 중요한 것은, 나 자신에게로 한 걸음 내딛을 수 있었다는 것이다.

나는 당시에 열여덟 살의 평범치 않은 젊은이였다. 여러 가지 일에 남달리 조숙했지만, 반면 다른 여러 가지 일에서 몹시 뒤처지고 무력했다. 나 자신을 다른 사람들과 비교하면 때로는 건방질 정도로 잘난 것 같은 생각이 들기도 했지만, 자주 의기소침해져 비참한 심정에 빠지기도 했다. 어떤 때는 나 자신을 천재로 생각하는가 하면, 어떤 때는 설반쯤 미지지 않았나 하는 생각도 했다. 또래들과 기쁨을 나누며 생활을 같이하는 것이 힘들었고, 때로는 그들과의 사이에 절망적인 격리감을 느끼면서 내 생활이 폐쇄적이라는 것에 대해 깊은 가책과 근심으로 초췌해지기도 했다.

그 자신이 성숙한 괴짜였던 피스토리우스는 자기 자신에 대한 용기와 존경을 가져야 한다고 나에게 가르쳐 주었다. 그는 내가 한 말들, 내가 꾼 꿈들, 나의 환상과 생각에서 늘 가치 있는 것을 찾아냈으며, 그것들을 적절하게 받아들이고 진지하게 논평하면서 나에게 모범을 보여 주었다.

그가 이렇게 말했다.

"당신이 언젠가 나에게 이야기했었지. 음악을 사랑하는 건, 음악이 도덕적이지 않기 때문이라고. 그 말에 이의를 제기하는 것은 아니지만, 당신 자신이 바로 그 도덕주의자가 되어서는 안 되오! 그리고 당신 자신을 남들과 비교하지 마시오. 만약 자연이 당신을 박쥐로 만들어 놓았다면, 타조가 되려고 해서는 안 된단 말이오. 당신은 자신을 보통 사람들과 다르다고 생각하고, 대부분의 사람들과 다른 길을 가고 있는 자신을 자책하고 있소. 하지만 그런 생각을 버려야만 하오. 불을 들여다보고, 흘러가는 구름을 보시오. 어떤 예감들이 떠오르고 자네 영혼 속에서 어떤 목소리가 들리기 시작하면 곧바로 그것들에게 자신을 맡기시오. 그것이 선생님이나 아버님 혹은 그 어떤 하느님의 뜻과 일치되는지, 그들의 마음에 드는지도 생각하지 말고⋯⋯. 그런 물음이 자신을 파멸시키는 거요. 그런 물음들 때문에 사람들은 땅 위를 걷게 되고, 화석이 되어 버리는 거지. 이봐, 싱클레어! 우리의 신은 압락사스요. 그는 신인 동시에 악마요. 그는 환한 세계와 어두운 세계를 동시에 가지고 있소. 압락사스는 당신의 생각이나 꿈에 대해서 아무런 이의를 제기하지 않을 것이오. 결코 이것을 잊지 마시오. 하지만 당신이 언젠가 나무랄 데 없이 정상적인 인간이 되면, 그는 당신을 버리고 자신의 사상을 담아 요리할 수 있는 새로운 냄비를 찾아서 떠날 거요."

내 모든 꿈들 가운데서 저 어두운 사랑의 꿈이 가장 끈질기게 이어지는 꿈이었다. 나는 매우 자주 그 꿈을 꾸었다. 문장의 새 밑을 지나 오래된 우리 집 안으로 들어가 어머니를 포옹하려 했다. 그런데 나중에 보면 어머니 대신 키가 크면서 절반은 남자이고 절반은 여자인 어떤 사람을 안고 있는 것이었다. 나는 그 여자에게 두려움을 느끼면서도, 한편으로는 타는 듯한 그리움으로 그 여자에게 밀착되려고 애를 썼다. 그런데 이 꿈만큼은 피스토리우스에게 결코 이야기해 줄 수가 없었다. 온갖 다른 이야기는 그에게 다 했지만, 이 꿈 이야기만은 남겨 두었다. 그것은 나만의 은신처이자 나만의 비밀이었으며, 피난처였다.

나는 마음이 짓눌릴 때면, 예전에 피스토리우스에게 들었던 북스테후데의 파사칼리아를 연주해 달라고 부탁하곤 했다. 그럴 때면 나는 어두운 저녁 교회 안에서 이상스러울 정도로 친밀하면서도 내밀한 음악에 빠져 넋을 놓고 앉아 있었다. 그 음악은 나에게 위안을 주었고, 나로 하여금 영혼의 소리에 정당성을 부여할 준비를 갖추게 해 주었다.

우리는 때로 오르간 소리가 그친 뒤에도 한동안을 그대로 교회에 머물면서, 뾰족한 아치형의 높은 창문을 통해 비쳐 들어오는 희미한 저녁노을이 이윽고 가물가물 사라져 버리는 모습을 바라보곤 했다.

"내가 한때 신학도였고, 목사까지 될 뻔했다는 게 우습게 들릴

지도 모르지만…… 그때의 일은 형식상의 오류였을 뿐이오. 목사직은 여전히 나의 천직이고 목표요. 다만 난 너무 일찍 만족해 버렸고, 압락사스를 알기도 전에 나를 마음대로 쓰시도록 여호와에게 맡겼을 뿐이오. 모든 종교는 아름답고, 종교는 바로 영혼이오. 그리스도교의 만찬을 먹든, 메카로 순례를 가든 그것은 모두 마찬가지지요."

피스토리우스의 말에 내가 대꾸했다.

"그렇다면 당신은 진정한 목사가 될 수도 있겠는데요."

"아니, 싱클레어. 그렇지 않소. 그러면 나는 거짓말을 해야만 했을 거요. 우리의 종교는 마치 그것이 종교가 아닌 것처럼 행해지고 있으니까 말이오. 나는 가톨릭 신자가 될 수 있을지는 몰라도, 신교 목사나 얼마 되지 않는 진짜 신자는 될 수가 없소. 나도 그런 사람들 몇을 알고 있는데, 그들은 성경의 자구(字句)에 일일이 매달리잖소. 내가 그 사람들한테 그리스도는 인간이 아니라 신인 동시에 신화이며, 인류가 자기 자신을 영원의 벽에다 그려 놓았다고 생각하는 한 장의 거대한 영상이라고 말할 수는 없을 것이오. 그리고 다른 사람들 ― 지혜로운 설교를 듣기 위해서, 의무를 이행하기 위해서, 무슨 일이든 태만하게 하지 않으려는 등의 이유로 교회에 가는 사람들 ― 에게 내가 무얼 말할 수 있겠소? 아니면 그들을 개종시켜야 하는 거요? 하지만 나는 그런 짓은 하고 싶지 않소. 목사란, 개종시키려 하는 자가 아니기 때문이오. 그들은 다만 신자들 가운데서, 자기와 비슷한 사람들 속에서 살아가면서 우리가 신이라 여기는 감정에 대해 지지를 표현하는 것일 뿐이오."

거기서 그가 말을 딱 멈추었다가 다시 계속했다.

"우리가 지금 압락사스라는 이름으로 부르는 우리의 새로운 신앙은 아름다운 거요. 우리가 가지고 있는 최상의 것이라고 할 수 있소. 그러나 그는 아직 젖먹이에 불과하지! 아직 날개가 돋아나지 않았으니까. 아, 그건 아직 진정한 종교가 아니야. 그것은 공동의 것이 되어야 해. 제사와 도취, 축제와 비밀 의식을 가져야 해……."

그는 자신의 생각에 몰두해 들어갔다.

"비밀 의식이라면, 혼자서도 혹은 아주 작은 단체에서도 행할 수 있는 것 아닌가요?"

내가 주저하면서 물었다.

"할 수야 있지요. 나는 벌써 오래전부터 그렇게 해왔소. 만약 남들이 알게 된다면 그걸로 인해 여러 해 동안 교도소에 처박히게 될지도 모를 제사를 행해 왔소. 그러나 이 제사도 아직은 진정한 것이 아니란 사실을 알고 있소."

그가 고개를 끄덕이더니 갑자기 내 어깨를 쳐서, 나는 움칫 놀라며 몸을 움츠렸다.

"당신도 비밀 의식을 가지고 있소. 당신이 나한테 이야기하지 않은 꿈을 꾸었을 거요. 그걸 알고 싶은 생각은 없소. 그러나 분명히 말해 두고 싶은 것은, 그것을, 그 꿈들을 갖고 제대로 살면서, 그것을 위한 제단을 마련해 주시오! 그것은 아직 완전하진 않지만, 그러는 것도 하나의 방법이 되는 것이요. 우리가, 당신과 나 그리고 몇몇 다른 사람들이 세계를 새롭게 개혁하게 될지 못 하게 될지는 두고 보면 알게 되겠지요. 그러나 우리는 우리 내부에서 그것을 날마다 새롭게 개선해 나가야만 되는 것이오. 그렇지 않으면 우리는 아무것도 아니오. 한번 생각해 보시오! 싱클레어, 당신은 이제 열여덟 살이오. 하지만 당신은 길거리 창녀한테로 달려가지는 않을 것이오. 당신은 사랑의 꿈이나 사랑의 소망을 갖고 있지만, 당신은 그것들에 대해 불안을 느끼고 있는 것이 분명하오. 그러나 두려워하지 마시오! 그것이 당신이 가지고 있는 것 가운데서 가장 귀한 것이니 말이오. 내 말을 믿어도 괜찮소. 나는 이미 꿈을 많이 잃어버렸소. 당신 나이에 사랑의 꿈들을 무리하게 억눌렀기 때문이오. 압락사스를 알면, 더 이상 그래서는 안 되는 거요. 그 무엇도 두려워하지 말고, 우리들 마음속에서 소망하는 것은 무엇이든 금지되어 있다고 생각해선 안 돼요."

그가 집요하게 말하는 것을 듣고 깜짝 놀라서, 나는 이의를 제기했다.

"그러나 마음에 떠오르는 모든 것을 행동으로 옮길 수는 없잖아요! 어떤 사람이 마음에 안 든다고 해서 죽여서는 안 되는 거잖아요."

그가 나에게로 다가왔다.

"상황에 따라서는 죽일 수도 있소. 대개는 착각에 불과하지만……. 내 말 역시 스쳐간 모든 생각을 그냥 행동으로 옮기라는 게 아니오. 다만 당신의 마음에 떠오르는 좋은 뜻을 가진 착상들을 몰아내거나, 그것에 대해 도덕적인 이론을 전개함으로써 그것을 망가뜨리지 말라는 거요. 자신이나 다른 사람을 십자가에 못 박는 대신, 장엄한 사상의 잔으로 술을 마시면서 희생의 비밀 의식을 치를 수도 있지 않겠소. 물론 그런 행위가 아니더라도 자신의 충동과 유혹을 존경과 사랑으로 취급할 수도 있을 거요. 그런 것도 모두 나름대로 의미가 있는 것이니까요. 당신에게 정말로 미친 생각이나 죄를 범하고 싶다는 생각이 떠오르면…… 싱클레어, 혹시 누군가를 죽이고 싶다거나 말도 되지 않는 추잡한 짓을 저지르고 싶거든, 압락사스가 당신의 내부에서 상상의 날개를 펴고 있다고 잠깐 동안이라도 생각하시오! 그러면 당신이 죽이고 싶어하는 어떤 인간이 실제로 존재하는 사람이 아니라 단지 하나의 껍데기에 불과하단 것을 깨닫게 될 것이오. 우리가 어떤 사람을 미워한다는 것도, 그의 형상 속에서 우리들 자신의 내부에 숨어 있는 그 무엇인가를 발견하고 그것을 미워하게 되는 것이오. 우리들 내부에 있지 않은 것은 우리를 진정으로 자극하지 않는 법이니까 말이오."

여태까지 피스토리우스는 가장 은밀한 부분에서 나의 내심을 이토록 깊이 명중시키는 말을 한 적이 한 번도 없었다. 나는 대답할 수가 없었다. 그러나 강하면서도 기묘하게 내 마음에 와 닿았던 것은, 이 위로가 오래전부터 내 마음속에 간직되어 있는 데미안의 말이나 울림과 같다는 사실이었다. 피스토리우스와 데미안은 서로에 대해서 진혀 모르는데, 두 사람이 나한테 똑같은 말을 한 것이다.

피스토리우스가 나직이 말했다.

"우리의 눈에 보이는 사물은 우리 마음속에 있는 것과 똑같은 것이오. 우리가 자신의 마음속에 갖고 있는 것 이외의 현실이란 존재하지 않소. 그렇기 때문에 대부분의 사람들이 그토록 비현실적으로 살고 있는 것이오. 그들은 단지 겉으로 드러난 형상만을 현실이라 생각하므로 그들의 마음속에 있는 자신의 목소리에 귀 기울이지 않고 있는 거요. 그러면서도 행복할 수는 있을 거요. 하지만 그러다가 다른 길을 발견하게 되면, 그때부터는 대부분의 사람들이 가는 길을 따라가지 않지요. 싱클레어, 대부분의 사람들이 가는 길은 쉽고 편하지만, 우리들의 길은 어렵고 험난하오. 하지만 우리 함께 가 봅시다."

며칠 뒤, 두 차례나 그를 기다렸으나 허탕을 쳤다. 그러다가 어느 날 저녁 늦게 길거리에서 그와 마주쳤다. 그는 추운 밤바람 속에서 외롭게 모퉁이를 돌아왔는데, 완전히 취해서 비틀거렸다. 나는 그를 부르고 싶지 않았다.

그는 나를 보지 못한 채 내 곁을 스쳐 지나갔다. 그런데 그는 마치 미지의 것으로부터 신을 부르는 어두운 외침을 따르고 있기라도 하듯, 이글이글 타는 고독한 눈으로 앞을 응시하고 있었다. 나는 얼마쯤 뒤떨어져 그를 따라갔다. 그는 마치 유령처럼, 광적이지만 다소 흐트러진 걸음걸이로 보이지 않는 철사 줄에 매여 당겨지듯이 끌려갔다. 나는 마음이 슬퍼져서 기숙사로, 구제받지 못한 나의 꿈의 세계로 돌아왔다.

'그는 지금 저렇게 자기 내부의 세계를 새롭게 개선하고 있구나!'

나는 이렇게 생각하면서, 다음 순간에 그 생각은 저속하면서도 도덕적인 발상이라고 느꼈다. 도대체 내가 그의 꿈에 대해 무얼 알고 있단 말인가? 그는 그렇게 술에 취했으면서도, 오히려 불안에 휩싸인 나보다도 더 확실하게 자신의 길을 갔을 텐데 말이다.

수업 시간 사이의 쉬는 시간에, 내가 여태까지 한 번도 눈여겨본 적 없었던 급우 하나가 내게 가까이 오려고 애쓰고 있는 것이 이따금 눈에 뜨였다. 그는 키가 작고 허약해 보이는 가냘픈 젊은이였는데, 붉은 빛 도는 숱 적은 머리를 갖고 있었다. 그의 시선과 행동에서는 무언가 특이한 것이 느껴졌다. 그러던 어느 날 저녁, 내가 기숙사로 가고 있을 때 그가 골목길에서 지켜보고 있었다. 그러나 내가 자기를 지나쳐 가도 아무 말이 없더니, 다시 나를 뒤쫓아 와서 기숙사 현관 문 앞에 멈춰 서는 것이었다.

"너⋯⋯ 나한테 무슨 할 말이 있니?"

내가 먼저 물었더니, 그가 수줍은 표정으로 말했다.

"너하고 그냥 이야기하고 싶었어. 함께 산책하지 않을래?"

나는 그를 따라 걸었는데, 그가 몹시 흥분한 상태에서 기대감으로 가득 차 있다는 것이 느껴졌다. 그의 두 손은 바들바들 떨고 있었다.

"너⋯⋯ 심령술 하니?"

그가 난데없이 불쑥 물었다.

"크나우어, 절대로 아니야. 왜 그런 생각을 하는 거지?"

내가 웃으며 말했다.

"그러면 접신술을 하니?"

"그것도 아니야."

"제발 그렇게 숨기지 마! 너한테는 뭔가 특별한 것이 있다는 것을 잘 알고 있으니까. 넌 그것을 눈에 담고 있어. 네가 신령들과 통하고 있다는 걸 나는 확신할 수 있어. 호기심으로 이런 걸 묻는 게 아니야. 싱클레어, 그런 게 아니라고! 나도 일종의 구도자야. 그래서 난 너무도 외롭거든."

"자세히 말해 봐! 난 신령들에 대해서는 전혀 몰라. 나는 단지 내 꿈속에서 살고 있을 뿐이야. 그걸 네가 느낀 모양이구나. 다른 사람들도 마찬가지로 꿈속에서 살고 있긴 하지만, 그들 자신의 꿈속이 아니라는 것이 나와 다른 점일 거야."

내가 격려하듯이 말하자, 그 애가 나직한 목소리로 말했다.

"그래, 어쩌면 그럴지도 모르겠다. 사람들이 어떤 종류의 꿈속에서 살고 있느냐가 문제가 되겠지. 그런데 너는 선한 악마를 이용하는 마술에 관해 들어 본 적 있니?"

나는 모른다고 대답했다.

"그건, 자기 자신을 통제하는 법을 배우면 된대. 죽지 않을 수도 있고, 마술을 하게 될 수도 있대. 너는 그런 연습을 해 본 적이 없니?"

내가 대답 대신 그 연습에 대해 호기심어린 질문을 하자, 그는 뭔가를 숨기는 것처럼 머뭇거렸다. 그러다가 내가 그냥 가려고 돌아서려 했을 때야 주섬주섬 털어놓기 시작했다.

"나는 잠들기 전이나 정신을 집중시키려고 할 때 그런 연습을 해. 나는 무엇인가를, 예를 들면 단어 하나 혹은 어떤 사람의 이름이나 기하학 도형 하나를 생각해. 그다음에는 할 수 있는 한 한껏 집중해서 그것을 생각하고, 그것이 내 안에, 내 머릿속에 존재하고 있다고 믿어질 때까지 애를 쓰는 거야. 나는 그것이 마침내 내 몸 안에 완전히 가득 찰 때까지 생각을 멈추지 않아. 그러면 나는 아주 확고해지고, 그때부터는 그 무엇도 나의 안정된 상태를 방해하지 못하게 되지."

그가 무슨 생각을 하고 있는지, 어느 정도는 이해할 수 있었다. 그렇지만 그가 정작 하고 싶은 말은 아직도 감추고 있다는 것이 잘 느껴졌다. 그는 이상스러울 정도로 흥분하여 조급함을 감추지 못했다. 나는 그가 질문을 보다 명확하게 할 수 있게 도와주었다. 그러자 그는 곧 자기 자신의 최대 관심사를 털어놓기 시작했다.

"너도 금욕을 하지?"

그가 나에게 불안한 어조로 물었다.

"무슨 뜻이지? 성적인 것을 말하는 거야?"

"그래, 그래. 나는 지금 2년째 금욕을 하고 있어. 그 가르침에 대해 알고 난 다음부터야. 너도 벌써 알겠지만, 나는 그전에 방탕한 짓을 많이 하고 다녔거든. 너는 아직 여자하고 잔 적이 없지?"

"없는데. 내 이상에 맞는 여자를 발견하지 못한 것뿐이야."

내가 말했다.

"만약 네 마음에 드는 여자를 찾아내면, 너는 그 여자하고 잘 수 있겠구나?"

"그래, 물론이야. 그 여자가 반대하지 않는다면 말이야."

내가 약간 비꼬듯이 말했다.

"아, 그렇다면 너는 잘못된 길을 가는 거야! 내면의 힘은 철저한 금욕 상태에서만 지속적으로 형성될 수 있는 거야. 나는 2년 동안 그렇게 했어. 2년하고도 1개월이 조금 넘었지! 그건 정말 힘든 일이야! 어떤 때는 더 이상 참을 수 없는 지경에 이르기도 해."

"이봐, 크나우어. 난 금욕하는 것이 그렇게 중요하다고 생각하지 않아."

"나도 알아. 다들 그렇게 말하지. 그래도 너는 안 그럴 줄 알았어. 좀 더 높은 정신적인 길을 가는 사람은 늘 몸이 정결해야 하는 거야. 무조건 말이야!"

그가 내 말을 가로막으며 방어하듯이 말했다.

"그래. 그렇다면 그렇게 해! 하지만 난 이해하지 못하겠어. 자신의 성을 억누르는 사람이 왜 다른 사람보다 '더 정결하다.'고 하는 건지…… 너는 성적인 것을 모든 생각과 꿈속에서 완전히 내몰 수 있다고 생각하니?"

그는 절망적인 표정으로 나를 바라보았다.

"아니야. 그런 게 아니야! 그렇지만 그래야만 해. 나는 밤에 꿈을 꿔. 나 자신한테조차도 이야기할 수 없는 꿈을…… 그건 정말 무서운 일이야!"

나는 피스토리우스가 나한테 했던 말이 떠올랐다. 그의 말이 참으로 옳다고 느꼈지만, 그렇다고 해서 그 말을 그대로 전해 줄 수는 없었다. 그것은 내 자신의 체험에서 나온 것이 아니었으며, 나 자신이 그것을 따를 수 있을 만큼 성숙해진 다음이 아니면 그러한 충고를 누구에게도 해 줄 수 없었던 것이다.

나는 그냥 입을 다물고 있었다. 누군가가 나에게 필사적으로 충고를 구했는데, 해 줄 말이 아무것도 없다는 사실이 매우 굴욕적으로 느껴졌다.

"나는 별별 시도를 다 해 봤어! 사람이 할 수 있는 건 뭐든 다
……. 냉수욕도 해 보고, 눈으로 몸을 비비기도 하고, 체조와 달리
기도 해 보았지만 아무 소용이 없었어. 매일 밤마다 생각조차 하지
말아야 하는 꿈을 꾸다가 화들짝 깨어나기 일쑤였어. 더욱 두려운
일은, 그런 꿈으로 인해 내가 정신적으로 배웠던 모든 것을 차츰차
츰 잃어가고 있다는 거야. 나는 더 이상은 정신을 집중시키거나
스스로 잠들 수가 없어. 어떤 때는 하룻밤을 뜬눈으로 꼬박 새우기
도 해. 나는 더 이상 이 상태를 견뎌 내지 못하겠어. 만약 내가 이
싸움을 계속해 나가지 못하거나 항복해 버려 나 자신을 다시 더럽
히면, 그때는 애당초 한번도 싸워 본 적 없는 사람들보다 더 나쁘
게 되는 거야. 넌 이해할 수 있겠지?"

나는 크나우어가 하는 탄식을 들으며 고개를 끄덕였지만 해 줄
말이 하나도 없었다. 점점 그의 이야기가 지루하게 느껴지기 시작
했고, 그가 공공연하게 드러낸 괴로움과 절망이 나에게 그다지 깊
은 인상을 남기지 못한다는 사실이 그저 놀라왔다. 그러면서 '다
만, 난 너를 도울 수 없어.'라는 사실만 깊이 인식했을 뿐이었다.

그가 마침내 기진맥진하여 슬픈 듯한 목소리로 말했다.

"그러니까 너는 내게 해 줄 말이 한마디도 없다는 거지? 해 줄
말이 전혀 없냐고? 그래도 뭔가 한 가지쯤 길이 분명 있을 거야!
넌 대체 어떻게 하고 있니?"

"난 말해 줄 수 있는 게 아무것도 없어. 크나우어, 사람들은 그
런 일에서는 서로 도울 수가 없단다. 나를 도와준 사람도 아무도
없었어. 네 스스로 생각해 내려고 애써야 해. 그러고도 정말로

자기 자신을 찾을 수 없다면 다른 길은 존재하지 않는 걸 거야. 네가 네 자신을 찾아낼 수 없으면, 다른 신령도 발견할 수 없다고 생각해."

그는 깊은 실망의 빛을 감추지 못한 채 갑자기 말을 뚝 끊더니, 나를 물끄러미 바라보았다. 그러더니 화가 난 듯 갑자기 증오의 빛을 띠며 이글이글 타오르는 눈빛으로 난폭하게 소리쳤다.

"맞아, 너는 근사한 성인군자시지! 하지만 너도 죄를 짓고 있다는 것을 알고 있어! 너는 마치 현자인 척 굴지만, 나나 다른 사람들과 똑같이 남몰래 더러운 것에 매달려 있는 거야! 너도 나와 마찬가지로 개망나니고 돼지새끼에 불과해. 우리는 모두 다 돼지새끼니까!"

나는 우두커니 서 있는 그를 남겨 둔 채 그 자리를 떠났다. 그는 두세 걸음 나를 따라오더니, 그대로 뒤에서 멈췄다가 몸을 반대 방향으로 돌려 달아났다. 나는 연민과 혐오의 느낌으로 속이 메슥거렸다.

마침내 기숙사로 돌아와 조그만 내 방에서 두서너 장의 그림을 주위에 세워 놓고, 더없이 간절한 마음으로 내 자신의 꿈들에 열중했다. 그제야 비로소 그 느낌에서 벗어났고, 곧 내 자신의 꿈이 다시 떠올랐다. 대문과 문장, 어머니와 낯선 여성에 대한 것이었다. 그 여성의 표정이 어찌나 생생하게 보이는지, 그날 저녁에 그녀의 모습을 그리기 시작했다.

며칠 뒤 이 스케치가 완성되자, 의식을 잃은 듯 몽환적인 상태에서 색칠까지 했다. 그리고는 저녁 무렵에 그것을 벽에다 걸고, 탁

상용 램프를 그 앞으로 놓고는 생사를 결판낼 때까지 싸워야 하는 신 앞에 선 심정으로 그 앞에 서 있었다. 그 얼굴은 옛날의 초상과도 닮았고, 내 친구 데미안과도 비슷했다. 그중 어떤 표정은 나 자신과도 닮아 보였다. 한쪽 눈이 다른 눈보다 눈에 뜨일 정도로 위쪽에 달려 있었고, 운명에 가득 찬 듯한 시선은 나를 너머 그 어딘가로 향해 있었다.

그림 앞에 서자, 나는 내적인 긴장으로 가슴속까지 썰늘해졌다. 나는 그 그림에게 말을 걸었고, 비난했으며, 애무를 하다가 기도도 했다. 나는 그 그림을 어머니라고 불렀으며, 연인이라고도 불렀다. 또한 매춘부라고도 부르면서 천하다고 멸시하다가 압락사스라고도 불렀다. 그 사이로 피스토리우스의 말이 — 아니면 데미안의 말이었는지도 모른다. — 떠올랐다. 언제 그 말을 들었는지는 기억할 수 없지만, 지금 이 순간 그 말이 다시 들리는 것 같았다. 그것은 야곱과 천사의 싸움에 대한 말이었다. '나에게 축복을 내리지 않으면, 나 그대를 놓아 주지 않으리라.'는 그 말……

그림 속의 얼굴은 램프의 불빛 속에서 내가 부른 것에 따라 변했다. 그것은 환하게 밝아지다가 까맣게 어두워지고, 생기 없는 눈 위로 창백한 눈꺼풀을 감다가는 다시 뜨고, 그러다가 이글거리는 시선으로 눈을 빛내기노 했다. 그 얼굴은 여자였고, 동시에 남자였다. 또한 소녀였고, 동시에 어린아이였으며, 짐승이었다. 몽롱하고 희부연 반점으로 보였다가 다시 크고 뚜렷해졌다. 끝에 가서는 마음속에서 들리는 뚜렷한 부름에 따라 눈을 감았고, 이제 그 그림을 내 마음속으로 보았다. 그 그림이 나의 내부에서 더욱 강하고 힘 있는 모습으로 변해 갔다. 나는 그림 앞에 무릎을 꿇으려 했다. 그러나 그림이 나의 안으로 너무나 깊이 들어가 버려서, 그것을 나 자신과 갈라놓을 수가 없었다. 마치 그 그림과 내가 하나가 되어 버린 듯이……

그때 마치 봄날의 폭풍과도 같이 어둡고 무거운 포효 소리가 들려왔다. 나는 형언할 수 없는 불안과 새로운 체험의 감동에 휩싸여 몸을 떨었다. 별들이 내 앞에서 번쩍거리다가 사라져 갔고, 최초의 ─ 잊혀진 유년 시절의, 아니, 존재 이전의 시기와 생성의 초기 단계까지 이르는 ─ 추억들이 나를 스쳐서 물밀듯이 흘러갔다. 내 생활의 모든 것은, 가장 비밀스러운 것까지 되풀이하는 듯한 기억들은 어제 오늘로 그치는 것이 아니었다. 그것들은 계속 나아갔고, 미래를 비추었으며, 오늘로부터 나를 분리시켜 새로운 삶의 형식 속으로 나를 이끌어 갔다. 그 새로운 삶의 형상들은 엄청나게 환하고 눈부셨으나, 나중에는 그중 어느 것도 제대로 기억해 낼 수가 없었다.

밤에 깊은 잠에서 깨어나 보니 옷을 입은 채로 침대에 비스듬히 걸쳐 누워 있었다. 무언가 중요한 것을 생각해 내어야만 할 것 같은 느낌이 들었지만, 몇 시간 전의 일을 아무것도 기억해 낼 수가 없었다. 불을 켜자, 차츰 기억이 돌아왔다. 나는 더듬거리며 그림을 찾았다. 그림은 벽에 걸려 있지 않았고, 책상 위에 놓여 있지도 않았다. 확실치 않았지만, 내가 그것을 불태워 버린 것 같기도 했다. 희미하게나마 그것을 내가 태워 버렸는지도 모른다는 생각이 났다. 그것을 내 손바닥 위에서 태워 그 재를 먹어 버린 것은 혹시 꿈이었을까?

몸이 부들부들 떨리면서 큰 불안이 나를 몰아세웠다. 어떤 강압에 의해서인 것처럼, 모자를 쓰고 나온 나는 집과 골목 사이를 걸어갔다. 폭풍에 휘날려 가듯이, 광장들을 가로질러 빠른 걸음으로 내처 걸었다. 피스토리우스의 음침한 집 앞에서 귀를 기울이다, 어두운 충동에 휩싸여 무엇을 찾는지도 모르는 채 헤매고 돌아다녔다. 사창가들이 밀집해 있는 교외를 지나갔다. 그곳에는 아직 여기저기 불이 켜져 있었다. 더 멀리 외곽 지대에는 공사 중인 건물들과 기왓장 더미가 놓여 있었고, 군데군데에 잿빛 눈이 덮여 있었다. 몽유병자처럼 알 수 없는 이상한 힘에 눌려 이 황량한 곳을 헤매다 보니, 언젠가 고향에서 나의 착취자 크로머가 처음으로 거래를 하자고 나를 끌고 갔던 공사장 생각이 났다. 내 앞에는 그와 비슷한 느낌의 공사장이 잿빛 어둠 속에서 기다리고 있었고, 검은 문의 구멍들이 내 앞에서 입을 벌리고 있었다. 나는 끌리듯이 그 안으로 들어가고 싶은 충동을 느꼈고, 깜짝 놀라서 그것을 피하려다가 모래와 허섭스레기 더미에 걸려 비틀거리며 넘어졌다. 그러나 들어가고 싶은 충동 쪽이 더 강렬했으므로 나는 그 문을 들어서지 않을 수 없었다.

널빤지와 짓부숴진 벽돌들을 넘어서, 나는 비틀거리며 그 황량한 공간 속으로 들어갔다. 축축한 냉기와 돌 냄새가 코를 찔렀다. 마치 잿빛의 얼룩처럼 모래 더미가 밝게 띄는 외에는 모든 것이 온통 어둠에 묻혀 있었다.

바로 그때 내 곁의 어둠 속에서 놀란 목소리 하나가 나를 불렀다.

"싱클레어, 어떻게 여기까지 온 거야?"

그러면서 작고 마른 사내가 유령처럼 몸을 일으키는 것이었다. 나는 머리카락이 곤두설 정도로 놀랐지만, 그것이 내 학교 친구인 크나우어라는 것을 알아보았다.

"어떻게 네가 나를 찾아냈지?"

흥분으로 얼이 빠진 듯한 목소리로 그가 물었다. 나는 무슨 소린지 알 수 없어서, 얼떨결에 당황하며 말했다.

"난 너를 찾았던 게 아냐."

너무 힘들어서, 얼어붙은 듯 무겁고 생기 없는 입술 사이에서 말 한마디 한마디가 가까스로 새어나왔다.

그가 나를 물끄러미 바라보았다.

"찾은 게 아니라고?"

"그래, 찾지 않았어. 이끌려온 거야. 네가 나를 불렀니? 네가 나를 부른 게 틀림없어. 이 한밤중에 넌 여기서 대체 뭘 하는 거야?"

그가 가는 두 팔로 나를 으스러져라 껴안았다.

"그래, 밤이야. 곧 아침이 될 거고. 오, 싱클레어. 네가 나를 잊지 않았다니! 날 용서해 줄 수 있겠니?"

"대체 뭘 용서하지?"

"아, 나는 정말 추악했었어!"

그제야 나는 우리가 나누었던 대화가 생각났다. 삼사 일 전이었던가? 하지만 나는 그 일이 있었던 것이, 마치 한평생 전에 있었던 일처럼 아득하게 생각되었다. 그러나 그 순간, 나는 갑자기 모든 것을 깨닫게 되었다. 우리들 사이에 일어났던 일뿐만 아니라 왜 내가 이리로 오게 되었는지, 그리고 크나우어가 이런 위험한 곳에서 무엇을 하려 했는지도……

"너…… 그러니까 죽으려고 했구나? 그렇지, 크나우어?"

그는 추위와 두려움으로 몸을 덜덜 떨고 있었다.

"그래, 그러려고 했어. 그럴 수 있었을지 없었을지는 모르겠어. 다만 아침이 될 때까지 여기 있으려고 생각했어."

나는 그를 바깥으로 끌고 나왔다. 하루를 시작하려는 첫 새벽빛이 잿빛 공중에서 말할 수 없이 차갑고 냉담하게 어렴풋이 빛나고 있었다.

나는 그의 팔을 꼭 잡은 채 상당히 멀리까지 데려갔다. 그런 다음 그에게 말했다.

"이젠 집으로 돌아가. 그리고 오늘 일을 아무한테도 하지 마! 넌 길을 잘못 들어 헤맸던 것뿐이야. 그냥 길을 잘못 들었던 것뿐이라고! 그리고 우린 네가 생각하고 있는 것처럼 개망나니나 돼지새끼가 아니야. 우리는 그냥 인간이야. 우린 여러 신을 만들어 내는 그들과 더불어 싸우고, 신은 우리를 축복해 주는 거야."

우리는 말없이 걷다가 묵묵히 헤어졌다. 기숙사로 돌아왔을 때는 날이 완전히 새어 있었다.

성 ○○ 시에서 보내는 시절 동안, 내게 수어진 최고의 것은 피스토리우스와 함께 오르간 옆이나 벽난로 앞에서 보낸 시간이었다. 우리는 압락사스에 대한 그리스어 텍스트를 함께 읽었다. 그는 나에게 베다경에서 번역된 부분 부분들을 읽어 주었고, 신성한 '옴(Om)'을 부르는 법을 가르쳐 주기도 했다. 그러나 그 모든 것

중에서 가장 내 맘에 들었던 것은, 나를 내면적으로 키워 준 그의 해박한 학식이 아니라 오히려 정반대의 것이었다. 나에게 정말 유익했던 것은, 나 자신 속에서 나 자신을 발견해 내는 일이 현저히 많아지고 발전되었다는 것이었다. 그것은 나 자신의 꿈, 생각, 예감에 대한 믿음의 증거였으며, 내 자신 안에 지니고 있는 힘에 대한 자각이었다.

여러 가지 면에서 피스토리우스와 나는 호흡이 잘 맞았다. 다만 강력하게 그를 생각하기만 하면 되었다. 그러면 그 자신이 오거나, 혹은 그가 보내는 안부인사가 나에게로 전해지곤 했다. 나는 데미안에게 그랬던 것처럼, 그가 내 곁에 있지 않아도 무엇이든 물어볼 수가 있었다. 그의 모습을 내 마음속에 집중해서 그린 다음 똑똑하고 강렬한 사상으로 그에게 질문을 보내면 되는 것이었다. 그러면 질문에 집중되었던 모든 영혼의 힘이 대답을 가지고 내 마음속으로 되돌아왔다. 다만 내가 상상한 것은 피스토리우스나 데미안이라는 어떤 특정 인물이 아니라, 꿈에서 만나고 있는 내가 그린 초상이었다. 그것은 남자이면서 여자인 영상, 내 수호신의 영상이었다. 그것은 이제 더 이상 내 꿈속에서만 존재하거나 종이 위에 그려지는 것에 그치지 않고, 내 마음속에 이상적인 모습으로 나타나 내 자신의 고양된 모습으로 살고 있었다.

자살 실패자 크나우어와 나는 특이하면서도 우스운 관계가 되어 버렸다. 내가 그에게로 갔던 그날 밤부터 그는 나에게 매달려서 자기의 생활을 나와 결부시키려고 했다. 마치 충직한 하인이나 개처럼, 자신의 삶을 나의 삶에 연결시키려 들면서 맹목적으로 나를 따랐다. 더할 나위 없이 놀라운 질문이나 소원을 들고 찾아와서는 유령들을 보여 달라고 한다든가 카발라 비법을 가르쳐 달라고도 했다. 내가 그런 것은 전혀 모른다고 말해도 그는 곧이들으려 하지 않았다. 그는 내가 온갖 힘을 다 갖고 있다고 믿는 것 같았다. 그러나 기이했던 것은 그의 변덕스러운 착상들과 관심사들이 나에게는 자주 어떤 문제를 풀기 위한 화두가 되어 주었으며, 그 문제를 해결하는 실마리가 되어 주었다는 점이다.

때론 충직한 그가 귀찮아져 쫓아 버리기도 하지만, 그럼에도 불구하고 그는 나에게 보내진 사람이었다. 내가 그에게 베풀어 준 것이 그의 마음속에서 갑절이 되어 내게 되돌아왔다. 그는 나에게 있어 한 사람의 인도자이고, 하나의 길이라는 사실을 절실히 느껴야만 했다. 그는 자신의 구원을 찾기 위해 얼빠진 책이나 글들을 나한테 들고 오기도 하는데, 그것들도 내가 순간에 통찰할 수 있었던 것보다 훨씬 많은 가르침으로 나를 깨우쳐 주었다.

그런데 머지않아 크나우어는 나도 모르는 사이에 내 길에서 사라져 버렸다. 그와는 대결이 필요하지 않았던 것이다. 그러나 피스토리우스와는 대결이 필요했다. 성 ○○ 시에서의 내 학창 시절이 끝나갈 무렵, 나는 또 한 번 피스토리우스와 얽혀 특이한 체험을 했다.

아무리 평범한 삶을 사는 사람이라도 살다 보면 한 번이나 몇 번쯤은 경건과 감사라는 아름다운 도덕에 대해 갈등을 느끼게 마련이다. 누구나 한 번은 자신을 아버지로부터, 혹은 스승으로부터 자신을 떼어 놓아야 하기 때문이다. 대부분의 사람들은 그걸 잘 견디지 못하고 다시 제자리로 돌아가지만, 그렇다 하더라도 고독의 쓰라림은 감내해야 하는 것이다.

나의 경우, 내 부모님들과 그들의 세계 — 즉 유년의 '환한' 세계 — 로부터 격렬하게 싸우며 헤어져 나온 것이 아니라, 서서히 거의 눈에 띄지 않게 떨어져 나와 차츰 낯설어져 갔다. 나는 그것이 늘 마음에 걸렸었고, 그래서 고향에 갈 때면 자주 쓰라린 심정이 되곤 했다. 그러나 그것이 가슴 깊이 사무치는 것이 아니어서인지 그런대로 견딜 만했다.

그러나 우리가 일상적인 습관에서가 아니라 지극히 개인적인 욕구에서 사랑과 경의를 표했을 때, 우리가 더없는 진정을 바쳐 귀의자나 친구가 되었을 때 — 바로 그때 씁쓸하고 고통스러운 순간이 온다. 우리 마음의 큰 부분이 사랑하는 사람에게서 떠나려 한다는 것을 깨닫게 되는 그때 말이다. 그때는 친구나 스승에게 반발하는 생각 하나하나가 독침이 되어 우리 자신의 심장을 찌르려 들며, 거기서는 방어의 타격 하나하나가 자기 자신의 얼굴을 명중시키는 법이다. 그때에 적절한 도덕 하나를 자신의 마음속에 지니고 있다고 생각해 온 사람은 '배신'과 '배은망덕'이라는 단어가 치욕적인 기억과 낙인처럼 떠오르게 되는 것이다. 놀란 가슴은 두려움에 가득 차 있으면서도 유년의 미덕들이 있는 아늑한 골짜기로 숨어들지만 곧 이것과도 단절되어 버리고, 이런 유대조차도 끊어져 버려야 한다는 것을 애써 믿으려 하지 않게 되고 만다.

시간이 흐르면서 내 마음속에서는 서서히 느낌 하나가 떠올랐고, 내 친구 피스토리우스를 그렇게 절대적인 지도자로 인정하는 것에 대해 저항하기 시작했다. 내 청년 시절의 극히 중요했던 몇 달 동안의 체험은 그와의 우정, 그의 충고와 위로, 그와의 친교에서 비롯된 것이었다. 신은 그를 통해서 나에게 말을 걸어왔다. 그의 입을 통해서 내 꿈들은 다시 나에게로 되돌아왔고, 해석되었으며, 본질을 드러냈다. 그는 나에게 용기를 선사한 것이었다. 아, 그런데 이제 서서히 나는 그에 대해 반항하기 시작했다. 이제 와서 다시 생각하니, 그의 말에는 지나치게 많은 교훈이 담겨 있었다. 뿐만 아니라, 그는 단지 나의 일부분만을 이해하고 있을 뿐이라고 느껴지기도 했다.

그렇다고 우리 둘 사이에 사소할지라도 다툼이 있었던 것은 아니었다. 요란한 장면도 없었고, 어떤 식의 결론을 내리거나 절교의 절차를 밟았던 것도 아니었다. 나는 다만 그에게 단 한마디의 말을 했을 뿐이다. 그것이 해로운 말도 아니었지만, 그 말 한마디가 던져진 바로 그 순간에 우리들 사이에 있었던 환상이 무늬를 만들면서 깨어져 흩어졌던 것이다.

이미 한동안 어떤 예감이 나를 짓누르고 있었다. 그것이 분명한 느낌으로 구체화된 것은 어느 일요일, 그의 낡은 서재에서였다. 우리는 난로 앞의 방바닥에 엎드려 있었고, 그는 비밀 의식과 종교 형태들에 대해 이야기했다. 그런 것들을 그는 연구하고 명상하며, 그것이 가능해질 미래에 관한 생각에 심취해 있었다. 그러나 나에게는 그 모든 것이 인생을 결정할 만큼 중요하다기보다는, 오히려 기이하고 재미있는 호사거리에 불과하다는 생각이 들 뿐이었다. 나에게는 그러한 모든 것들이 그저 현학적인 과시로만 들렸다. 내

귀에는 이전 세계들의 폐허를 뒤지는 고달픈 탐색의 소리로밖에는 느껴지지 않았던 것이다. 불현듯 나는 이 모든 방식, 이런 신화나 제사, 전승된 신앙 형식을 모자이크처럼 짜 맞추는 유희에 대한 거부감이 치솟았다.

"피스토리우스, 제게 다시 한 번 꿈 이야기를 들려주세요. 밤에 꾸신 실제의 꿈 이야기를요. 지금 말씀하시는 것은 이상하게도 진부한 골동품 냄새가 나네요!"

나 자신도 놀랄 만큼 악의가 담겨 있는 말투로 내가 말했다.

그는 내가 그런 식으로 말하는 것을 들어 본 적이 없었다. 나 자신도 말을 뱉은 바로 그 순간, 수치심과 놀라움이 뒤섞인 심정을 번갯불처럼 선명하게 느꼈을 정도였다. 나는 그에게로 화살을 쏘아 버렸고, 그의 심장을 맞춘 그 화살은 그의 무기고에서 꺼낸 것이었다. 그가 냉소적인 어조로 이따금씩 내뱉던 자기 비난의 어휘들을 내가 더욱 날카롭게 갈아서, 악랄하게도 한껏 극단화된 형태로 그에게 던졌던 것이다.

그도 그것을 순간적으로 느낀 것 같았지만 이내 잠잠해졌다. 나는 마음속으로 두려움을 느끼며 그를 지켜보았는데, 그는 무섭도록 창백해져 가고 있었다. 길고 무거운 침묵 후에 그가 새 장작을 불 위에 얹었고, 가라앉은 음성으로 말했다.

"당신이 전적으로 옳아요, 싱클레어. 자네는 영리한 친구요. 나는 더 이상 케케묵은 일로 당신을 괴롭히지 않겠소."

그는 매우 침착하게 말했지만, 나는 그가 입은 상처의 고통을 잘 느낄 수 있었다. 아, 도대체 내가 무슨 짓을 했단 말인가!

눈물이 나올 것 같았다. 나는 진심으로 그에게 용서를 빌고 싶었다. 그에게 나의 사랑, 나의 애정 어린 감사의 마음을 확인시켜 주고 싶었다. 거기에 어울릴 만한 감동적인 말들이 떠올랐지만, 나는 그 말을 할 수가 없었다. 나는 그냥 엎드린 채 불을 들여다보며 아무 말을 하지 않고서 기다렸다. 그도 말이 없었다. 그렇게 우리는 엎드려 있었고, 불은 타 내려가다 사그라졌다. 탁탁 튀기며 꺼지는 불꽃과 함께 다시는 돌아올 수 없는 아름답고 친밀한 것들이 다 식어서 날아가 버린 느낌이었다.

"제 말을 오해한 것은 아닌지 걱정이 됩니다."

내가 마침내 몹시 풀이 죽은 상태에서 메마르고 쉰 목소리로 말했다. 마치 신문 연재소설을 낭독하는 것처럼 멍청하고 무의미한 말들이 내 입술 사이에서 기계적으로 새어나온 것이었다.

"난 당신을 정확하게 이해하고 있소. 당신이 옳은 거요."

피스토리우스가 나직하게 말했다.

조금 뜸을 들였다가 그는 천천히 말을 계속했다.

"한 인간이 다른 사람에 대해 정당해질 수 있는 한에서 말이오."

아니, 아니, 나는 마음속으로 외쳤다. '제가 틀렸어요!'라고. 내 마음속에서는 이렇게 외치고 있었지만, 나는 아무 말도 할 수가 없었다. 내가 던 한마디 보잘것없는 말로써 그의 본질석인 약점, 그의 괴로움과 상처를 건드렸다는 것을 알고 있었기 때문이다. 그가 스스로도 믿고 싶어하지 않는 바로 그 점을 내가 건드려 버린 것이었다.

그의 이상에서는 곰팡내가 났고, 골동품 같은 분위기를 풍겼다.

그는 과거로 돌아가는 퇴보적인 탐구자였으며, 낭만주의자였다. 그리고 갑자기 나는 그걸 느끼게 되었다. — 피스토리우스는, 그가 나에게 준 것을 그 자신에게는 줄 수 없었으며, 내 눈에 비쳤던 그의 모습도 그의 실체는 아니었다는 사실을…… 그는 길잡이인 자신도 넘어서지 못하고 떠나야 했던 길로 나를 인도했던 것이다.

어떻게 내가 그런 말을 할 수 있게 되었는지는 신이나 아실 일이다. 나는 조금도 나쁜 뜻에서 그런 말을 한 것이 아니었고, 파국이 오리라는 예감 따위도 느끼지 못했다. 말을 입 밖에 내는 그 순간에도, 무엇을 말하고 있는지 전혀 의식하지 못하고 무엇인가를 입 밖으로 뱉어 버린 것이었다. 약간 위트 있고 약간 심술궂은 작은 충동 하나에 이끌렸을 뿐이었는데, 그것이 운명적인 일이 되어 버렸다. 나는 사소한 부주의로 무신경하게 작은 횡포를 부린 것인데, 그에게는 그것이 심판이 되어 버렸던 것이다.

그때 나는 그가 화를 내면서, 자기 자신을 변명하면서 나한테 소리쳐 주기를 얼마나 간절하게 원했는지 모른다. 하지만 그는 그렇게 하지 않았다. 이 모든 일은 내가 한 게 틀림없었다. 내 마음이 원해서 스스로 한 게 틀림없었다. 만약 할 수만 있었더라면, 그는 미소라도 지었을 것이다. 하지만 그가 그럴 수 없었다는 것, 그것만으로도 나는 내가 얼마나 그에게 심한 타격을 주었는지를 잘 알 수 있었다.

피스토리우스는 주제넘고 배은망덕한 제자의 공격을 그렇게 소리 없이 받아들임으로써, 그리고 침묵하면서 내가 옳다고 인정함으로써, 그가 나의 말을 운명으로 인정함으로써…… 그는 내가 나

스스로를 미워하고 혐오감에 빠져들도록 만들었다. 그는 나로 하여금 나의 경솔함을 몇 천 배나 더 강하게 느끼도록 만들었다. 나는 사람이 누군가를 때리러 달려들려면, 방어력 있는 강한 사람을 쳐야 한다고 생각했었다. 그런데 나한테 맞은 사람은 참을성 있고 고요한 인간, 말없이 항복하는 무방비한 사람이었다.

오랜 시간 우리는 다 타 버린 난로의 불 앞에 그대로 엎드려 있었다. 불 속에서는 타오르는 모든 형상들 하나하나가, 구부러져 들어가는 막대 모양의 재 하나하나가 나에게 행복하고 아름답고 풍요로웠던 시간들을 내 기억 속에 불러 일으켜 주었고, 피스토리우스에 대한 죄책감을 더욱 크게 확대시켜 주었다. 나는 더 이상 그것을 참을 수가 없어서 자리에서 일어나 걸어 나왔다. 나는 그 집문 앞에서, 어두운 계단 위에서, 집 앞에서 그가 혹시 나를 따라 나오지나 않을까 하는 기대를 갖고 한참 동안 서 있었다. 그리고는 그곳을 떠나서 계속 걸었다. 몇 시간이고 시내와 교외, 공원과 숲을 돌아다니다 보니 저녁이 되어 있었다. 그리고 그때 나는 처음으로 내 이마 위에서 카인의 표식을 느꼈다.

나는 서서히 그때 일을 돌이켜 생각해 보곤 했다. 내 생각은 온통 나 자신을 비난하고 피스토리우스를 옹호하려는 의도뿐이었다. 하지만 모든 것은 매번 그 반대로 끝나 버리곤 했다. 나는 내가한 경솔했던 말을 수천 번도 더 후회했고, 다시 거두어 담을 용의도 있었다. 그러나 그 말은 사실이었다. 나는 이제야 비로소 피스토리우스를 이해하면서, 그의 모든 꿈을 내 앞에 떠올려 볼 수 있었다. 그의 꿈은 목사가 되어 새로운 종교를 전도하는 것이었다.

그리하여 영혼을 찬양하면서 사랑과 예배의 새로운 형식을 부여하여 새로운 상징을 세우려는 것이었다. 그러나 그건 그의 힘으로 될 일이 아니었다. 그의 역량에는 적합하지 않았다. 그는 이미 존재하는 것 속에 너무나도 몰두했고, 너무나도 정확하게 과거의 것을 알고 있었다. 그는 이집트에 대해, 인도에 대해, 미트라스에 대해, 압락사스에 대해 너무도 많이 알고 있었다. 그의 사랑은 이미 이 세상이 보아 온 형상들에 매여 있었다. 그러면서도 마음속 가장 깊은 곳에서 원했던 것은 전혀 새롭고 색다른 것이었다. 그것은 새로운 땅에서 솟아오르는 것이지, 박물관의 수집품이나 도서관 같은 데서 길어 올릴 수 있는 것이 아님을 그 스스로가 잘 알고 있었다. 그의 역할은 나에게 해 주었던 것처럼, 인간이 그 자신의 내부에 이르도록 도와주는 것이었다. 그들에게 여태껏 들어보지 못한 전대미문의 것, 새로운 신들을 제시하는 일은 그의 사명이 아니었던 것이다.

그렇지만 누구에게나 하나의 '사명'이 있지 않은가. 이러한 자각과 함께, 그 누구도 자의로 택하고 변경하고 그리고 마음대로 지배해도 되는 사명은 없다는 깨달음이 날카로운 불꽃처럼 나를 불태웠다.

새로운 신들을 원한다는 것은 틀렸다. 세계에다 그 무엇인가를 주려 하는 것은 전적으로 거짓이었다! 깨달은 인간에게 부여된 의무는 오직 한 가지밖에 없다. 자기 자신을 찾고, 그러한 자신 속에서 더욱 견고해져서 조심스럽게 자신의 길을 향해 앞으로 더 듬어 나가는 것 이외에는 존재하지 않는 것이다.

이러한 생각이 내 마음을 깊이 뒤흔들었고, 이 생각이야말로 내가 이번 체험에서 얻은 열매였다.

나는 때때로 미래의 형상들을 가지고 놀면서, 시인으로서 혹은 예언자로서 혹은 화가로서 혹은 다른 어떤 것으로서 나에게 부여되었던 역할들을 꿈속에서 그려 보았다. 그러나 그 모든 것은 아무것도 아니었다. 나는 시를 짓거나 설교를 하거나 그림을 그리기 위해서 존재하는 것은 아니었다. 나뿐 아니라 다른 어떤 사람도 그런 것을 위해 존재하는 것이 아니었다. 그 모든 것은 모두 부수적으로 일어날 수 있는 일일 뿐이었다. 모든 사람에게 있어서 진실한 직분이란 오직 한 가지, 즉 자기 자신에게 도달하는 것이니까……

설령 누군가가 시인이나 혹은 광인, 예언자, 심지어는 범죄자로 인생을 끝낸다고 해도 좋다. 그것은 그다지 관심 가질 일이 아닐 뿐 아니라, 궁극적으로도 중요한 일이 아니다. 누구나 관심 가질 일은 자기 자신의 운명이 본질적으로 무엇인가를 발견하는 것이다. 그리고 그 운명을 자신 속에서 송두리째 그리고 온전하게 지켜내는 일이다. 그 외의 모든 것은 일부분일 뿐이며, 도피하려는 노력이고, 대중의 이상 속으로 숨으려는 행위이며, 무비판적 적응이지 자기 자신에 대한 두려움에 불과한 것이다.

새로운 영상이 무섭고도 성스럽게 내 머리를 스쳤다. 그것은 이미 수백 번도 더 예감했고 어쩌면 자주 입 밖에 낸 적이 있었을 테지만, 이제야 비로소 확실하게 깨달을 수 있었다. 나는 자연이 던진 돌이었다. 그리고 불확실함 속으로, 어쩌면 새로운 것에로,

또는 아무것도 없는 무(無)의 세계로 던져졌다. 측량할 길 없는 깊은 곳으로부터의 이 던져짐이 온전히 작용하여 그 의지를 나의 내부에서 느끼고, 송두리째 나의 것으로 만드는 것만이 나의 직분이었다. 오직 그것만이!

나는 이미 숱한 고독을 맛보았다. 이제 내 앞에는 더 깊은 고독이 펼쳐져 있고, 거기서 벗어날 수 없다는 것을 깨달았다.

나는 피스토리우스와 화해하려 하지 않았다. 우리는 변함없이 친구였지만 관계는 달라져 있었다. 우리는 단 한번 그것에 대해 이야기한 적이 있다. 아니, 사실은 그 말을 한 것은 그뿐이었다. 그가 말했다.

"나는 당신도 알다시피 목사가 되는 것이 꿈이오. 무엇보다도 우리가 그토록 예감하는 새로운 종교의 목사가 되고 싶었던 거요. 그러나 입 밖에 내지는 않았지만, 나는 결코 그렇게 될 수 없다는 것을 이미 오래전부터 알고 있었소. 나는 결국 다른 일로 봉사하는 성직자가 될 거요. 오르간을 통해서나, 아니면 다른 방법을 통해서 말이오. 그런데 나는 늘 아름답고 성스럽다고 느끼는 무엇인가에 에워싸여 있어야 한다는 생각에서 벗어나질 못하고 있소. 그것이 오르간 연주이든 비밀 의식이든, 상징과 신화든 간에…… 나는 그런 것을 간절히 필요로 하고 있소. 그리고 그런 것에서 떠나고 싶지 않은 거요. 그게 내 약점이지요. 싱클레어, 나도 내가 그런 것을 원해서는 안 된다는 것을 알고 있소. 그것이 사치이며, 약점이라는 것을……

만약 내가 아무런 요구나 주장도 없이 아주 단순하게 운명에 내 자신을 맡긴다면, 그 편이 훨씬 더 위대하고 올바른 일일 거요. 그러나 나는 그럴 수가 없소. 그거야말로 내가 할 수 없는 유일한 일이오. 어쩌면 당신은 언젠가 할 수 있을지도 모르지만, 그렇게 운명에 자신을 내맡기는 건 정말 어렵소. 그건 세상에서 정말로 하기 어려운 유일한 일이오. 나는 때때로 그것을 꿈꾸기도 하지만, 한번도 그렇게 할 수가 없었소. 나는 몸서리쳐져서, 그렇게 완전히 벌거벗은 채 외롭게 서 있을 수가 없소. 나도 별수 없이 따뜻함과 먹을 것이 필요하고, 이따금씩은 가까이에 자기와 비슷한 동류들이 있음을 느끼고 싶어하는 불쌍하고 가엾은 한 마리 개에 불과하오. 진실로 자신의 운명 외에는 아무것도 원하지 않는 사람에게는 이미 동류란 없는 거요. 완전히 홀로 서 있는 거지. 주위에는 오직 차가운 우주뿐이오. 겟세마네 동산에서의 그리스도가 그러했던 것처럼. 기꺼이 십자가에 못 박히려는 순교자들이 있었지만, 그들 역시 영웅도 아니었고 자유롭지도 못했소. 그들 또한 자기들에게 친밀하고 다정하게 느껴지는 무엇인가를 원했고, 모범과 이상이 있었던 거요. 하지만 아직도 오로지 운명만을 원하는 사람에게는 모범이나 이상이 없소. 또한 그들에게는 사랑스러운 것이나 위로가 되는 것도 없소. 그럼에도 불구하고 사람은 이런 길을 걷지 않으면 안 되는 것이오. 나나 당신 같은 부류의 사람들은 정말로 고독하오. 그래도 우리는 아직 '서로'라는 것을 가지고 있지 않소. 우리는 남들과 달리 반항하고 비범한 것을 추구하면서 남모르는 만족을 느끼기도 하지만, 그 길을 제대로 가려면 그런 것까지도 모두 버려야만 하오. 또한 우리는 혁명가나 이상가, 순교자가 되려고 해서도 안 되오. 그런 건 상상할 수도 없는 일인 거요."

그렇다. 그것은 상상할 수도 없는 일이었다. 그러나 꿈을 꿀 수 있었으며, 미리 느끼거나 예감할 수도 있었다. 아주 고요한 시간에 몇 번인가 나는 그것을 조금 느껴 본 적이 있었다. 그럴 때면 나는 내 자신의 내부를 들여다보며 내 운명의 모습이 강하게 눈을 부릅뜨고 있는 것을 보기도 했다. 그 두 눈은 지혜로 가득 차 있는 것 같기도 했고, 광기로 가득 차 있는 것 같기도 했다. 사랑으로 환히 빛나는 것 같기도 하고, 깊은 악의에 차 있는 것 같기도 했다. 그러나 그런 것은 아무래도 좋았다. 그중 어떤 것도 우리 마음대로 선택하거나 원할 권리가 없었던 것이다. 단지 자기 자신만을 원하고 자신의 운명만을 원할 수 있을 뿐이었다. 다만 피스토리우스는 내가 이 길을 제법 멀리까지 갈 수 있도록 안내해 주었던 것이다.

그 시절, 나는 맹목적으로 사방을 헤매고 돌아다녔다. 내 마음속에서는 폭풍이 포효하고 있었고, 발걸음마다 위험에 노출되어 있었다. 지금까지 걸어온 길이 모두 그 속으로 들어가 가라앉아 버리고 마는 아득한 심연이 앞에 펼쳐진 것 외에는 아무것도 볼 수가 없었다. 그리고 나의 마음속에서 데미안을 닮은, 그 눈에 운명이 깃들어 있는 인도자의 모습을 보았다.

나는 종이 위에 이렇게 적었다.

'한 인도자가 나를 떠났다. 나는 완전히 어둠 속에 서 있다. 나 혼자의 힘으로는 한 발자국도 나아갈 수 없다. 오, 나를 도와주시오!'

데미안에게 그 쪽지를 보내려 했다. 그러나 그만두었다. 그러려고 할 때마다 그러한 일이 멍청하고 무의미하게 여겨졌기 때문이다. 그러나 나는 그 짧막한 기도문을 외우면서 그것을 자주 내 마음속에서 되뇌곤 했다. 그 기도는 언제나 나를 따라다녔고, 차츰 그 기도의 의미가 무엇인지 예감되기 시작했다.

내 고등학생 시절이 끝났다. 나는 방학 동안에 여행을 떠나기로 했는데, 그것은 아버지의 제안이었다.

여행이 끝나면 대학에 가기로 되어 있었다. 어떤 학부에 갈지는 결정하지 못한 채 한 학기 동안 철학을 듣기로 했다. 다른 과목을 들었더라도 마찬가지로 만족스러워했을 것이다.

에바 부인

방학 중에, 몇 해 전 막스 데미안이 어머니와 함께 살았던 집에
가 보았다. 어떤 부인이 정원을 산책하고 있어서 말을 걸었더니
그 집 주인이었다. 데미안의 가족에 대해 물어보았다. 잘 기억하
고 있었지만, 그들이 지금 어디 사는지는 모른다고 했다.

내가 그들에게 관심을 갖고 있는 것을 알고는, 나를 집 안으로
데리고 들어가서 가죽 앨범을 찾아내어 데미안 어머니의 사진을
보여 주었다. 나는 데미안의 어머니를 거의 기억할 수 없었다. 그
러나 작은 사진을 보았을 때, 심장의 고동이 멈추는 듯한 충격을
느꼈다. 그것은 내 꿈의 영상이었던 것이다! 내 꿈에 나타난 얼굴
이 바로 그 여자였던 것이다. 키가 크고 거의 남자와 같은 느낌을
주는, 아들과 닮았는데 어머니다운 자애로움과 엄격함과 깊은 열
정이 담긴, 아름다우면서 유혹적이고 친근하면서 접근하기 힘든,
수호자이자 어머니이며 운명이자 연인이었던 모습 — 그녀였다!

내 꿈의 영상이 지상에 실제로 존재하고 있음을 알게 되었을 때,

그것은 엄청난 기적처럼 내 온 전신을 꿰뚫었다! 그런 모습을 지닌 여성, 내 운명의 표정을 지닌 여성이 존재했던 것이다! 그런데 그녀는 지금 어디에 있는 걸까? 어디에! 더욱이 그녀는 데미안의 어머니가 아닌가!

그 후 곧 나는 여행을 떠났다. 특별한 여행이었다! 나는 마음 내키는 대로 쉬지 않고 이곳저곳을 돌아다녔다. 줄곧 그녀를 찾으면서……. 그녀를 상기시키는 모습, 그녀를 닮은 모습, 뒤엉킨 꿈속에서처럼 낯선 도시들의 골목길들과 역들을 지나 열차 속으로 나를 끌고 들어가는 모습…… 온통 그런 모습들만 만난 날들이 있었다. 그런가 하면 내가 그렇게 찾아다니고 있는 것이 얼마나 부질없는 일인가를 통찰하게 하는 다른 날도 있었다. 그런 날에는 아무것도 하지 않고 공원에서, 호텔의 정원에서, 대합실에서 망연하게 앉아 내 마음을 들여다보면서 내 마음속의 그 영상을 살려 내려고 애를 쓰곤 했다. 그러나 그것은 이제 부끄럼 타듯, 도망치듯 사라져서 무참한 일이 되어 버렸다. 나는 잠을 제대로 잘 수가 없었다. 다만 낯선 곳을 달리는 기차 속에서 끄덕끄덕 졸며 십여 분쯤 눈을 붙이는 것이 고작이었다. 한번은 취리히에서 어떤 여자가 나를 뒤쫓아 왔다. 예쁘긴 했지만 다소 뻔뻔스러운 느낌의 여자였다. 나는 그녀의 모습을 거들떠보지도 않고 아무런 동요도 없이 계속 걸어갔다. 다른 여성에게 한시라도 관심을 보이느니, 차라리 당장 죽어 버리는 게 나을 것 같은 심정이었다.

나는 내 운명이 나를 끌어당기고 있음을 감지했다. 그것이 실현될 날이 가까워졌음을 느꼈다. 그런데도 그것을 이루기 위해 내가 할 수 있는 일이 아무것도 없다는 사실에 좌절하면서 초조함으로 거의 미칠 지경이 되었다.

한 번은 어느 역에서 — 인스부르크에서였던 것 같은데 — 방금 출발한 기차의 창가에 그녀를 상기시키는 모습 하나가 떠 있다가 사라져 가는 것을 보고는 며칠 동안 비참함에 빠져 있었다. 그런데 갑자기 그 모습이 다시 꿈속에 나타난 것이었다. 나는 내가 하고 있는 추적의 무의미함을 깨닫고는 부끄럽고 처량한 심정이 되어 곧바로 집으로 돌아와 버렸다.

몇 주 뒤 나는 H 대학에 입학했다. 그러나 모든 것이 다 실망스러웠다. 내가 들은 철학사 강의는 대학에서 공부하는 젊은이들의 태도와 마찬가지로 허무하고 기계적이었다. 모든 것이 공장에서 기계로 찍어 낸 것처럼 똑같았다. 이 사람이나 저 사람이나 행동하는 게 같았으며, 소년티 나는 얼굴들에 나타난 과장된 즐거움은 개성 없는 기성품처럼 보여 우울하고 공허하게 느껴졌다. 그러나 나는 자유로웠다. 모든 시간을 나 자신을 위해 쓰면서 교외의 오래된 낡은 집에서 조용하고 안락하게 지냈다. 내 책상 위에는 니체의 책이 몇 권 놓여 있었다. 나는 니체와 함께 살면서 그의 영혼의 고독을 느꼈다. 그러면서 그를 쉴 새 없이 몰아간 숙명을 느끼며 그와 함께 괴로워했다. 그럼에도 불구하고 그토록 엄격하게 자신의 길을 갔던 사람이 존재했다는 사실에 안도하며 행복해했다.

한번은 저녁 늦게 한가롭게 시내를 걷고 있었다. 불어오는 가을 바람 속에서, 어느 술집에선가 대학생 무리들이 노래 부르는 소리가 들려왔다. 열려진 창문에서 담배 연기가 자욱하게 흘러나왔다.

그리고 큰 파도처럼 우렁차게 쏟아져 나오는 노랫소리는 크고 요란했지만 흥겹지 않았고, 생기도 없이 단조로웠다.

나는 길모퉁이에 서서 그 소리에 귀 기울였다. 두 곳의 학생 주점에서는 정확하게 연습된 젊음의 쾌활함이 울려나와 어둠 속으로 퍼져나갔다. 어딜 가도 따뜻한 난로 곁에 함께 쭈그리고 앉는 모임이 있었고, 어디서나 운명의 발산과 군중 속으로의 도피가 있었다.

내 뒤에서 남자 둘이 천천히 지나갔다. 나는 그들이 나누는 대화 한 토막을 들을 수 있었다.

"흑인 마을에 있는 청년 집회소와 똑같지 않수?"

한 사람이 말했다.

"모든 것이 다 똑같군요. 심지어 문신까지도 아직 유행이네요. 알아 두시오. 이것이 젊은 유럽의 모습이라는 것을……."

그 목소리는 경고하는 것처럼 들렸는데, 놀랍게도 귀에 익은 것이었다. 나는 어두운 골목에서 그 두 사람을 따라갔다. 한 사람은 키가 작지만 세련되어 보이는 일본인이었다. 나는 가로등 밑에서 다소 검은 그의 얼굴이 미소를 띠며 환히 빛나는 것을 보았다.

그러자 다른 남자가 다시 말했다.

"그런데 딩신내 일본도 사정이 나를 게 없겠지요. 십단을 따르지 않는 사람들은 어디서나 드문 법이니까요. 여기에도 간혹 그런 사람이 있긴 합니다만."

그 말 한마디 한마디가 기쁨과 놀라움으로 나의 뇌리를 꿰뚫었다. 나는 말하는 사람을 알고 있었다. 그는 바로 데미안이었다.

바람 부는 어둠 속에서 나는 그와 일본 사람을 따라가며 그들의 대화에 귀 기울였고, 울려 퍼지는 데미안의 목소리를 즐거운 마음으로 들었다. 그 목소리는 옛날의 음색을 그대로 지니고 있었다. 아름다운 안정감과 침착성을 지니고 있었으며, 나를 압도하는 옛날의 힘을 그대로 갖고 있었다. 이제 모든 것이 다 잘됐다. 나는 그를 찾아낸 것이다.

교외의 거리 모퉁이에서 일본 사람이 데미안에게 작별 인사를 한 다음 현관문을 열었다. 데미안은 그 길을 되돌아 나왔는데, 나는 그대로 멈추어 선 채로 길 한가운데에서 그를 기다렸다. 나는 뛰는 가슴으로, 나를 향해 마주 오는 그의 모습을 보고 있었다.

그는 감색 레인코트를 입고, 팔에는 가느다란 단장을 걸치고서 단정하고 탄력 있는 걸음걸이로 걸어왔다. 그는 발걸음을 전혀 흩트리지 않고 내 바로 앞까지 다가와 모자를 벗고 그의 환한 얼굴을 내게 보였다. 결단력 있게 다문 입, 넓은 이마, 독특한 밝음을 지닌 환한 얼굴을······.

"데미안!"

내가 외치듯이 그를 부르자 그는 내게로 손을 뻗었다.

"자네였군, 싱클레어! 난 자네를 기다리고 있었네."

"내가 이곳에 있는 걸 알았단 말이야?"

"그것을 알고 있었던 것은 아니지만, 그렇게 되기를 줄곧 바라고 있었네. 보는 건 지금이 처음이지만, 자네는 저녁 내내 우리를 뒤따라오지 않았나."

"그럼 나를 금방 알아봤단 말이야?"

"물론이지. 자네가 변하기는 했지만, 그래도 여전히 그 표식을 가지고 있지 않은가."

"그 표식? 무슨 표식 말이야?"

"자네가 기억하고 있는지 모르겠지만, 우리가 전에 카인의 표식이라고 불렀었지. 그건 우리들의 표식이야. 자네는 언제나 그걸 지니고 있었어. 그래서 내가 자네 친구가 된 거야. 그런데 지금은 그 표식이 더 뚜렷해졌군."

"난 몰랐어. 아니면 애당초부터 알고 있었는지도 모르겠어. 한번은 데미안의 초상을 그렸는데, 놀랍게도 그 초상의 얼굴이 나하고도 닮았었어. 그것이 바로 그 표식이었을까?"

"그것이 표식이었지. 자네가 여기에 와서 정말 기쁘네. 어머니도 몹시 기뻐하실 거야."

나는 깜짝 놀랐다.

"데미안의 어머니? 어머니도 여기 계셔? 날 전혀 모르시잖아."

"어머니는 자네를 아셔. 자네가 누구인지 소개하지 않아도, 어머니는 아마 자네를 알아보실 거야. 자넨 오랫동안 아무 소식이 없었지."

"자주 편지를 쓰려고 했지만 잘 안 되었어. 하지만 얼마 전부터는 곧 만나게 될 거라고 느꼈었어. 그리고 날마다 기다렸어."

그는 내 팔짱을 끼고 나와 함께 계속 걸었다. 그에게서 안정감이 흘러나와 내 마음속으로 들어갔다. 우리는 곧 예전처럼 이런저런 이야기를 했다. 학생 시절을, 견진성사 수업을, 또 그 당시 방학 때의 불행했던 만남도 떠올렸다. 다만 두 사람을 밀접하게 연결시

켜 준 최초의 끈인 프란츠 크로머에 대해서만은 이번에도 말하지
않았다.

어느새 우리는 기이하고도 예감에 찬 대화 한가운데로 빠져 들
어가 있었다. 우리는 데미안이 그 일본인과 주고받던 대화를 상기
하며 대학 생활에 대한 이야기를 나누었다. 그리고 거기서부터 다
른 이야기로 옮아갔다. 멀리 있는 것처럼 보이던 다른 문제도 긴밀
하게 연관되었음을, 데미안의 말을 통해 느끼곤 했다.

그는 유럽의 정신과 이 시대의 징표에 대해 이야기했다. 어디서
나 단합과 집단행동이 기세를 떨칠 뿐, 그 어디에도 자유와 사랑이
지배하는 곳은 없다고 그가 말했다. 또한 그는 대학생 서클과 노래
동호인 모임 그리고 국가에 이르기까지의 모든 공동체는 강제 결
속이며, 그것은 불안과 도피와 절망감에서 비롯된 것이라고 했다.
그러면서 그런 공동체는 내부가 이미 낡고 썩어 있어서 와해가 임
박해 있다는 것이었다.

"단합이란 멋진 일이지. 그러나 지금 도처에서 번창하고 있는
것은 단합이라고 할 수 없네. 진정한 단합이란 개개인들이 서로를
앎으로써 새롭게 탄생되는 것이고, 그것은 한동안 세계의 모습을
바꾸어 놓을 거야. 지금 단합이라면서 저기에서 저러고 있는 것은
다만 패거리 짓기일 뿐이야. 사람들은 서로에 대해 두려움을 갖고
있기 때문에 서로의 품으로 도피하고 있는 거지. 신사들은 신사들
끼리, 노동자는 노동자들끼리, 학자는 학자들끼리!

그런데 그들은 왜 두려워하는 걸까? 그것은 자기 자신과 하나가
되지 못하기 때문에 불안한 거야. 그들은 한번도 자신을 제대로

안 적이 없기 때문에 두려움을 느끼는 거지. 내부의 알지 못하는 것에 대한 두려움을 품은 자들만의 공동체라니……! 그들은 그들이 살아온 삶의 법칙들이 더 이상 현실에 적합하지 않다는 것과, 자기들이 쫓아서 살아왔던 것이 낡은 것이라는 것을 느끼는 거야. 종교나 도덕, 그 모든 것이 이제는 우리가 필요로 하는 것에 맞지 않다는 것을……. 유럽은 수백 년간, 아니 그 이상의 시간 동안 그저 연구만 하고 공장만 지었거든. 사람들은 사람 하나 죽이는 데 화약이 몇 그램 필요한지를 정확하게 알고 있지. 그러나 신에게는 어떻게 기도해야 하는지도 모르고, 한 시간을 어떻게 유쾌하게 보낼 수 있는지조차도 모르고 있다고. 저런 대학생들이 드나드는 술집을 한 번 들여다봐! 아니면 부자들이 드나드는 유흥장들을 보든지……. 이봐, 싱클레어. 절망적이지! 그 어디에도 진정한 즐거움이란 없어. 저렇듯 불안에 가득 차서 뭉친 사람들은 두려움과 악의로 가득 차서 아무도 믿으려 하지 않아. 그들은 이제는 더 이상 이상이 아닌 이상들에 집착하고 있어. 그러면서 새로운 이상을 내세우는 사람에게는 돌을 던져 대는 거지. 아마도 싸움이 일어날 거야. 나는 그게 느껴져. 하지만 머지않아 싸움이 벌어져도 그것들이 세계를 '개선'하지는 못하지. 노동자들이 그들의 공장주를 때려죽이든지, 혹은 러시아와 녹일이 서로 총질을 한다 해도 단지 소유주만 바뀔 뿐이겠지. 그러나 그렇다고 해도 그 모든 것이 헛된 일은 아닐 거야. 그것은 오늘날의 이상이 얼마나 무가치한가를 증명해 보일 것이고, 석기 시대의 신들을 제거해 줄 테니까. 지금 있는 대로의 이 세계는 바야흐로 죽어가고 있어. 멸망하려 하고 있고, 멸망하고 말 거야."

데미안의 말이 끝나자, 내가 물었다.

"그럼 그때, 우리들은 어떻게 될까?"

"우리들? 아, 어쩌면 우리도 함께 멸망할지 모르지. 우리 같은 사람은 맞아죽을 가능성도 크니까. 다만 그런 식으로 우리가 다 없어져 버리는 일만 없기를 바라야지. 우리들에게 남겨진 것이나 혹은 우리들 가운데서 살아남은 자들 주위에 미래의 의지가 결집될 거야. 유럽이 한동안 기술과 과학이라는 시장을 요란하게 펼쳐 놓고 소리를 질러 대는 통에 들리지 않았던 인간성의 의지가 결국엔 나타나겠지. 그렇게 되면 인간성의 의지란 결코 국가나 민족, 단체나 교회 같은 오늘날의 공동체와는 다르다는 것이 확연하게 드러나게 될 거야. 자연이 인간에게 요구하는 것은 오히려 개개인의 마음속에, 자네와 내 마음속에 새겨져 있는 거야. 그것은 그리스도의 마음속에 적혀 있고, 니체의 마음속에도 적혀 있지. 이 중요한 흐름을 위해서는 — 물론 그것은 날마다 다르게 보일 수도 있겠지만 — 오늘날의 공동체가 와해되고 나면 공간이 생기게 될 거야."

우리들은 꽤 늦은 시간에 강가에 있는 어느 정원 앞에 멈춰 섰다.

"여기가 우리 집이야. 가까운 시일에 한 번 와 주게나. 자네를 기다리고 있겠네."

데미안이 말했다.

나는 기쁜 마음으로 차가워진 밤공기를 뚫고 먼 거리를 걸어서 돌아왔다. 이곳저곳에서 집으로 돌아가는 대학생들이 휘청거리며 시끌벅적하게 시내를 지나가고 있었다. 나는 그들이 즐거움을 나타내는 익살스런 행동과 나의 고독한 삶을 대비시키면서 격리감과 결핍감을 느끼기도 했지만, 때로는 조소를 보내면서 대립감을 갖기도 했다. 그러나 지금까지 한 번도 오늘처럼 안정감과 함께 남모르는 힘으로 그런 것이 나하고 얼마나 무관한지, 그런 세계가 얼마나 사소한지를 느낀 적이 없었다.

나는 내 고향 도시의 관리들과 늙고 위엄 있는 신사들이 떠올랐다. 그네들은 행복한 천국에서의 기념품처럼 술집에서 허비한 대학 시절의 추억에 매달렸으며, 마치 시인이나 낭만주의자들이 그들의 유년에 찬사를 바치듯이, 이제는 사라져 버린 학창 시절의 '자유'를 예찬했다. 어디서나 다 똑같았다! 그들은 어디서나 자기 자신의 책임을 상기하게 되고, 자기 자신의 길을 가라는 경고를 받을지도 모른다는 불안감 때문에 이미 지나가 버린 자신의 과거 시절 어느 곳에서 '자유'와 '행복'을 찾으려 드는 것이었다. 그들은 몇 년간 술을 퍼마시고 방종한 생활을 하다가, 그다음에는 밑으로 기어들어 와서는 관청의 근엄한 관리가 되는 것이었다.

그렇다. 썩어 있었다. 우리가 사는 세상은 썩어 있었다. 그리고 세상에는 이 대학생들의 멍청함보다도 더 멍청하고, 더 질이 나쁜 수백 가시의 나른 멍정함이 있었다.

그렇지만 내가 멀리 떨어진 내 숙소에 도착하여 잠자리에 들었을 때 이 모든 생각은 모조리 사라져 버렸다. 나의 생각은 온통 오늘 보낸 하루가 나에게 가져다 준 큰 약속에 쏠려 있었다. 내가 원하기만 하면 내일이라도 데미안의 어머니를 만날 수 있을 것이다. 대학생들이 술집에서 실없이 떠들어 대든, 얼굴에 문신을 새기든, 세계가 모조리 썩어 몰락을 기다리든 말든 나와 무슨 상관이 있단 말인가! 나는 오로지 한 가지만을 기다릴 뿐이었다. 나의 운명이 새로운 모습으로 나를 향해 다가오는 것을…….

다음 날 아침 늦게까지 곤하게 잤다. 유년 시절의 성탄절 축제 이후 경험해 보지 못한 새로운 날이 장엄한 축제일처럼 밝아왔다. 나는 내심 불안했지만 그렇다고 두려워한 것은 아니었다. 다만 나에게 중요한 하루가 시작되었다는 것을 느끼면서, 나를 에워싼 세계가 변화했음을, 나와 깊은 관련을 가졌다는 기대감으로 엄숙해졌음을 볼 수 있었다. 부슬부슬 내리는 가을비조차도 아름답고 고요했으며, 또 축일답게 엄숙하고도 즐거운 음악이 가득 흘러 분위기를 한층 고조시켰다.

처음으로 외부 세계가 나의 내면세계와 어울려 순수한 음향으로 울려 퍼졌다. 영혼의 축제일이 다가왔으며, 그다음은 살아가는 보람을 느끼게 될 것이다. 어떤 집도, 어떤 쇼윈도도, 골목의 어떤 얼굴도 나를 거슬리게 하지 않았다. 모든 것이 당연히 그렇게 있어야 하는 것처럼 있는 것이겠지만, 그것은 일상적이면서 눈에 익은 공허한 모습이 아니라 기대에 차 있는 자연의 모습이었으며, 경건하게 운명을 맞아들일 채비를 하고 서 있는 것이었다.

내가 어린 소년이었을 적의 성탄절이나 부활절 같은 큰 축일의 아침에 세상이 이처럼 보이곤 했었다. 세상이 아직도 이렇게 아름다울 수 있다는 사실을 나는 미처 알지 못했었다. 내면을 향해 가는 삶에 익숙해지다 보니 외부 세계에 대한 의미가 내게서 서서히 멀어져 갔던 것이다. 눈부신 빛의 상실은 유년 시절의 상실과 불가피하게 연관되어 있었고, 영혼의 자유로움과 남성다움을 위해 이 아름다운 광채를 그 대가로 지불해야 되는 데도 익숙해져 있었다. 하지만 이제 나는 이 모든 것이 — 그 모든 것은 단지 파묻히고 어둠에 싸여 있을 뿐이며, 유년 시절의 행복을 포기하고 자유로워진 사람일지라도 이 세계가 빛나는 것을 바라볼 수 있고, 소년다운 시각의 내밀한 전율을 맛보는 것이 가능하다고 — 황홀하게 느껴지는 것이었다.

그날 밤, 나는 막스 데미안과 작별했던 교외의 그 정원을 다시 보게 되었다. 비에 젖어 잿빛으로 보이는 키 큰 나무들 뒤로 작은 집이 환한 빛을 발하며 아늑하게 숨겨져 있었다. 커다란 유리벽 뒤에는 꽃이 핀 키 큰 다년생 관목들이 서 있었고, 말갛게 닦인 창문 뒤에는 그림들과 책들이 줄지어 서 있는 컴컴한 방의 벽이 있었다. 현관문을 들어서니 난방이 잘된 작은 거실로 곧바로 이어졌는데, 검은 옷에 흰 앞치마를 두른 나이 든 하녀가 말없이 나를 맞이하며 외투를 받아 걸었다.

그녀는 나를 거실에 혼자 남겨 두었다. 나는 주위를 둘러보면서, 내가 곧바로 내 꿈의 한가운데 들어와 있음을 알아챘다. 문 뒤, 위쪽 짙은 색 목재 벽에는 내가 잘 아는 그림이 검은 테를 두른 유리 액자 속에 끼워져 걸려 있었다. 그것은 지각을 뚫고 나오려고 몸을 솟구치고 있는 황금빛 매의 머리를 가진 나의 새였다. 나는 몹시 감동되어 그 자리에 멈춰 서 있었다. 마치 이 순간에 내가 이제껏 행하고 경험한 모든 일들이 실현되어 대답과 함께 내게로 되돌아오는 것만 같아서, 나는 마음이 무척 기쁘기도 하고 슬프기도 했다. 그리고는 한 무리의 영상들이 번개같이 빠른 속도로 나의 뇌리를 스쳐 지나갔다. 대문 아치 위에 오래된 돌 문장이 있는 고향 부모님 댁, 그 문장을 그리던 소년 데미안, 두려움에 떨며 크로머의 속박에 매어 있던 소년인 나, 조용한 기숙사의 한구석에서 동경의 새를 그리며 영혼이 제 스스로의 그물에 얽혀 있던 청년이었던 나, 그리고 이 순간까지의 모든 것들이 나의 내부에서 메아리쳤다. 그리고는 그것들이 나의 마음속에서 받아들여지고, 다시 반향되고, 시인되고, 확인되었다.

촉촉하게 젖은 눈으로 나는 나의 그림을 응시하며 내 마음을 읽고 있었다. 그때 내 시선이 아래로 향했는데, 새 그림 아래로 열려 있는 문 앞에 짙은 색 옷을 입은 키가 큰 여성이 서 있었다. 바로 그녀였다.

나는 한마디도 할 수가 없었다. 아들의 얼굴과 닮은, 시간과 나이를 초월한, 활기와 의지로 충만한 아름답고 기품 있는 자태의 부인이 나를 향해 다정한 미소를 짓고 있었다. 그녀의 시선은 충족이었고, 그녀의 인사는 귀향을 의미했다. 나는 아무 말 없이 그녀에게 두 손을 내밀었다. 그녀는 힘 있고 따뜻한 두 손으로 내 손을 마주 잡아 주었다.

"싱클레어죠? 금방 알아봤어요. 잘 오셨어요!"

그녀의 목소리는 깊고 따뜻했다. 나는 감미로운 포도주를 마시는 것처럼 그 목소리에 젖어들었다. 그리고 서서히 눈을 들어 그녀의 고요한 얼굴과 깊이를 헤아리기 어려운 검은 눈을 들여다보았다. 신선하고 성숙한 입, 표식을 달고 있는 넓고 아름다운 이마를 쳐다보았다.

"얼마나 기쁜지 모르겠습니다! 제 모든 삶이 늘 길 위에서 헤매다가 이제야 집으로 돌아온 것 같습니다."

내가 그녀에게 이렇게 말하면서 두 손에 입을 맞추자, 그녀는 어머니 같은 따스한 미소를 지어 보였다.

"아무도 집으로 돌아갈 수는 없어요. 그러나 친밀한 두 길이 서로 만나게 되면, 그때는 온 세계가 잠깐 동안이라도 고향처럼 느껴지지요."

그녀가 다정하게 말했다.

그녀가 말하는 것은, 내가 이곳으로 오는 길에 느낀 것이었다. 그녀의 목소리나 이야기하는 태도는 아들과 매우 닮았으면서도 전혀 다르게 느껴지기도 했다. 모든 것이 더 성숙하게 느껴졌으며, 더 따뜻하고, 더 자명했다.

그러나 데미안이 예전에 그 누구에게도 소년의 인상을 주지 않았던 것과 마찬가지로, 그의 어머니는 전혀 장성한 아들을 둔 어머니처럼 보이지 않았다. 그녀의 얼굴과 머리카락 주위로 감도는 숨결은 젊고 감미로웠으며, 그녀의 금빛 도는 살결은 생기가 넘치면시 주름실도 없나. 입은 마치 꽃처럼 피어 있었다. 내가 꿈속에서 본 것보다도 더 당당한 모습으로 그녀는 내 앞에 서 있었다. 그녀의 가까이에 있다는 것은 사랑의 행복이었고, 그녀의 따스한 시선은 벅찬 충족감을 안겨 주었다.

이것은 내 운명이 나에게 보여 준 새로운 영상이었다. 이젠 더 이상 엄격하거나 고독하지 않았으며, 오히려 성숙했고 기쁨에 넘쳐 있었다. 나는 새삼스럽게 결심을 할 필요도 없었고, 아무것도 바라지 않았다. 나는 목적지에 도달해 있었던 것이다. 앞으로 나아가는 길이 바로 가까이에, 행복의 나뭇가지에 그림자처럼 어려 있었는데, 나는 언약의 땅을 향해 길게 뻗어져 멀고도 장한 모습을 드러내 보이는 길의 높은 지점에 도달한 것이었다. 나의 앞날이 어떻게 펼쳐지든, 지금 여기에서 이 여성을 만나 그녀의 목소리를 음미하며 그녀 곁에서 숨을 쉰다는 것이 나는 더없이 행복했다. 그녀가 내게 어머니가 되든, 연인이 되든, 여신이 되든 상관없이 그냥 거기 있기만 하다면 충분했다. 나의 길이 그녀의 길 가까이에 있다는 것만으로도 나는 좋았다.

그녀가 나의 매 그림을 가리키며 말했다.

"당신이 이 그림을 보내왔을 때만큼 우리 데미안이 기뻐한 적이 없어요. 나도 그렇구요. 우린 당신을 기다렸답니다. 그리고 이 그림이 전해져 왔을 때, 당신이 우리에게로 오고 있다는 것을 알았지요. 싱클레어! 당신이 아직 어린 소년이었을 때, 어느 날 데미안이 학교에서 돌아와 이렇게 말했지요. '이마에 표식을 지닌 아이가 하나 있어. 그 애는 틀림없이 내 친구가 될 거야.'라고요. 그 애가 바로 당신이었어요. 그러나 당신은 사는 게 쉽지 않았겠지요. 하지만 우리는 언제나 당신을 믿었답니다. 한번은 방학이 되어 당신이 고향 집에 돌아왔을 때 다시 데미안과 만난 적이 있었지요. 아마 열여섯 살 때쯤이었을 거예요. 데미안이 그 일에 대해서 나한테 이야길 해 주었어요."

그녀가 생각에 잠기는 듯하자, 내가 말했다.

"오, 그때의 일을 당신에게 해 주다니! 그때는 저에게 가장 비참한 시절이었어요!"

"알아요. 그때 데미안이 나한테 당신이 어려움에 직면해 있다고 말하더군요. '지금 싱클레어에게 매우 큰 어려움이 닥쳐 있어요. 그 애는 다시 한 번 공동체 속으로 도피하려고 애쓰고 있어요. 심지어 술집 단골손님이 되었지만, 그렇게는 안 될 겁니다. 그의 표식이 지금은 가려져 있긴 해도, 그 표식이 아무도 모르게 그의 내부를 불태우고 있으니까요.'라고요. 그렇지 않았나요?"

"네, 맞아요. 그랬어요. 정말 그랬어요. 그다음에 저는 베아트리체를 발견했고, 그다음에 마침내 다시 저를 제 자신에게로 이끄는 인도자가 나타났지요. 그 이름은 피스토리우스예요. 그제야 저는 왜 저의 소년 시절이 그토록 데미안과 결합되었는지, 왜 제가 그로부터 벗어날 수 없었는지 분명히 알게 되었어요. 부인, 아니 어머니. 저는 당시에 죽어야겠다는 생각도 자주 했어요. 누구에게나 그 길은 그렇게 어려운 겁니까?"

그녀가 손으로 가볍게 내 머리를 쓸어 넘겨주었다.

"태어나는 것은 늘 어려워요. 아시죠, 새도 알에서 나오기 위해서 온갖 애를 다 쓴다는 것을 당신도 잘 알잖아요. 돌이켜 생각해 보고, 자신에게 한번 물어보세요. 그 길이 그렇게 어렵기만 했나요? 아름답지는 않던가요? 혹시 더 아름답고 더 쉬운 길을 알고 있었던가요?"

나는 고개를 가로저으며 잠꼬대처럼 말했다

"그건 어려웠어요. 꿈이 내게로 올 때까지는요."

그녀가 고개를 끄덕이며 꿰뚫듯 나를 바라보았다.

"그래요. 사람은 누구나 자신의 꿈을 발견해야 해요. 그러면 길은 한층 쉬워지지요. 그러나 영원히 지속되는 꿈은 없어요. 또다시 새로운 꿈이 나타나게 되는 거지요. 그러니 어느 꿈에도 집착해서는 안 됩니다."

나는 몹시 놀랐다. 그것은 일종의 경고였을까? 아니면 방어였을까? 그러나 경고든 방어든 아무래도 상관없었다. 나는 그녀의 인도를 받으며, 목적지에 대해서는 묻지 않을 각오가 되어 있었다.

"저는 잘 모르겠습니다. 얼마나 오랫동안 제 꿈이 지속될는지는……. 저는 다만 이것이 영원하기를 바라고 있어요. 새의 그림 아래서 저의 운명이 저를 맞이해 주었어요. 마치 어머니처럼, 그리고 연인처럼요. 저는 그 운명에 속해 있으며, 그 밖의 어느 것에도 속해 있지 않습니다."

내가 말했다

"그 꿈이 당신의 운명인 한, 당신은 그 꿈에 대해 변함없이 충실해야겠지요."

그녀는 엄숙한 어조로 내 말을 보충해 주었다.

이 행복한 순간에 한 가닥 슬픔 — 이 마력으로 불러온 듯한 시간에 죽었으면 하는 간절한 소망 — 이 나를 사로잡았다. 눈물이 — 나는 얼마나 오랫동안 울지 않았던가! — 걷잡을 수 없이 안에서 솟구쳐 나를 압도했다. 나는 성급하게 그녀로부터 몸을 돌려 창가로 걸어가서 흐려진 눈으로 화분의 꽃 너머를 바라보았다.

등 뒤에서 그녀의 목소리가 들렸다. 목소리는 침착하면서도, 가장자리까지 가득 채워진 포도주잔처럼 사랑으로 가득 차 있었다.

"싱클레어, 당신은 아직 어린아이로군요! 당신의 운명은 당신을 사랑하고 있어요. 만일 당신이 변함없이 충실하다면 언젠가는 완전히 당신 것이 될 겁니다. 당신이 꿈꾼 대로요."

나는 간신히 나 자신을 억제한 뒤 얼굴을 다시 그녀에게로 향했다. 그러자 그녀가 내게 손을 내밀었다.

"난 몇 명의 친구가 있어요. 몇 안 되는 아주 가까운 친구들이죠. 그들은 나를 에바 부인이라고 불러요. 당신도 원한다면 나를 그렇게 불러 주세요."

그녀가 미소를 띠고 말하면서 나를 문까지 데리고 가더니, 문을 열며 정원을 가리켰다.

"저기 바깥으로 나가 보면 데미안이 있을 겁니다."

나는 마비되고 온통 뒤흔들린 상태로 큰 나무들 아래에 서 있었다. 그 어느 때보다도 한층 더, 내가 눈을 뜨고 있는 것인지 또는 꿈을 꾸고 있는 것인지 분간할 수가 없었다. 나뭇가지들에서 빗방울이 가볍게 떨어져 내렸다. 나는 천천히 정원 안으로 들어섰다. 정원은 강기슭을 따라 멀리 이어지고 있었는데, 마침내 데미안을 발견했다.

그는 문이 열린 정원의 작은 정자에 웃통을 벗은 채로 서서, 걸려 있는 샌드백을 상대로 권투 연습을 하고 있었다. 나는 놀라서 발을 멈췄다. 데미안은 아주 근사해 보였다. 넓은 가슴, 단단하고 남자다운 머리통, 근육이 팽팽한 두 팔은 탄탄하고 실팍했다. 허리, 어깨, 팔의 관절이 마치 콸콸 솟는 샘처럼 힘차게 움직이고 있었다.

"데미안! 거기서 뭐 해?"

내가 부르자, 그가 쾌활하게 웃었다.

"연습을 하는 거야. 그 작은 일본 사람하고 격투를 한판 벌이기로 했거든. 그 사람은 고양이처럼 날쌔고 빈틈이 없단 말이야. 그러나 나를 맘대로 다루지는 못할 거야. 아주 사소하지만 나는 그에게 갚아야 할 굴욕적인 일이 있거든."

그가 웃옷을 걸치면서 물었다.

"벌써 우리 어머닐 만나 뵈었니?"

"그래, 데미안. 어머니가 정말 근사한 분이셨어! 에바 부인! 그분에게 정말 잘 어울리는 이름이야. 그분은 모든 존재의 어머니 같으셔."

데미안이 한순간 생각에 잠겨 있다가 내 얼굴을 들여다보았다.

"그 이름을 벌써 알았단 말이야? 이봐, 자넨 자랑할 만하네. 어머니가 처음 만난 사람에게 그 이름을 말해 준 건 자네가 처음이야."

그날부터 나는 아들이나 형제처럼, 또한 연인처럼 그 집을 드나들었다. 현관에 들어선 다음 내 뒤에서 문이 닫히는 소리가 들릴 때면, 멀리서 정원의 큰 나무들이 나타나는 것이 보이기만 해도 나는 흡족하고 행복한 마음이 들었다. 그러나 바깥에는 '현실'이 있었고, 그 현실 속에는 거리와 집, 사람과 시설, 도서관과 강의실 등이 있었다. 그러나 이곳에는 사랑과 영혼이 있었고, 동화와 꿈이 살아 숨 쉬고 있었던 것이다. 그렇다고 이곳이 세상으로부터 분리되어 있는 것은 결코 아니었다. 우리는 생각과 대화를 통해 자주 그 세계 한가운데에서 살았다. 다만 우리는 다수의 사람들과 어떤 경계선에 의하여 갈라져 있는 것이 아니라, 단지 사물을 바라보는 방식의 차이에 따라 분리되어 있을 뿐이었다.

우리의 사명은 세계 안에서 하나의 섬을 보여 주는 일이었다. 그것은 하나의 이상에 불과할지도 모르지만, 어쨌든 살아가는 또 다른 가능성을 보여 주는 일임에는 틀림없었다.

오랫동안 고립되어 있었던 나는 단지 완전한 고독을 맛본 사람들 사이에서만 존재하는 공동체를 알게 되었다. 나는 다시는 사람들이 행복해하는 잔치나 사람들이 흥겨워하는 축제에 되돌아가기를 갈망하지 않을 것이다. 다시는, 다른 사람들의 공동체를 보더라도 결코 부러워하거나 향수를 느끼지 않을 것이다. 그렇게 나는 천천히 '표식'을 달고 있는 사람들의 비밀을 전수받고 있었던 것이다.

표식을 가지고 있는 우리들은, 세상 사람들로부터 이상스럽다거나 미쳤다거나 위험하다고 여겨지고 있을지도 모를 일이었다. 그것도 틀린 말은 아니지만, 우리는 깨달은 사람, 혹은 깨닫고 있는 사람들이었다. 그리고 우리의 노력은 점점 더 완벽한 깨달음을 지향했다. 반면 다른 사람들의 노력과 행복 추구는 ─ 그들의 의견이나 이상과 의무, 그들의 삶과 행복의 기준을 집단의 그것에 점점 더 밀착시키려고 애쓰는 데 있는 것이었다. 물론 그곳에도 노력이 있었고, 힘과 위대함이 있었다. 그러나 우리들 견해로는 표식을 가진 사람들은 새로운 것, 개별화된 것 그리고 미래의 것을 향한 자연의 의지를 제시하는 반면, 다른 사람들은 완고한 고집의 의지를 견지하고 있었다.

그들에게 있어서의 인류란 — 우리들과 마찬가지로, 그들 역시 사랑해 마지않는 인류란 — 무언가 완성된 것, 보존되고 지켜져야만 할 그 무엇이었다. 반면 우리들에게 있어서의 인류란 우리들 모두가 그것을 향해 가는 도중에 있는 것이고, 그 모습은 아무도 모르며, 그 법칙은 그 어디에도 적혀 있지 않은, 그런 아득한 미래인 것이다.

에바 부인과 데미안 그리고 나를 제외하고도, 우리들의 범주에는 다소 멀든 가깝든 간에 매우 다양한 부류의 구도자들이 있었다. 그들 중 대부분은 특이한 길을 걸어가면서, 개별적인 목적을 지향하는 색다른 의견과 의무에 집착하는 경향을 보였다. 그들 가운데는 천문학자와 카발라 연구가들도 있었고, 톨스토이를 추종하는 사람도 있었다. 그런가 하면 섬세함과 수줍음으로 똘똘 뭉쳐 쉽게 상처를 입을 만큼 마음이 여린 사람들과 새로운 소수 교파의 신봉자들, 요가 수련자, 채식주의자 등이 있었다. 우리는 이런 모든 사람들과, 각자가 가진 저마다의 비밀스러운 꿈을 존중한다는 것 외에는 정신적으로나 실제적인 일에 있어서 아무런 공통점이 없었다.

하지만 그들 가운데서도 과거 속에서 새로운 신과 새로운 구원의 영상에 대한 인류 탐구의 흔적을 추적하는 사람들은 자주 피스토리우스를 상기시켜 주었다. 그들은 책을 가져와서 고대어로 쓰인 글을 우리들에게 번역해 주는가 하면, 고대의 상징물과 의식들의 도면을 보여 주면서 보는 법을 가르쳐 주기도 했다. 뿐만 아니라 지금까지 인류가 소유했던 이상이란, 무의식적인 영혼의 꿈과 손으로 더듬어 가면서 미래에 대한 가능성을 추구하고자 한 꿈들로 이루어져 있는 것임을 깨닫게 해 주었다. 머리를 수천 개 가진 고대 세계 신들의 무리에서부터 기독교에의 귀의라는 방향 전환이 이루어지기까지의 경이로운 과정을 우리는 그렇게 섭렵할 수 있었다. 우리는 고독하고 경건한 사람들의 신앙 고백을 통해 민족에서 민족으로 이어지는 종교의 변천을 잘 알게 되었다. 그리고 우리가 수집한 모든 자료를 보며 우리가 살고 있는 시대와 유럽에 대한 비판적 의식을 갖게 되었다. 유럽은 엄청난 노력을 기울여 강력하고도 우수한 무기를 만들어 냈으나, 그럼에도 불구하고 정신은 극도로 황폐해졌기 때문이다. 유럽은 온 세계를 획득하긴 했지만, 그 결과 자신의 영혼을 잃어버리고 말았던 것이다.

여기에도 물론 특정한 희망과 구원론을 믿는 신도와 신봉자들이 있었다. 유럽을 개종시키려는 불교도들이 있는가 하면, 톨스토이 추종자들과 그 밖의 다른 종파를 따르는 추종자들이 있었다. 우리는 작은 모임 안에서 이들의 의견에 귀 기울였지만, 이들 교의 중 그 어느 것도 상징 이외의 다른 것으로는 받아들이지 않았다. 또한 우리 표식을 지닌 사람들에게는 미래의 형성에 대한 어떤 책임도 지워져 있지 않았다. 우리가 보기에는 어느 종교든 어느 구원론이든지 간에 모두가 애초부터 죽어 있었고 쓸모없는 것이라 여겨졌다. 우리가 유일하게 의무이자 운명이라고 느끼는 것은 — 완전히 자기 자신이 되고, 자기 내부에서 작용하는 자연의 의지에 뒤따르며, 불확실한 미래에 초래될지도 모르는 온갖 일에 대해서 기꺼이 준비되어 있음을 느끼도록 ― 순수하게 살아간다는 것뿐이다. 왜냐하면 새로운 탄생과 현대의 붕괴가 가까이 와 있었고, 그것을 이미 느낄 수 있게 되었다는 것은 말로 표현하든 하지 않든 모두의 마음속에서 분명히 인식되고 있기 때문이다.

데미안은 나에게 여러 차례 이렇게 말했었다.

"무엇이 오게 될지는 짐작할 수 없어. 유럽의 영혼은 무한히 오랫동안 쇠사슬에 묶여 있던 짐승과 같아. 그것이 자유로워졌을 때 최초로 행해질 행동은 그다지 칭찬할 만한 것은 아닐 거야. 그렇지만 지금까지 그렇게 오랫동안 기만당하기만 하고 얽매어 왔던 영혼의 진정한 고난이 온 천하에 드러날 수만 있다면, 우리들이 지나온 길이나 돌아온 길 같은 것은 중요한 문제가 아닌 거야. 그때가 되면 우리들의 날이 되는 거지. 그러면 사람들이 우리를 필요로 하게 될 테고……. 세상 사람들의 지도자나 새로운 입법자로서가 아니라 ― 우리는 새로운 법률 같은 것은 더 이상 경험하지 않겠지만 ― 오히려 뜻있는 자로, 운명이 부르는 곳이라면 어디든지 동행하고 그곳에 서 있을 각오가 되어 있는 그런 사람으로서 쓰임이 있을 거야. 이보게, 모든 사람들은 자신의 이상이 위협 당하게 되면, 상식적으로는 할 수 없는 짓을 능히 해낼 용의가 있을 걸세. 그러나 새로운 이상, 새로운 움직임, 어쩌면 위험하고 무시무시하게 여겨질지도 모르는 발전의 움직임이 와서 문을 두드릴 때는 거기에 아무도 없을지도 몰라. 그때에 거기 나타나 함께하는 소수의 사람들이 바로 우리들일 거야. 그것을 위해 우리는 표식을 달고 있는 거니까. 무서움과 증오를 일으켜 그 당시의 인류를 그 옹색한 전원에서 넓은 세계로 끌어내기 위해 카인이 표식을 지니고 있었던 것처럼 말이야. 인류의 역사에 영향력을 끼쳤던 사람들은 모두가 하나같이 그들에게 닥친 운명을 받아들일 자세를 취했다는 것만으로 유능하고 활동적이었다고 할 수 있을 거야. 모세와 부처가 그러했고, 나폴레옹과 비스마르크도 그러했지. 그 사람이 어떤 파도에 휩쓸리느냐, 어느 극에 의해서 지배를 받느냐 하는 것은 자신이 스스로 택할 수 있는 문제가 아니야. 만약 비스마르크가 사회민주주의자들을 이해하고 그들의 의견에 동조했었더라면, 그는 현명한 지배자는 될 수 있었을지 몰라도 운명의 인물은 될 수 없었을 거야. 나폴레옹이 그랬고, 시저가 그랬고, 로욜라도 그랬고, 다른 사람들도 그랬거든! 사람들은 그것을 늘 생물학적이며 진화론적으로 생각해 볼 필요가 있다네! 지구의 표면에 커다란 변혁이 일어나서 물에 살던 동물을 뭍으로, 뭍에 살던 동물을 물로 던져 넣었을 때, 들어 보지도 못한 새로운 것을 수행하고 새롭게 적응하며 자신의 종족을 구해 낼 수 있었던 것은 운명적으로 각오를 하고 준비해 온 표본들이 있었기 때문이었다네. 그것이 그 이전에 그들의 종족 가운데서 보수적이고 보존적인 성향을 가졌었는지, 아니면 오히려 기이한 별종으로서 혁명적인 성향을 가졌었는지를 우리가 알 수는 없겠지. 다만 그들은 준비되어 있었고, 그렇기 때문에 새로운 과정으로 넘어가면서도 자기의 종족을 구해 낼 수 있었던 거야. 우리는 그러한 사실을 잘 알고 있네. 그래서 우리는 준비하려는 거야."

우리가 그런 대화들을 나눌 때면 에바 부인이 자주 함께 있었다. 그러나 그녀 자신은 이런 식의 이야기를 하지 않았다. 그녀는, 우리가 저마다 자신의 생각을 말할 때면 신뢰와 이해심을 갖고 들어 주는 경청자이자 동시에 메아리였다. 그래서인지 그러한 생각들이 모두 그녀에게서 나와 그녀에게로 되돌아가는 것처럼 보였다. 이따금씩 그녀의 목소리를 들으면서 그녀 가까이에 앉아 있을 때면 그녀를 에워싸고 있는 성숙함과 영혼의 분위기에 젖어 있는 것처럼 느껴지곤 했다. 그것은 나에게는 더할 수 없는 행복이었다.

나의 내부에서 어떤 혼돈이나 변화, 혹은 혁신이 일어나면 그녀는 그것을 바로 알아차렸다. 내가 잘 때 꾸는 꿈조차 그녀가 불어넣어 준 영감인 것처럼 생각될 정도였다. 나는 그녀에게 내 꿈 이야기를 자주 했는데, 그녀는 그 꿈들을 아주 쉽게 이해하고 자연스럽게 받아들였다. 그녀가 정확히 파악해 낼 수 없는 기상천외한 일이란 존재하지 않는 것 같았다.

나는 한동안 우리들이 낮에 나누었던 일상적인 대화들을 그대로 옮겨 놓은 것 같은 꿈을 꾸었다. 온 세계가 혼란에 빠지고, 나 혼자 혹은 데미안과 함께 긴장한 상태에서 위대한 운명을 기다리고 있는 꿈을 꾼 것이었다. 운명은 여전히 그 모습을 드러내지 않았지만 어딘지 모르게 에바 부인의 표정을 지니고 있었다. ─ 그녀에게 선택되거나 혹은 배척당하는 것, 그것이 바로 운명이었다.

그녀는 여러 번 나에게 미소를 띠며 말했다.

"당신의 꿈은 완전치가 않아요. 싱클레어, 당신은 가장 중요한 것을 잊어버렸어요."

그런 말을 듣고 나면, 그다음에서야 잊어버린 부분이 생각났고, 내가 어떻게 그걸 잊어버릴 수 있었는지 이해가 되지 않은 적도 있었다.

때때로 나는 불만을 느꼈고 욕망에 시달렸다. 그녀를 포옹하지 않은 채 곁에서 바라만 본다는 것이 견딜 수 없이 힘들었다. 그녀도 곧 그걸 알아차렸다. 한번은 내가 며칠 동안이나 그 집엘 가지 않다가 그다음에 어수선한 마음으로 다시 찾아갔는데, 그때 그녀는 나를 한쪽으로 데리고 가서 말했다.

"당신은 당신이 믿지 않는 소망들에 몰두해서는 안 됩니다. 당신이 무엇을 원하는지 나는 잘 알고 있는데, 그런 소망들을 버릴 수 있어야 합니다. 아니면 완전하고 올바르게 원해야만 합니다. 만약 당신이 자신의 마음속에서 완전히 확신할 정도로 무엇인가를 소원한다면, 그때엔 그 소원을 성취할 수 있을 겁니다. 그러나 지금 당신은 소원하고 있으면서도 다시 후회하기도 하고, 그러면서 두려워하고 있는 겁니다. 이 모든 것을 극복해야만 합니다. 내가 이야기 하나를 들려드릴게요."

그리고 그녀는 나에게 별과 사랑에 빠진 어떤 청년에 대한 이야기를 들려주었다. 그 청년은 바닷가에 서서 두 손을 뻗고 별에게 기도했고, 별의 꿈을 꾸었으며, 자신의 생각을 별에게 전했다. 그러나 그는 알았다. 혹은 안다고 생각했다. 인간이 별을 끌어안을 수 없다는 것을……. 그는 성취에 대한 희망도 없이 별을 사랑하는 것을 자신의 운명이라고 여겼다. 그리고 그는 이 생각에서 포기와 말 없는, 변함없는 고통, 삶 전체에서 자신을 개선시키고 정화시켜 줄 고통에 관한 시를 지었다. 그러나 그의 꿈들은 모두 별에게로 쏠렸다. 어느 날 밤, 그가 다시 바닷가 높은 절벽에서 별을 쳐다보며 별에 대한 사랑을 불태우고 있었다. 그런데 그 그리움이 절정에 달한 한순간 그는 별을 향해서 펄쩍 뛰어 허공으로 몸을 던졌다. 그러나 그 도약의 순간에 번개같이 퍼뜩 스쳐가는 생각이 있었다. 이건 있을 수 없는 일이야! 결국 그는 바닷가에 떨어져 산산조각이 난 채 죽고 말았다. 그는 사랑하는 법을 이해하지 못했던 것이다. 만약 그가 뛰어드는 순간에 그 일이 이루어질 수 있다는 확고한 믿음이 있었다면, 그는 하늘로 날아 올라가서 별과 하나가 되었을지도 모를 일이었다.

"사랑은 구걸해서는 안 돼요. 또한 강요해서도 안 됩니다. 사랑은 자신의 내부에서 확신에 이르는 힘을 갖지 않으면 안 됩니다. 그렇게 되면 사랑은 더 이상 끌림을 당하는 것이 아니라 스스로 끌어당기게 되는 거지요. 싱클레어, 당신의 사랑은 나에게 끌리고 있어요. 하지만 그게 언제일지는 모르지만 내가 아니라 당신의 사랑이 나를 끌어당기면, 그때는 내가 당신에게 갈 겁니다. 나는 결코 나를 당신에게 선물로 주지는 않을 거예요. 당신에게 획득당하고 싶으니까요."

그녀가 말했다.

그러나 다음번에 그녀는 나에게 다른 이야기를 들려주었다. 아무런 희망도 없이 한 여자를 사랑하는 남자가 하나 있었다. 그는 그 자신의 영혼 속에 완전히 틀어박혀 사랑한 나머지 불타 없어질 것 같다고 생각했다. 세상은 그에게서 사라져 버렸으며, 더 이상

푸른 하늘도 푸른 숲도 보이지 않았다. 시냇물도 그에게는 소리를 내어 졸졸거리지 않았고, 하프도 그에게는 울리지 않았다. 모든 것이 가라앉았으며, 그는 가난하고 비참해졌다. 그러나 그의 사랑은 날이 갈수록 커져, 사랑하는 여인을 소유할 수 없다면 차라리 죽는 것이 낫다고 생각하는 지경에 이르렀다. 그때 그는 자신의 사랑이 자기의 내부에 있는 다른 모든 것을 불태워 버렸음을 감지했다. 그의 사랑이 점점 강해져서 그녀를 끌어당기자, 그 아름다운 여자는 마침내 그를 따라오지 않을 수가 없었다. 마침내 그녀가 왔다. 그는 그녀를 자기에게로 끌어당기기 위해서 두 팔을 활짝 벌리고 서 있었다.

그러나 막상 그녀가 그의 앞에 와 섰을 때, 그녀는 완전히 달라져 있었다. 남자는 자기가 잃어버린 모든 세계가 자기에게로 끌어당겨졌음을 알고 전율했고 그 세계를 감동적으로 바라보았다. 그 세계는 그의 앞으로 와서 그에게 헌신했다. 하늘과 숲 그리고 개울, 모든 것이 새롭게 빛을 발하며 생생하고도 찬란하게 다가와 그의 것이 되었고 그의 말을 속삭였다. 이렇게 해서 그는 단순히 여자 하나를 얻는 대신 자신의 마음속에 온 세계를 지니게 되었다. 하늘의 모든 별들은 그의 내부에서 타올랐고, 그의 영혼을 통해 흰희의 불꽃을 튕겼다. 대부분의 사람들은 자신을 잃어버리는 사랑을 하는 경우가 많은데, 그는 사랑을 하면서 자신을 발견한 것이었다.

에바 부인에 대한 나의 사랑은 내 삶의 유일한 내용처럼 느껴졌다. 그러나 그것의 모양은 날마다 달랐다. 이따금 나는, 그녀라는 인물은 내면의 상징에 불과할 뿐이고, 내가 진정으로 원하는 것은 나 자신을 더 깊게 내 자신 속으로 인도하려 하는 것임을 확실하게 느끼곤 했다. 나는 그녀의 이야기를 듣는 중에, 내 마음이 내지르는 절박한 질문에 대하여 내 안의 무의식적인 어떤 것이 대답하고 있다는 느낌을 자주 받았다. 또한 나는, 그녀의 곁에서 관능적 욕구로 불타올라 그녀가 만졌던 물건들에 입을 맞추는 순간도 있었다. 그러나 점차로 관능적인 사랑과 비관능적인 사랑, 또는 현실과 상징이 서로 겹쳐지고 있었다. 내가 우리 집의 내 방에서 조용히 그녀 생각을 할 때면, 그녀의 손이 나의 손안에, 그녀의 입술이 내 입술 위에 있다고 느껴지는 경우가 있었다. 혹은 어떤 때는 내가 그녀 집에서 그녀 얼굴을 보며 그녀와 이야기를 나누면서 그녀의 목소리를 듣고 있는데도, 그녀가 정말로 거기 있는지, 꿈을 꾸고 있는 것은 아닌지 잘 분별할 수 없기도 했다.

어떻게 하면 하나의 사랑을 지속적이면서 불멸의 것으로 간직할 수 있게 되는지를 나는 예감하기 시작했다. 나는 어떤 책을 읽다가 새로운 인식을 갖게 되었는데, 그것은 에바 부인의 입맞춤과 똑같은 느낌이었다. 그녀는 내 머리카락을 쓰다듬어 주면서 성숙하고 향내 나는 따스한 미소를 보내 주었는데, 그때 나는 내 자신 안에서 한 걸음 진보를 이루어 냈을 때와 똑같은 느낌을 가졌다. 그녀는 나에게는 운명이었고, 중요한 모든 것이었다. 그녀의 모습은 내 생각 하나하나 속으로 녹아들었고, 내 생각 하나하나는 그녀 속으로 들어갔다.

부모님 댁에서 지내야 하는 성탄절 휴가 때, 나는 두려웠다. 두

주일이나 에바 부인과 떨어져 살아야 하는 것은 고통스러운 일일 거라고 생각했기 때문이었다. 그러나 그것은 그다지 큰 고통이 아니었다. 집에 있으면서 그녀를 생각하는 것은 참으로 근사한 일이었다. H 시로 되돌아오고 나서도, 나는 이틀 동안 그녀의 집에 가지 않았다. 안정감을 느끼면서, 관능적인 그녀의 존재로부터 독립을 누리기 위해서였다. 또한 나는 비유적인 방법으로 그녀와 결합하는 꿈을 꾸었다. 그녀는 내가 강물처럼 흘러드는 바다였고, 나는 그 안으로 끊임없이 흘러들었다. 또한 그녀는 별이었고, 나 자신도 하나의 별로서 그녀에게 다가가고 있었다. 우리는 서로 만났고, 서로 끌어당겨졌음을 느꼈다. 함께 머물렀고, 가까이에서 쟁쟁히 울리는 원을 에워싸며 희열에 차서 영원히 돌고 있는 것이었다.

내가 다시 그녀를 찾아갔을 때, 나는 이 꿈 이야기를 그녀에게 해 주었다.

"참으로 아름다운 꿈이군요. 그 꿈이 진실이 될 수 있게 하세요."

그녀가 조용히 말했다.

이른 봄날, 결코 잊을 수 없는 하루가 있었다. 그날 내가 거실에 들어섰을 때 창문이 열려 있었고, 미풍의 물결이 히아신스의 짙은 향기를 온 방 안에 피뜨리고 있었다.

아무도 보이지 않아, 나는 계단을 올라 막스 데미안의 서재로 들어갔다. 언제나 그랬던 것처럼 대답을 기다리지 않고 가볍게 문을 두드리고 들어섰다.

방 안이 몹시 어두웠다. 커튼이 모두 쳐져 있었다. 데미안이 화학 실험실을 갖춰 놓은 작은 곁방으로 통하는 문이 열려 있었다. 먹구름 사이로 하얀 햇살이 비쳐 들기에, 나는 아무도 없다고 생각하고 무심코 커튼을 젖혔다.

커튼이 드리워진 창가의 작은 의자에 막스 데미안이 기이한 모습으로 웅크리고 앉아 있었다. 언젠가 이런 모습을 본 적이 있었다는 느낌이 번개처럼 나를 스치고 지나갔다. 그는 꼼짝 않는 상태에서 두 팔을 늘어뜨리고서 몸을 약간 앞으로 숙이고 있었는데, 두 눈을 뜬 그의 얼굴은 생기 없이 무감각해 보였다. 동공 속에서는 마치 한 조각의 유리처럼 번들거리는 작은 빛이 반사되어 번쩍였다. 창백한 얼굴은 자기 안에 깊이 침잠해 있었으며, 엄청난 마비상태 말고는 다른 표정이 전혀 없었다. 그 얼굴은 마치 사원의 현관에 있는 태곳적 동물처럼 보였다. 그는 거의 숨을 쉬고 있지 않은 것처럼 보였다.

되살아난 기억이 나를 전율케 했다. 수년 전, 내가 아직 어린 소년이었을 때, 지금과 같은 그의 모습을 본 적이 있었다. 그의 두 눈이 저렇게 내부를 응시하고 있었고, 그때도 저렇게 그의 두 손이 생명 없이 나란히 놓여 있었으며, 파리 한 마리가 그의 얼굴 위를 기어 다니고 있었다. 여섯 해쯤 전인 그때도 그는 저렇게 나이가 들어 보였고, 저렇게 시간을 초월한 것처럼 보였었다. 얼굴에 있는 주름살 하나도 지금과 다르지 않았었다.

나는 두려움에 사로잡힌 채 가만히 방을 나와 층계를 내려왔다. 거실에서 에바 부인을 만났다. 그녀는 창백했고 지쳐 보였는데, 그것은 그녀에게서 보지 못했던 모습이었다. 그림자 하나가 창문을 스쳐 지나갔으며, 그 순간 눈부신 하얀 빛이 갑자기 사라졌다.

"데미안한테 갔었어요. 무슨 일이 있었나요? 데미안은 자고 있어요. 아니면 무엇에 몰두하고 있는 건지…… 저는 잘 모르겠어요. 예전에도 저런 모습으로 있었던 것을 본 적이 있긴 합니다만……."

내가 황급히 낮은 목소리로 속삭이듯이 말했다.

"그 앨 깨운 건 아니죠?"

그녀가 급하게 물었다.

"네. 제 소릴 듣지 못했어요. 저는 얼른 다시 나왔구요. 에바 부인, 데미안이 왜 그런지 말해 주세요."

"걱정 말아요, 싱클레어. 그 애한테 무슨 일이 일어난 게 아니에요. 그 애는 명상에 잠겨 있을 뿐이에요. 그리 오래 걸리지 않을 거예요."

말을 마친 그녀는 막 비가 내리기 시작한 정원으로 나갔다. 나는 함께 가서는 안 될 것 같은 느낌이 들어서, 거실 안에서 왔다 갔다 했다. 그러는 동안 히아신스의 꽃향기를 맡기도 하고, 문 위에 걸린 나의 새 그림을 쳐다보기도 하면서 그날 아침 이 집 전체에 퍼져 있는 암울한 분위기를 답답한 마음으로 감지하고 있었다.

이것이 무엇일까? 무슨 일이 일어난 걸까?

에바 부인은 곧 돌아왔다. 빗방울이 그녀의 짙은 색 머리카락에 방울방울 맺혀 있었다. 그녀는 온몸을 뒤덮고 있는 피로감을 이기지 못한 듯 안락의자에 몸을 묻었다. 나는 그녀 곁으로 다가가 몸을 숙이고서 그녀 머리카락에 매달린 물방울들을 입 맞추어 떼어

냈다. 내게는 그 물방울들이 눈물 같은 맛으로 느껴졌지만, 그녀의 두 눈은 고요하게 빛이 났다.

"데미안이 어떤지 살펴보고 올까요?"

내가 나지막한 목소리로 묻자, 그녀가 힘없이 미소를 지어 보였다. 그러다가 자신의 마음속에 깃든 어떤 마력을 깨뜨리기라도 하려는 듯이 큰 소리로 말했다.

"어린아이처럼 굴지 말아요, 싱클레어! 돌아갔다가 나중에 다시 오세요. 지금은 아무런 이야기를 할 수가 없네요."

나는 그 집에서 나와 마을을 지나 산을 향해 달려갔다. 가는 빗방울이 흩날리듯 뿌려졌고, 구름은 무엇엔가 억눌린 듯 불안한 기색으로 나지막이 흘러갔다. 아래쪽에서는 거의 바람이 불지 않는데, 높은 곳에서는 폭풍이 몰아칠 것처럼 심상치 않게 주변이 어두워졌다. 그런 가운데 창백하면서도 때론 눈부신 얼굴을 한 햇살이 어두운 구름장 속에서 모습을 드러내곤 했다.

그때 하늘 저 너머에서 노란 빛 엷은 구름 한 조각이 떠왔는데, 잿빛 벽에 부딪혀 더 나가지 못하고 멈추어 있었다. 그러다가 몇 분 지나지 않아 노란 구름과 푸른 하늘을 이용하여 형상 하나를 만들었다. 그 형상은 거대한 새의 모습을 하고 있었는데, 이내 푸른 혼돈에서 뛰쳐나오더니 이내 큰 날갯짓을 하며 하늘 속으로 날아가 버렸다. 그리고 다시 폭풍우가 몰아치는 소리가 들려왔고, 우박이 뒤섞인 비가 타다닥 소리를 내며 요란하게 쏟아져 내렸다. 그러더니 이어서 짧은 천둥 번개가 빗발에 얻어맞은 풍경들을 부숴 버리기라도 할 것처럼 와지끈 하는 소리를 내며 무섭게 울려 퍼졌다. 시간이 조금 흐른 후 다시 한 줄기 밝은 빛이 비쳐 들었고, 갈색 숲 너머에 있는 가까운 산들 위에서 창백한 눈이 비현실적으로 희미하게 빛나고 있었다.

몇 시간 뒤, 흠뻑 젖은 채 바람에 떠밀려서 에바 부인의 집으로 돌아오니 데미안이 직접 현관문을 열어 주었다.

그는 나를 자기 방으로 데리고 올라갔다. 그의 화학 실험실에서는 가스 불꽃이 타고 있었고, 뭔가를 적은 종이가 여기저기 널려 있었다. 그는 작업을 하고 있었던 것 같았다.

"앉아, 피곤하겠는데. 형편없는 날씨군. 바깥에서 한참 있었던 것 같은데……. 곧 차를 가져올 거야."

그가 의자를 권하며 말했다.

"오늘 무슨 일이 있는 거지? 이런 건 단순한 천둥 번개일 리가 없어."

내가 주저하면서 말하자, 그가 나를 탐색하듯이 바라보며 물었다.

"무얼 보았나?"

"응. 잠깐 동안이지만, 구름 속에서 형상 하나를 보았어."

"무슨 형상?"

"한 마리의 새였어."

"황금 매? 그것이었나? 자네의 꿈에서 본 새 말이야?"

"맞아, 그건 내 매였어. 황금색이고 거대했는데, 검푸른 하늘 속으로 날아가 버렸어."

데미안은 깊게 숨을 내쉬었다.

그때 노크 소리가 났고, 늙은 하녀가 차를 가져왔다.

"싱클레어, 차를 들게. 나는 자네가 그 새를 우연히 본 것이 아니라고 생각하는데……."

"우연히? 그런 것들을 우연히 볼 수 있는 걸까?"

"그렇지. 우연히 볼 수는 없겠지. 그것은 무엇인가를 의미하고 있을 거야. 무엇을 의미하고 있는지 알겠나?"

"아니. 나는 다만 그것이 변화를, 운명 속의 한 걸음을 뜻한다고 느낄 뿐이야. 그러면서 그것이 우리들 모두와 관계가 있다는 생각이 들어."

데미안은 조급함을 감추지 못하고 이리저리 왔다 갔다 하다가, 마치 무엇인가를 외치듯이 큰 소리로 말했다.

"운명 속의 한 걸음이라고! 실은 나도 지난밤에 똑같은 꿈을 꾸었다네. 그리고 어머니도 어제 어떤 것을 예감했는데, 똑같은 것을 의미하는 것 같더군. 내가 꾼 꿈은…… 내가 사다리를 타고 어떤 나무 등걸인지 탑인지에 올라갔는데, 위에 올라가서 보니 그곳은 커다란 평지였어. 그런데 온 나라가, 도시들과 마을들이 모두 불타고 있는 거야. 나는 모든 것을 다 이야기할 수는 없다네. 아직 모든 것이 뚜렷하게 파악된 것이 아니니까."

"그 꿈을 자신과 관련시켜서 해석하는 거야?"

내가 물었다.

"나와 관련시켰느냐구? 물론이지. 아무도 자기하고 관계없는 꿈을 꾸지는 않아. 그렇지만 그 꿈은 나만 관계되는 것은 아니네. 그 점에 대해서는 자네가 옳아. 나는 내 자신의 영혼 속 움직임을 알려주는 꿈들과 다른 꿈들, 매우 드물지만 온 인류의 운명이 그 가운데서 암시되는 꿈들을 꾸네. 그리고 난 꽤 정확하게 꿈들을 구분하지. 물론 그것이 예언이고 실현되었다고 말할 수 있는 꿈은 한 번도 꾸지 않았어. 그런 꿈은 해석하는 것이 매우 애매하지. 그렇지만 나 혼자만 관련된 게 아닌 꿈을 꾸었다는 것은 확실히 알 수 있네. 다시 말하자면 그 꿈은 과거에도 여러 번 꾸었었고, 지금도 계속되고 있는 옛날의 다른 꿈에 속해 있는 것이네. 싱클레어, 내가 전에도 자네에게 이야기한 적이 있겠지만…… 그러한 예감을 얻고 있는 꿈들이란, 우리들의 세계가 진정으로 부패되어 있다는 것을 우리가 알고 있지만, 그것만으로는 몰락이나 그 비슷한 것을 예언할 근거가 되지 못한다는 거야. 그러나 나는 몇 년째 꿈들을 꾸어 왔는데…… 그것들로부터 이 세계의 붕괴가 다가오고 있다고 추론하거나 느끼는 것은, 혹은 그것을 무엇이라 말하든지 간에 거기서 내가 느끼는 것은 낡은 한 세계의 와해가 가까이 다가오고 있다는 것이야. 처음에는 아주 약하고 희미한 예감에 불과했지만 점점 더 뚜렷하고 강해졌어. 아직도 나는, 나 자신과도 관련 있는 거대하고 무서운 어떤 것이 저벅저벅 다가오고 있다는 것 외에는 아무것도 모르고 있네. 싱클레어, 우리가 이따금씩 이야기했던 것을 우리는 경험하게 될 거야! 세계가 새로워시려 하고 있으니 말이야. 하지만 죽음의 냄새가 나네. 죽음 없이는 그 어떤 것도 새로워질 수 없는 법이니까. 내가 생각했던 것보다 훨씬 더 충격적이고 끔찍한 일이야."

나는 깜짝 놀라서 그를 물끄러미 바라보았다.

"그 꿈의 나머지를 이야기해 주면 안 돼?"

내가 조심스럽게 청하자, 그가 고개를 가로저었다.

"그럴 수 없네."

그때 문이 열리더니 에바 부인이 들어왔다.

"여기 함께 있구나! 얘들아, 슬퍼하고 있는 건 아니겠지?"

그녀의 얼굴에 생기가 돌아와서, 전혀 피곤해 보이지 않았다. 데미안이 에바 부인에게 미소를 지어 보이자, 그녀는 겁먹은 아이들을 바라보는 어머니 같은 표정으로 우리들에게 다가왔다.

"어머니, 우리는 슬퍼하고 있는 게 아니에요. 우리는 다만 이 새로운 표식에 대해 이야기하고 있었을 뿐이에요. 물론 그것엔 아무 표식도 붙어 있지 않아요. 아마도 오려고 하는 것은 갑자기 올 거예요. 그러면 우리는 알아야 할 것을 그때야 알게 되겠지요."

그러나 나는 기분이 몹시 언짢았다. 작별을 고하고서 혼자 거실을 지나갈 때 히아신스 향기가 풍겨왔는데, 문득 그것이 시들고 무의미한 시체처럼 느껴졌다. 어두운 그림자 하나가 우리들 위로 덮쳐온 것이었다.

종말의 시작

여름 학기 동안에도 H 시에 머물고 싶다는 나의 뜻이 관철되었다. 집 안에 있는 대신, 우리는 이제 강가에 있는 정원에서 대부분의 시간을 보냈다. 격투에서 보기 좋게 패배한 일본인은 떠나 버렸고, 톨스토이 추종자도 언젠가부터 오지 않았다. 데미안은 날이면 날마다 말을 타고 돌아다녔다. 그러다 보니 나는 자주 그의 어머니와 단둘이 있었다.

나는 이따금씩 내 삶의 평화로움에 놀라곤 했다. 나는 너무나 오랫동안 홀로 지내면서, 많은 것을 포기하며 내 자신의 고통으로 허우적거리는 데 익숙했던 터라 H 시에서의 이 몇 달이 마치 꿈의 섬에서 보내는 것처럼 느껴졌다. 거기서 나는 오직 아름답고, 유쾌한 일과 생각들 속에서 편안하게 지낼 수 있었다. 나는 이것이 우리가 구상하고 있는 보다 높은 새로운 공동체의 전조임을 예감했다. 그러나 나는 이러한 행복감에도 불구하고 엄습해 오는 비애감을 자주 느꼈는데, 그것은 이러한 생활이 오래 지속될 수 없다는 것을 잘 알고 있었기 때문이었다.

나는 넘치는 만족과 안락함 속에서 살아가도록 태어난 사람이 아니었다. 내게는 고통과 광분이 필요했던 것이다. 언젠가 이 아름다운 사랑의 영상 안에서 깨어나, 오로지 고독과 싸움만이 존재하는, 평화나 공존이 없는 타인들의 차가운 세계 속에 다시금 온전히 홀로 서게 되리라는 것을 절실히 느끼고 있었다.

그런 생각을 하고 나서부터 나는 내 운명이 아직도 이 아름답고 고요한 풍경 속에 머물러 있음을 기뻐하면서 갑절의 다정함으로 에바 부인에게 바짝 다가갔다.

여름의 몇 주일은 빠르고도 쉽게 흘러가, 여름 학기가 벌써 끝나가고 있었다. 이제 머지않아 이별의 순간이 닥칠 것이다. 하지만 나는 이별을 생각할 수가 없었다. 사실 나는 그 일을 생각조차 하기 싫었고, 꿀 많은 꽃에 나비가 집착하는 것처럼 이 아름다운 나날들에 그렇게 매달려 있었다. 그것은 행복한 시절이었으며, 내 인생 중 최초의 충족이었고 공동체에 받아들여진 것이었다.

그다음에는 어떤 일들이 닥쳐올까? 나는 어쩌면 다시 싸워나가야 하고, 그리움으로 괴로워하며, 꿈을 꿀 것이고, 또다시 혼자가 되어 고독해질 것이다.

그러던 어느 날, 이런 예감이 너무도 강렬하게 엄습해 왔다. 에바 부인에 대한 나의 사랑이 갑자기 고통스러울 정도로 활활 타올랐다. 가슴이 저려왔다.

아! 어쩌면 이제 나는 그녀를 더 이상 보지 못할지도 모른다. 집 안을 거니는 당당하고 다정한 그녀의 발걸음 소리도 다시 듣지 못하고, 내 책상 위에서 그녀가 준 꽃을 더 이상 볼 수 없을지도 모른다. 그렇다면 나는 도대체 무엇에 도달했단 말인가?

그녀를 얻는 대신, 그녀를 얻기 위해 싸우는 대신, 그녀를 영원히 내게로 단숨에 끌어오는 대신 나는 꿈을 꾸었고, 행복에 잠겨 흔들렸다. 그녀가 일찍이 진정한 사랑에 대하여 내게 말했던 모든 것이 떠올랐다. 다정하면서도 경고하는 온갖 말들, 헤아릴 수 없이 많은 나직한 유혹들, 혹은 약속 같은 것들⋯⋯.

그걸로 내가 무얼 이루었단 말인가? 이룬 것은 아무것도, 아무것도 없었다!

내 방 한가운데 서서, 내 모든 의식을 집중하여 에바 부인을 생각했다. 내 영혼의 힘들을 한데 모으려 했다. 내 사랑이 느껴지도록, 그녀를 내게로 끌어오도록⋯⋯. 그녀가 나에게로 와서 나의 포옹을 열망해야 했고, 나의 입맞춤이 그녀의 성숙하고 사랑스런 입술을 탐욕스럽게 헤쳐 놓아야만 했다.

나는 선 채로 손가락과 발이 싸늘해져 올 때까지 긴장을 늦추지 않았다. 내 몸에서 힘이 빠져 나가는 것을 느꼈다. 잠시 동안 내 속의 그 무엇인가가 단단하게 응어리졌다. 나는 그 순간 가슴속에 한 개의 수정을 품은 듯이 환해지는 느낌을 받았다. 그리고 그것이 나의 자아임을 깨달았다. 냉기가 가슴까지 차올랐다.

무서운 긴장에서 깨어났을 때, 무엇인가가 다가오는 것 같은 느낌이 들었다. 나는 죽을 만큼 지쳐 있었지만, 에바 부인이 방 안으로 들어오는 것을 바라볼 준비가 되어 있었다. 불타오르듯이 황홀하게⋯⋯.

그때 따가닥따가닥 하는 말발굽 소리가 아주 가까이에서 요란스럽게 울려오다가 갑자기 멈췄다. 나는 창가로 뛰어갔다. 데미안이 말에서 내리고 있는 것이 보이기에, 나는 아래로 달려 내려갔다.

"무슨 일이지, 데미안? 설마 어머니께 무슨 일이 있는 건 아니겠지?"

그는 내 말을 귀담아 듣지 않았다. 그의 얼굴은 몹시 창백했으며 땀이 이마 양쪽으로 해서 뺨으로 흘러내리고 있었다. 그는 열로 달아오른 말의 고삐를 정원 울타리에다 매고는, 내 팔을 잡고 거리로 걸어 내려갔다.

"자네도 벌써 알고 있는 건가?"

나는 아무것도 알지 못했다.

데미안은 내 팔을 꽉 쥔 채, 어둡고 연민에 찬 이상스런 눈길로 나를 바라보았다.

"그래. 이봐, 이제 시작된 거야. 러시아와 긴장이 고조되어 있다는 것은 자네도 알고 있겠지만……."

주위에 아무도 없었지만 그는 나직한 목소리로 말했다.

"아직 선포되지는 않았어. 그러나 전쟁이 일어날 거야. 내 말을 믿게. 지금껏 나는 이 문제로 자넬 괴롭히진 않았지. 그러나 나는 그때부터 새로운 징후를 세 번이나 보았다네. 그러니까 그것은 세계의 몰락도 아니고, 지진도 아니고, 혁명도 아닐 거야. 전쟁이 일어날 거야. 이제 사태가 어떤 결과를 초래할지 볼 수 있겠지만, 다들 기뻐하겠지. 사람들은 벌써부터 한번 터지기를 바라며 기뻐하고 있으니까. 그만큼 그들의 삶이 무의미해졌단 말이겠지. 하지만 싱클레어, 이건 다만 시작에 불과한 거야. 어쩌면 큰 전쟁이, 몹시 큰 전쟁이 일어날지도 몰라. 그러나 이것도 그저 시작에 불과해. 새로운 것이 시작되고 있다는 말이지. 새로운 것이란, 낡은 것에 매달려 있는 사람들에게는 충격적인 일이겠지만……. 자네는 어떻게 하려는가?"

나는 몹시 당혹스러웠다. 그 모든 것이 나에게는 몹시 낯설고, 아직도 사실처럼 느껴지지 않았던 것이다.

"모르겠는데……. 데미안은?"

그가 어깨를 으쓱했다.

"동원령이 내리면 나는 곧바로 들어가야 해. 난 소위거든."

"데미안이? 그건 전혀 몰랐는데."

"그래, 그것이 나의 적응의 한 형태였어. 알고 있겠지만, 난 다른 사람 눈에 띄는 것을 좋아하지 않아. 그리고 늘 올바른 행동을 하기 위해서 다소 지나친 면이 있지. 나는 일주일 이내에 전쟁터에 서 있을 거야."

"오, 맙소사!"

"자아, 일을 감상적으로 생각해서는 안 되네. 살아 있는 사람을 향해 발포하라고 명령하는 것은 조금도 즐거운 일이 아니야. 그러나 그건 부차적인 문제에 불과하다네. 이제는 우리들 모두가 커다란 수레바퀴 안으로 휩쓸려 들어가게 될 거야. 자네도 마찬가지겠지. 자네도 분명 징집될 테니까."

"그럼 데미안의 어머니는?"

그제야 나는 다시, 십오 분 전에 있었던 일을 생각해 냈다. 그 사이에 세상이 얼마나 변해 버렸는가! 그 감미롭기 그지없는 영상을 불러내려고 나는 온 영혼을 모으고 있었던 것인데, 지금 운명은 위협적이면서도 무시무시한 가면을 새롭게 쓰고 갑자기 나를 바라보고 있는 것이었다.

　"우리 어머니 말인가? 아, 어머니 걱정은 할 필요가 없어. 어머니는 안전하실 거야. 이 세상에 있는 그 누구보다도……. 자네는 어머니를 그토록 사랑하나?"

　"알고 있었어?"

　그는 환한 표정으로 껄껄 웃었다.

　"아직도 어린아이로군! 물론 알고 있었지. 사랑하지도 않으면서 우리 어머니한테 에바 부인이라고 부른 사람은 아무도 없었어. 그런데 어떻게 된 거야? 자네가 오늘 어머니나 나를 부른 거 아냐? 안 그래?"

　"그래, 불렀어. 내가 에바 부인을 불렀어."

　"어머니가 그걸 감지하셨어. 어머니가 갑자기 나더러 자네한테 가 봐야 된다고 부탁하셨거든. 어머니께 러시아에 대한 소식을 들려 드리고 난 참이었는데 말이야."

　우리는 되돌아서서 걸었다. 이미 할 말이 별로 없었다. 그는 울타리에 매어 두었던 말고삐를 풀고서 말에 올라탔다.

　내 방으로 돌아와서야 비로소 나는 내가 얼마나 지쳐 있는지를 감지했다. 데미안이 전한 소식, 아니 그 이전의 긴장 때문이었다. 그러나 에바 부인은 내 소리를 들었던 것이다! 내 마음속의 생각만으로 나는 그녀에게 도달했던 것이다. 그녀가 직접 와 줬더라면 더 좋았을 텐데⋯⋯. 하지만 그렇지 않더라도 이 모든 것은 근본에 있어서 얼마나 특별하고 아름다운가! 이제 전쟁이 일어날 것이다. 우리가 이미 여러 번 이야기했던 것이 이제 일어나기 시작한 것일 거다. 그리고 데미안은 거기에 대해 많은 것을 미리 알고 있었던 것이다. 세계의 조류는 이미 그 어느 곳에선가부터 우리 곁을 스쳐 지나가는 것이 아니라 갑자기 우리 가슴 한가운데를 뚫고 흘러가고, 모험과 거친 운명이 우리를 향해 손짓하며, 지금이 아니더라도 이제 머지않아 세상이 우리를 필요로 하고 스스로를 변모시키려는 순간이 온다는 것이 얼마나 기이한 일인가. 데미안이 옳았다. 그것은 감상적으로 받아들일 일이 아니었다. 다만 이상한 일은, 이제 내가 그토록 고독하게 염원해 왔던 '운명'이라는 문제를 그렇게 많은 사람들과, 아니 온 세상과 더불어 공동으로 체험해야 한다는 사실이었다.

물론 좋다! 나는 마음의 준비를 끝냈다. 저녁 무렵에 시내를 지나갈 때, 거리는 온통 흥분으로 들끓고 있었다. 어디서나 '전쟁'이란 말이 들려왔다.

나는 에바 부인의 집으로 갔다. 우리는 정원의 정자에서 저녁을 먹었다. 내가 유일한 손님이었다. 전쟁에 대해서는 아무런 말도 하지 않았다. 다만 늦은 시간에 내가 집으로 돌아가려 할 때, 에바 부인이 내게 말했다.

"사랑하는 싱클레어, 오늘 날 불렀지요. 내가 왜 직접 가지 못했는지는 알지요. 그러나 이걸 잊지 말아요. 당신은 이제 부르는 법을 알게 된 거예요. 그러니 언제든지 표식을 지닌 누군가가 필요할 때는 다시 불러요!"

그녀가 몸을 일으켜 정원의 어스름을 뚫고 앞서 갔다. 이 신비에 찬 여인은 왕녀처럼 당당하게 나무들 사이를 걸어갔다. 그녀의 머리 위에서는 조그맣고 사랑스러운 많은 별들이 조용히 빛나고 있었다.

내 이야기는 끝이 가까워졌다. 사태는 급격히 진전되었다. 곧 전쟁이 시작되었고, 데미안은 제복에 은회색 외투를 입은 낯선 모습으로 떠났다. 나는 그의 어머니를 집으로 바래다주었다. 얼마 지나지 않아 그녀와도 작별했다. 그녀는 내 입에 키스했고, 한순간 나를 가슴에 안았다. 그녀의 큰 눈이 가까이에서 내 눈 안으로 흔들림 없이 타들어오고 있었다.

모든 사람들이 형제가 된 것 같았다. 그들은 조국과 명예에 대해 생각하고 말했다. 그러나 그것은 그들 모두가 한순간 들여다본 운명의 가리지 않은 얼굴에 불과했다. 젊은 남자들이 병영에서 나와 기차에 올라탔고, 그 많은 얼굴들에서 나는 표식 하나를 ─ 그것은 우리들의 표식이 아니었다. ─ 아름답고 고귀한 표식 하나를 보았다. 그것은 사랑과 죽음을 의미하는 것이었다. 나 또한 한 번도 본 적 없는 사람들의 포옹을 받았다. 나는 그것을 이해했으므로 그것에 기꺼이 응답했다. 그들이 그렇게 하는 것은 일종의 도취일 뿐 운명의 의지는 아니었다. 그러나 그 도취는 신성했는데, 그것은 모두가 잠깐 동안이지만 강렬한 시선으로 운명의 두 눈을 들여다보았기 때문이다.

내가 전쟁터로 갔을 때는 이미 겨울이 다가와 있었다. 처음에 나는, 끊임없는 사격의 느낌에도 불구하고 모든 것에 실망했다. 예전에 나는 한 인간이 자신만의 이상을 위해 살아간다는 것이 왜 그렇게 힘든지에 대해 진지하게 생각해 본 적이 없었다. 그런데 지금 나는 많은 사람들, 아니 모든 사람들이 이상을 위해 죽을 수도 있다는 것을 실제로 경험했다. 다만 그것은 개인적으로 자유롭게 선택한 이상이 아니라, 떠맡겨진 공동의 이상이었다.

그러나 시간이 지날수록 내가 인간을 과소평가했음을 깨달았다. 군인으로서의 의무와 공동의 위험이 제아무리 그들을 획일화시켜 놓았다 해도, 살아 있는 사람들이거나 죽어가는 사람들이거나 간에 매우 당당한 태도로 운명의 의지에 접근하는 것을 보았다. 많은 사람들, 대단히 많은 사람들은 공격할 때뿐만 아니라 다른 때에도 터무니없이 거대한 것에 대해 완전히 헌신하는 — 겸허하고도 아득한, 다소는 몰두해 있는 — 눈빛을 지니고 있었다. 이런 사람들은 언제나 자신들이 원하는 바를 믿고 있었으며, 그렇게 준비되어 있었다. 또한 그러한 그들에게서 미래가 형성된다고 기대할 수 있을 정도로 필요한 사람들이었다. 그리고 세계가 점점 더 경직되어 명예와 그 밖의 낡아빠진 이상을 완고하게 고집하고 있는 것처럼 보이면 보일수록, 인간성의 모든 음성이 요원하게 울리면 울릴수록, 이 모든 것은 전쟁의 외적이고 정치적인 목적들에 대한 질문처럼 피상적인 것에 불과했다.

무엇인가가 가장 깊숙한 곳에서 형성되고 있었다. 그것은 새로운 인간성과 같은 그 무엇이었다. 나는 많은 사람들을 보았고, 그들 중 대다수가 내 옆에서 죽어갔지만, ─ 그들 중 어떤 사람들은 바로 내 곁에서 죽었다. ─ 그들은 적에게 증오와 분노도, 살육과 파괴의 감정도 갖고 있지 않다는 것이 느껴졌다. 아니다. 그들에게 있어서 적이란, 그 목적이 그랬던 것처럼 완전히 우연한 것이었다. 과격한 행동조차도 본래의 감정은 적에게 행해진 것이 아니었다. 피비린내 나는 행동은 ─ 새롭게 태어나기 위하여 광분하여 죽이고, 파괴하고, 스스로 죽어 버리려고 하는 ─ 내부에서 분열된 영혼의 발산에 불과한 것이었다. 그것은 한 마리의 거대한 새가 알에서 나오려고 투쟁하는 것인데, 그 알은 이 세계였다. 따라서 이 세계는 산산조각나지 않으면 안 되었던 것이다.

어느 이른 봄날 밤, 나는 우리가 점령한 농가 앞에서 보초를 서고 있었다. 가끔씩 미풍이 불어왔고, 플랑드르 지방의 높은 하늘로 구름 떼가 몰려가고 있었다. 그 구름의 뒤쪽 어딘가에 달이 떠 있는 것 같았다. 그날은 왠지 하루 종일 불안했고, 무엇인지 알 수 없는 어떤 근심이 내 마음속을 어수선하게 만들었다. 나는 어두운 초소에서 보초를 서며, 이제까지의 내 생활과 에바 부인과 데미안에 대해 생각했다.

나는 한 그루 포플러에 기대서서 움직이고 있는 하늘을 응시하고 있었는데, 남모르게 움칫거리는 하늘의 밝은 빛이 행렬을 이루더니 커다랗게 솟아오르는 형상으로 바뀌었다. 그런데 그 순간 내 맥박이 이상할 정도로 약하게 뛰면서, 바람과 비를 거의 느끼지 못할 정도로 피부가 무감각 상태에 빠진 것 같았다. 그러면서 선뜻선뜻 느껴지는 내부의 경각성에 의해, 내 주위에 한 지도자가 있다는 것을 감지할 수 있었다.

구름 속에서 커다란 도시 하나가 보였는데, 거기서 수백만의 사람이 쏟아져 나왔다. 그들은 떼를 지어 넓은 풍경 속으로 흩어져 갔다. 그들 한가운데서 — 반짝이는 별을 머리에 달고, 산처럼 거대하며, 에바 부인 같은 표정을 지닌 — 힘찬 신의 형상이 나타났다. 사람들의 대열은 그 형상 속에 있는 거대한 동굴 안으로 빨려들듯 사라졌다. 그 여신은 바닥에 웅크리고 앉아 있었는데, 그녀 이마에 박힌 표식이 환하게 빛을 발했다. 마치 꿈이 그녀를 지배하고 있는 것처럼 보였다. 여신이 두 눈을 감았고, 그녀의 커다란 얼굴이 고통으로 일그러졌다. 그러다가 갑자기 그녀가 맑고 높은 소리로 외쳤다. 그러자 그녀의 이마에서 별들이, 수천 개의 빛나는 별들이 튀어나왔다. 그 별들은 찬란한 포물선을 그리며 어두운 하늘로 휘익 날아 올라갔다.

별들 중의 하나가 날카로운 소리를 내면서 나를 향해 똑바로 날아왔다. 마치 나를 찾고 있는 것 같았다. 잠시 후 그 별은 요란한 소리를 내며 수천 개의 불꽃으로 작렬했고, 나를 휙 끌어올렸다가 다시 땅바닥으로 내동댕이쳤다. 천둥 같은 소리를 내며 세계가 내 머리 위에서 무너졌다. 흙과 상처로 뒤덮인 나는 포플러 가까이에 쓰러진 채 발견되었다.

나는 어느 지하실에 누워 있었고, 머리 위에서는 포화가 퍼부어지고 있었다. 나는 어느 수레에 눕혀져서 덜컹덜컹 흔들리며 빈 벌판을 지나갔다. 나는 잠을 자고 있었거나 의식을 잃은 상태였다. 그러나 깊이 잠이 들면 들수록 무엇인가가 나를 끌어당기는 것 같았고, 나를 지배하는 어떤 힘을 따라가고 있음을 강하게 느낄 수 있었다.

어느 외양간 짚더미 위에 누워 있었다. 몹시 어두웠는데, 누군가가 내 손을 밟고 지나갔다. 그러나 나의 내면적인 것은 계속해서 더 나아가려 했으며, 그것은 한층 더 강하게 나를 끌어당기고 있었다.

다시 나는 수레 위에 누워 있었고, 나중에는 들것 혹은 사다리 위에 누워 있었다. 그런 중에도 어딘가로 가라는 명령을 점점 더 강하게 받고 있음을 느꼈고, 마침내는 그곳으로 가야만 한다는 절박감 외엔 아무것도 느끼지 못했다.

드디어 나는 목적지에 도달했다. 그때는 밤이었고, 나는 완전히 의식을 회복하고 있었다. 바로 그 순간, 나는 내 마음속에서 어떤 강력한 끌림과 절박감을 느꼈다.

그때 나는 어떤 넓은 거실, 혹은 바닥에 깔린 자리에 누워 있었다. 내가 부름을 받은 곳에 와 있다는 느낌이 들었다. 나는 주위를 둘러보았다. 내 매트리스 바로 곁에 다른 매트리스가 바싹 붙어 놓여 있었고, 거기에 누군가가 누워 있었다. 그 사람이 앞으로 몸을 숙이고 나를 바라보았다. 이마 위에 그 표식이 있었다. 그는 막스 데미안이었다.

나는 아무런 말을 할 수가 없었다. 그도 말할 수 없었거나, 아니면 말을 하려고 들지 않은 채 다만 나를 바라볼 뿐이었다. 그의 얼굴에는 그 너머 벽에 달려 있는 등의 불빛이 드리워져 있었다. 그가 나를 향해 미소를 지어 보였다.

238 데미안

무한히 긴 시간 동안 그는 끊임없이 내 눈을 들여다보고 있었다. 그러다가 그가 자신의 얼굴을 천천히 내게 더 가깝게 가져와, 우리는 거의 얼굴이 맞닿을 정도가 되었다.

"싱클레어!"

그가 속삭이듯이 나직한 목소리로 나를 불렀다.

내가 눈으로 그의 말을 알아듣고 있다는 표시를 해 보이자, 그가 다시 연민에 찬 표정으로 미소를 지었다.

"꼬마야!"

미소 짓는 그의 입이 나의 입 가까이에 와 있었다. 그가 나직한 목소리로 이야기를 계속했다.

"프란츠 크로머를 아직도 기억해?"

나는 그에게 눈을 깜박이면서 미소도 지어 보였다.

"꼬마 싱클레어, 잘 들어! 나는 떠나야만 해. 하지만 자네는 언젠가 나를 다시 필요로 하게 될 거야. 크로머에 맞서든, 그 밖의 다른 일 때문이든. 그럴 때 자네가 나를 부른다고 해도 이제 나는 말을 타거나 혹은 기차를 타고 와 줄 수가 없어. 그럴 때엔 자네는 자신의 내부에 귀를 기울여야 해. 그러면 자네 마음속에 내가 있다는 것을 알게 될 거야. 알아듣겠어? 그리고 하나 더…… 에바 부인의 부탁이야. 에바 부인이 나한테 키스를 해 주면서, 언제든지 싱클레어가 좋지 않은 처지에 빠지게 되거든 그녀가 해 주는 거라고 말하며 키스를 대신 해 주라고 했어……. 싱클레어, 눈을 감아!"

나는 선선히 눈을 감았다. 내 입술 — 피가 멈추지 않고 줄곧 흘러내리고 있는 내 입술 — 위에 가벼운 입맞춤이 느껴졌다. 그리고 나는 잠이 들었다.

　아침에 사람들이 깨울 때야 눈을 떴다. 붕대를 감아야만 했던 것이다. 마침내 완전히 잠에서 깼을 때, 나는 재빨리 옆에 있는 매트리스로 몸을 돌렸다. 거기에는 내가 한 번도 본 적 없는 낯선 사람이 누워 있었다.

　붕대를 감을 때는 몹시 아프고 괴로웠다. 그리고 이후에 내게 일어난 모든 일들 역시 고통스러웠다.

　그러나 나는 열쇠를 발견했다. 단지 어두운 거울 위에 몸을 굽히기만 하면, 운명의 영상들이 잠들어 있는 어두운 거울 속에서 내 자신의 내부로 완전히 들어가기만 하면, 내 모습을 발견할 수 있는 열쇠를……. 그러면 나는 내 친구이자 나의 인도자인 데미안과 완전히 닮아 있는, 내 자신의 모습을 발견할 수 있었다.

작품 소개

헤세 자신의 자전적 소설이기도 한 〈데미안〉은 제1차 세계대전 직후인 1919년에 〈데미안 — 한 젊음의 이야기 (Demian - Die Geschichte einer Jugend)〉라는 제목으로 출간되었다. 저자는 '헤세'가 아닌 '에밀 싱클레어'라는 가명(假名)으로 되어 있었다.

'자기 자신에게로 이르는 길'을 그린 이 작품은 당시 독일의 권위 있는 문학상인 폰타네상을 받을 정도로 출간과 동시에 대성공을 거두었다. 당연히 에밀 싱클레어라는 정체불명의 작가에 대한 궁금증이 커졌고, 결국 1년 만에 한 독문학자가 문체 분석을 통해 〈데미안〉이 헤세의 작품임을 밝혀내기도 했다.

당시에 이미 작가로서 유명했던 헤르만 헤세는 "작품성만으로 평가 받고 싶었다."면서, "이미 알려진 40대 아저씨의 이름을 보고 젊은이들이 놀라 물러서지 않도록 하려는 배려였다."고 이유를 설명했다.

헤세 말대로 당시 이 작품을 접했던 많은 젊은이는 '에밀 싱클레어'라는 작가가 자기들과 동년배 젊은이라고 믿어 의심치 않았다고 한다.

그동안의 관습과 도덕, 종교 등이 내세웠던 교육은 제1차 세계대전을 통해 수많은 모순과 허점을 드러내면서 더 이상 젊은이들에게 삶의 지표가 될 수 없었다. 새로운 삶의 길을 모색해야 했던 그들에게 〈데미안〉은 절대적인 길잡이로 등장한 셈이었다.

당시 독일의 소설가이자 평론가인 토마스 만이 "제1차 세계대전 직후 〈데미안〉이 불러일으킨 감전되는 듯한 충격은 잊을 수 없다. 이루 말할 수 없는 정교함으로 시대의 신경을 건드렸고, 젊은 세대는 고마움의 열광에 휩싸였다. … 마음을 온통 뒤흔든 책이다."라고 극찬했을 정도였다.

〈데미안〉은 20대 중반에 이른 주인공 에밀 싱클레어가 자신이 소년 때부터 살아온 성장 과정을 돌아보며 정리하는 자전적 소설 형식으로 이루어져 있다.

소설의 첫 구절은 다음처럼 시작된다.

나는 내 마음속에서 솟아 나오려 하는 그 무엇에 의해 살아보려고 했다. 그런데 왜 그것이 그다지도 어려웠을까……?

이러한 철학적인 성찰은 작품 속에서 계속 이어져 나간다. '나'로부터 시작하여 '나'로 향하는, 한 존재의 치열한 성장의 기록이라고 할 수 있다.

열 살 무렵의 어린 소년 에밀 싱클레어는 자기 자신에게 이르는 길에 접어들어 자신의 눈으로 세계를 바라보기 시작하면서, 이 세계가 허용된 밝은 세계와 금지된 어두운 세계로 분열되어 있음을 어렴풋이 느낀다.

한 세계는 아버지의 집이었다. 그러나 그 세계는 매우 협소해서, 사실 그 안에는 내 부모님밖에 없었다. 그 세계는 나도 대부분 잘 알고 있는 것이었다. 그 세계의 이름은 어머니와 아버지라 불렸고, 사랑과 엄격함, 모범과 학교라고 불렸다. 그 세계에 속하는 것은 따사로운 광채, 맑음과 깨끗함이었다. … 반면 또 하나의 세계가 이미 우리 집 한가운데에서 시작되고 있었는데, 그것은 완전히 다른 세상이었다. 냄새도 달랐고, 말투도 달랐으며, 약속이나 요구하는 것도 달랐다. 그 두 번째 세계 속에는 하녀들과 직공들이 있고, 유령 이야기와 추문이 있었다.

금지된 세계에 대해 두려움과 동시에 호기심을 느끼던 싱클레어는 분위기에 휩쓸려 황당무계한 도둑질 이야기를 꾸며내 떠벌린 탓에, 불량한 친구 프란츠 크로머에게 혹독하게 시달린다. 그리고 죽음을 떠올릴 만큼 암담하고 고통스러운 상황에서 막스 데미안을 만나게 된다. '모든 점에서 다른 학생들과 달랐으며, 확연하게 눈에 띌 정도로 독특하면서도 특별한 개성을 지니고 있었던' 것으로 비쳐진 데미안은 싱클레어를 악마같이 괴롭히던 프란츠 크로머의 손아귀에서 벗어나게 해 준다.

또한 데미안은 카인과 아벨의 이야기, 예수와 함께 십자가에 매달린 두 도둑의 이야기 등을 새롭게 해석하여 다른 차원에서 이해하게 한다. 싱클레어는 그동안 배워온 선과 악의 이분법적인 사고방식에서 벗어나 명백해 보이는 것들조차 '달리 볼 수도 있다, 그점에 비판을 가할 수도 있다.'는 깨달음을 얻게 된다.

그 후 낯선 도시의 기숙학교에 들어간 싱클레어는 홀로 방황한다. 세상과 싸움을 벌이며 '자기 자신에게로 이르는 길'의 과정은 결코 쉽게 이루어지지 않는다. 오만하고 방탕한 생활을 이어가기도 하고 술에 의지하기도 하다가 이상형의 소녀 베아트리체를 발견하게 되면서 다시금 '새로운 삶에 대한 충동과 함께 정결함에 대한 욕구와 성스러움에 대한 동경'이 마음속에서 일어난다. 방탕한 생활을 정리하고 그녀의 초상화를 그리던 싱클레어는 어느 순간 초상화의 얼굴이 베아트리체가 아닌 데미안의 모습임을 깨닫는다. 그리고 어느 날 책갈피에서 데미안이 보낸 것이 틀림없다고 생각되는 편지 쪽지를 발견한다.

'새는 알에서 나오려고 투쟁한다. 알은 세계이다. 태어나려는 자는 하나의 세계를 깨뜨리지 않으면 안 된다. 새는 신을 향해 날아간다. 그 신의 이름은 압락사스다.'

우주의 모든 것, 즉 삶과 죽음, 창조와 파괴, 저주와 축복, 참과 거짓, 선과 악, 빛과 어둠, 남성과 여성의 양극적인 것을 전부 포괄

하는 신비로운 신 압락사스(Abrasax : 원래 고대 그리스의 신으로 출발해 로마제국의 말기에 유행했던 ᄀ노시스파의 주문에서 많이 보여지는데, 헤세의 작품에서는 새롭게 찾아져야 할 그 어떤 신성의, 미지의 신비로움으로 전용되고 있다)가 암호처럼 등장한다.

우연히 만난 이상한 오르간 연주자 피스토리우스는 압락사스에 대해 여러 가르침을 주는데, 싱클레어가 보았던 꿈의 영상, 문장에 그려진 그림, 연인 베아트리체, 구름의 모습 등에서 압락사스의 모습이 윤곽을 드러낸다. 그러나 피스토리우스의 신화나 제사, 전승된 신앙 형식 등에 대한 열망, 즉 자기 자신의 길이 아닌 현실적인 제도를 향하던 열망은, 결국 싱클레어가 피스토리우스와 멀어지는 계기가 된다.

대학생이 된 싱클레어는 데미안과 재회하고, 데미안의 어머니이자 싱클레어의 내면에 존재하던 '영원의 여성'인 에바(독일어 에바(Eva)는 영어의 이브(Eve)) 부인도 만난다. 그즈음 꿈속에 나났던 연인과 같은 모습의 에바 부인을 통해 싱클레어는 승화된 사랑의 감정을 체험하게 되고, 동시에 스스로의 길에 몰두하는 이들의 진정한 연대를 경험하게 된다.

소설의 마지막 부분은 꿈길을 걷듯 다분히 환상적으로 그려진다. 전쟁이 터진다. 전쟁터에 나간 싱클레어는 총탄에 의해 치명적인 부상을 입는다. 야전병원에서 싱클레어는 다시 한 번 데미안과 만난다. 데미안의 입맞춤은 에바 부인의 입맞춤이기도 하다. 그리고 구도자들, 다시 말해 '이마에 표식을 가지고 있는 사람들'의 범주에 속하는 모든 사람들의 입맞춤이기도 하다. 데미안은 '자신의 내부에 귀를 기울여야 한다.'는 말을 남기고 사라진다.

그리고 자신에 대한 서술을 마치며 싱클레어는 말한다.

"나는 열쇠를 발견했다. 단지 어두운 거울 위에 몸을 굽히
기만 하면, 운명의 영상들이 잠들어 있는 어두운 거울 속에
서 내 자신의 내부로 완전히 들어가기만 하면, 내 모습을 발
견할 수 있는 열쇠를……. 그러면 나는 내 친구이자 나의 인
도자인 데미안과 완전히 닮아 있는, 내 자신의 모습을 발견
할 수 있었다."

'나'(싱클레어)가 데미안과 거의 하나로 합쳐지면서 소설은 끝을
맺는다. 데미안은 싱클레어가 오랜 방황을 거치며 추구해 왔던 자
아의 모습인 것이다. 소년에서 청년이 된 싱클레어, 그는 이제 내
면 깊숙이 데미안을 간직한 채 자기 자신만의 길을 걸어간다.

데미안(Demian)이라는 이름의 어원은 데몬(Demon), 즉 정령
(精靈), 신령(神靈), 수호신(守護神) 등의 뜻을 가진 단어이다. 독
일어인 데몬(Dämon) 또한 신과 인간과의 중간자(者), 수호신의
뜻을 갖고 있다.

이 작품의 특징은 깊이 있는 은유와 상징이 어우러져 있을 뿐만
아니라 치밀하게 짜인 이중구조를 갖추고 있다는 점이다. 아프고
괴로운 성장 과정이 쉽고도 보편적인 이미지로 바뀌어 보석처럼
빛을 내고 있으며, 표면적인 성장 이야기 아래에 상당히 난해한

심층구조가 깔려 있다. 단순하면서도 복잡한 이런 구조 덕분에 이 작품은 청소년 소설을 넘어 심오한 깊이를 지닌 고전작품의 경지에 올랐다고 해도 과언이 아니다.

이 작품을 통해 헤르만 헤세는 말한다.

"우리 시대는 젊은이들을 힘들게 한다. 어디서나 인간을 획일화하려 하고 그들의 개인적 특성을 가능하면 잘라 내려고 한다. 영혼은 그에 맞서 당연히 항거할 수밖에 없다. 그로부터 〈데미안〉의 체험들이 나오는 것이다."

백 년 가까이 흐른 지금까지도 이 작품이 많은 젊은이에게 사랑받는 이유는 당시 헤세의 이러한 말이 시대를 뛰어넘어 여전히 깊은 공감대를 형성하고 있기 때문일 것이다.

작가 연보

1877	7월 2일 독일 남부 슈바벤(Schwaben) 주의 뷔르템 베르크의 작은 마을 칼브(Calw)에서 선교사인 부친 요하네스 헤세(Johannes Hesse)와 모친 마리 군데르트(Marie Gundert)의 둘째 아들로 출생.
1881~1886	부모와 함께 스위스 바젤로 이사하여 거주.
1883	아버지가 스위스 국적을 취득.
1886	칼브로 되돌아와 1889년까지 실업학교(實業學校)에 다님.
1890~1891	신학교 시험 준비를 위해 괴핑엔의 라틴어 학교에 다님.
1891	뷔르템베르크 국가시험에 합격(7월). 마울브론 수도원 부속학교에 입학(9월).
1892	신학교 중퇴. 부적응과 신경쇠약증 발병. 자살 기도(6월). 정신요양원 생활(6~8월).

칸슈타트 인문고등학교 입학(11월).

1893 학업 중단.

1894~1895 칼브의 시계부품공장 견습공 생활.

1896 튀빙겐에서 서점 점원으로 일하며 글을 쓰기 시작.
삶의 안정을 찾음.

1899 처녀시집인 〈낭만적인 노래들 *Romantische
Lieder*〉 자비 출간.
산문집 〈한밤중 이후의 한 시간 *Eine Stunde
hinter Mitternacht*〉 출간.

1901 첫 이탈리아 여행(플로렌스, 제누아, 피사, 베니스).

1902 〈시집 *Gedichte*〉 출간.
모친 마리 군데르트(Marie Gundert) 사망.

1903 두 번째 이탈리아 여행(플로렌스, 베니스).

1904 출세작 〈페터 카멘친트 *Peter Camenzind*〉 출
간하여 6만 부 이상 판매되는 대성공을 거둠.
경제적으로 안정되며 문학의 길 전념.
평전 〈보카치오 *Boccaccio*〉, 〈프란츠 폰 아시시
Franz von Assisi〉 출간.
9세 연상의 피아니스트 마리아 베르누이(Maria
Bernoulli)와 결혼.

1905 〈페터 카멘친트〉로 바우에른페르트상 수상.
장남 브루노(Bruno) 출생.

1906 〈수레바퀴 아래서 *Unterm Rad*〉 출간.

1907	중단편 소설집 〈이 세상에 *Diesseits*〉 출간.
1908	단편집 〈이웃사람들 *Nachbarn*〉 출간.
1909	취리히, 독일, 오스트리아로 강연 여행.
	빌헬름 라베 방문.
	둘째 아들 하이너(Heiner) 출생.
1910	장편 〈게르트루트 *Gertrud*〉 출간.
1911	시집 〈도중에 *Unterm Rad*〉 출간.
	셋째 아들 마르틴(Martin) 출생. 인도 여행.
1912	단편집 〈우회로들 *Umwege*〉 출간.
	스위스 베른으로 이주.
1914	장편 〈로스할데 *Rosshalde*〉 출간.
	전쟁 초에 군 입대를 자원하였으나 복무 부적격 판정을 받아, 베른에서 '독일 포로 구호' 기구에 복무하며 전쟁포로들과 억류자들을 위하여 잡지 발행, 자신의 출판사를 만들어 1918년에서 1919년까지 스물두 권의 소책자를 펴냄.
1915	〈크눌프. 크눌프 삶의 세 가지 이야기 *Knulp. Drei Geschichten aus dem Leben Knulps*〉 출간. 시집 〈고독한 사람의 음악 *Musik des Einsamen*〉, 단편집 〈길가 *Am Weg*〉 출간.
1916	단편집 〈청춘은 아름다워라 *schön ist die Jugend*〉 출간. 부친 요하네스 헤세(Johannes Hesse) 사망.

아내의 정신병 악화, 막내아들 마르틴의 중병 등으로 헤세도 신경쇠약 발병.

정신분석의로부터 첫 심리치료를 받음.

1919 에밀 싱클레어라는 필명으로 〈데미안 — 한 젊음의 이야기 *Demian - Die Geschichte einer Jugend*〉 출간.

〈데미안〉에 대한 폰타네 문학상 반려.

정치평론집 〈차라투스트라의 귀환. 어느 독일인이 독일 젊은이들에게 보내는 한마디 *Zarathustras Wiederkehr. Ein Wort an die deutsche Jugend von einem Deutschen*〉 출간.

가족과 헤어져 홀로 스위스 테신 주의 몬타뇰라로 이주해 1931년까지 거주.

1920 자신의 수채화를 곁들인 열 편의 시 〈화가의 시들 *Gedichte des Malers*〉, 〈방랑 *Wanderung*〉, 단편집 〈클링조어의 마지막 여름 *Klingsors Letzter Sommer*〉 출간.

도스토예프스키에 대한 에세이 〈혼돈을 들여다보기 *Blick ins Chaos*〉 출산.

1921 〈시선집 *Ausgewählte Gedichte*〉 출간.

1922 〈싯다르타 *Siddhartha*〉 출간.

1923 〈싱클레어의 수첩 *Sinclairs Notizbuch*〉 출간.

4년 전부터 별거 중이었던 아내 마리아 베르누이와

이혼.

1924	스위스 국적 재취득.
	20살 연하 루트 벵어(Ruth Wenger)와 재혼.
1925	〈요양객 *Kurgast*〉 출간. 작가 토마스 만을 방문.
1926	수상집 〈그림책 *Bilderbuch*〉 출간.
	프로이센 예술원 문학분과의 국제위원으로 선출됨.
1927	〈황야의 이리 *Der Steppenwolf*〉 출간. 루트 벵어와 이혼.
1928	수상록 〈관찰 *Betrachtungen*〉 출간.
	시집 〈위기 *Krisis*〉 출간.
1929	시집 〈밤의 위로 *Trost der Nacht*〉 출간.
1930	〈나르치스와 골드문트 *Narziß und Goldmund*〉 출간.
1931	18세 연하 니돈 돌빈(Ninon Dolbin)과 재혼.
1932	〈동방 순례 *Die Morgenlandfahrt*〉 출간.
1933	단편집 〈작은 세계 *Kleine Welt*〉 출간.
1934	시선집 〈생명의 나무에서 *Vom Baum des Lebens*〉 출간.
1935	〈우화집 *Fabulierbuch*〉 출간.
1936	시집 〈정원에서의 시간 *Stunden im Garten*〉 출간.
	스위스 최고의 문학상인 고트프리트게라상 수상.
	동생 한스 자살.

1937	〈기념첩 *Gedenkblätter*〉, 〈신(新) 시집 *Neue Gedichte*〉, 〈마비된 소년 *Der lahme Knabe*〉 출간.
1939~1945	제2차 세계대전 발발.
	독일에서 나치스에 의해 헤세의 작품은 바람직스럽지 않다고 간주되어 출판금지령이 내려짐.
1942	취리히에서 〈시집 *Gedichte*〉이 헤세의 첫 시선집으로 나옴.
1943	〈유리알 유희 *Das Glasperlenspiel*〉 출간.
1945	동화집 〈꿈의 여행 *Traumfährte*〉 출간.
1946	〈전쟁과 평화 *Krieg and Frieden*〉 출간.
	프랑크푸르트 시의 괴테상 수상.
	〈유리알 유희〉로 노벨문학상 수상.
1947	스위스 베른대학의 명예박사 학위를 받음.
1951	〈후기 산문 *Späte Prosa*〉, 〈서간집 *Briefe*〉 출간.
1952	75회 생일 기념으로 선집 출간.
1955	후기 산문 〈마법 *Beschwörungen*〉 출간.
	서독 출판협회로부터 평화상 수상.
1956	헤르만 헤세 상 재단 설립(바덴 뷔르템베르크 독일 예술후원회).
1962	8월 9일 뇌출혈로 몬타뇰라에서 사망.
	아본디오 묘지에 안치됨.

데미안

1판 1쇄 인쇄 | 2020년 02월 10일
1판 3쇄 발행 | 2021년 11월 15일

지은이 | 헤르만 헤세
옮긴이 | 김시오
펴낸이 | 윤옥임
펴낸곳 | 브라운힐
서울시 마포구 독막로 28길 34
대표전화 (02)713-6523, 팩스 (02)3272-9702
등록 제 10-2428호

© 2020 by Brown Hill Publishing Co. 2020, Printed in Korea

ISBN 979-11-5825-078-2(03890)

값 14,800원